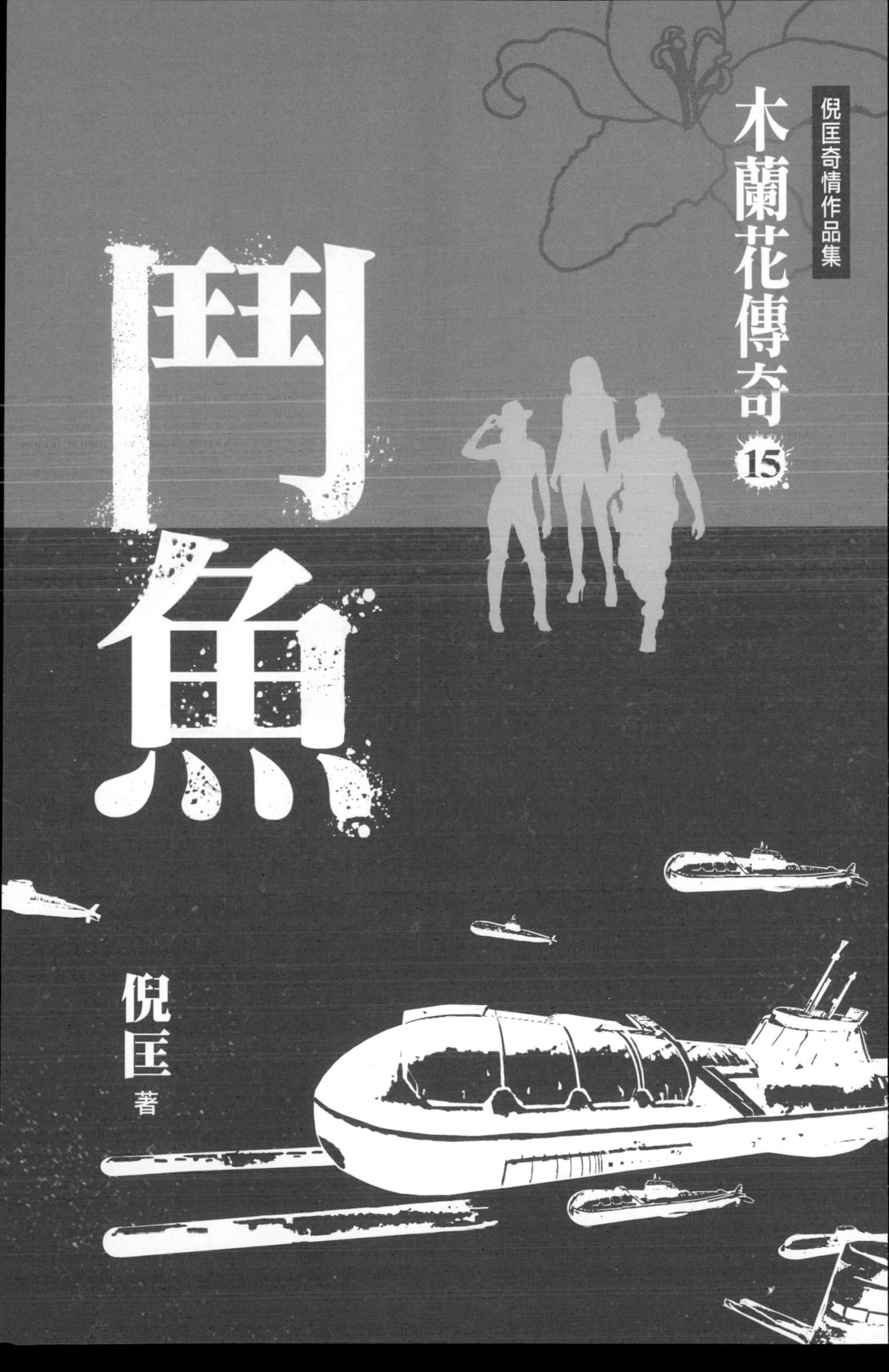
倪匡奇情作品集
木蘭花傳奇
15
鬥魚
倪匡
著

目錄

潛艇殺機

偽鈔奇案

【總序】

木蘭花VS.衛斯理——倪匡奇幻系列的兩大巔峰

秦懷玉

對所有的倪匡小說迷來說，《衛斯理傳奇》無疑是他最成功、也最膾炙人口的作品了，然而，卻鮮有讀者知道，早在《衛斯理傳奇》之前，倪匡就已經創造了一個以女性為主角的系列奇情故事，甫出版即造成大轟動，《木蘭花傳奇》遂成為倪匡眾多著作中最具特色與最受讀者喜愛的兩大系列之一；只因衛斯理的魅力太過強大，使得《木蘭花傳奇》的光芒被掩蓋，長此以往被讀者忽視的情形下，漸漸成了遺珠。

有鑑於此，時值倪匡仙逝週年之際，本社特別重新揭刊此一系列，希望藉由新的編排與介紹，使喜愛倪匡的讀者也能好好認識她。

《木蘭花傳奇》是倪匡以筆名「魏力」所寫的動作小說系列。原載於香港新報及《武俠世界》雜誌，內容主要是以黑女俠木蘭花、堂妹穆秀珍及花花公子高翔三人所組成的「東方三俠」為主體，專門對抗惡人及神秘組織，他們先後打敗了號稱「世界上最危險的犯罪集團」的黑龍黨、超人集團、紅衫俱樂部、赤魔團、暗殺黨、黑手黨、血影掌，及暹羅鬥魚貝泰主持的犯罪組織等等，更曾和各國特務周旋、鬥法。

如果說衛斯理是世界上遇過最多奇事的人，那麼打擊犯罪集團次數最高的，即非東方三俠莫屬了。書中主角木蘭花是個兼具美貌與頭腦的現代奇女子，在柔道和空手道上有著極高的造詣，正義感十足，她的生活多采多姿，充滿了各類型的挑戰；她的最佳搭檔：堂妹穆秀珍，則是潛泳高手，亦好打抱不平，兩人一搭一唱，配合無間，一同冒險犯難；再加上英俊瀟灑，堪稱是神隊友的高翔，三人出生入死，破獲無數連各國警界都頭痛不已的大案。

若是以衛斯理打敗黑手黨及胡克黨就得到國際刑警的特殊證明文件的標準來看，木蘭花在國際刑警的地位，其實應該更高。

相較於《衛斯理傳奇》，《木蘭花傳奇》是入世的，在滾滾紅塵中演出令人目眩神搖的傳奇事蹟。衛斯理的日常儼然是跟外星人打交道，遊走於地球和外太空之間，事蹟總是跟外星人脫不了干係；木蘭花則是繞著全世界的黑幫罪犯跑，哪裡有犯罪者，哪裡就有她的身影！可說是地球上所有犯罪者的剋星！

而《木蘭花傳奇》中所啟用的各種道具，例如死光錶、隱形人等等，一如倪匡慣有的風格，皆是最先進的高科技產物，令讀者看得目不暇給，更不得不佩服倪匡驚人的想像力。

尤其，木蘭花等人的足跡遍及天下，包括南美利馬高原、喜馬拉雅山冰川、北極、海底古城、獵頭族居住的原始森林、神秘的達華拉宮及偏遠隱密的蠻荒地區等，讀者彷彿也隨著木蘭花去各處探險一般，緊張又刺激。

《衛斯理傳奇》與《木蘭花傳奇》兩系列由於歷年來深受讀者喜愛，書中主要角色逐漸由個人發展為「家族」型態，分枝關係的人物圖越顯豐富，好比《衛斯理傳奇》中的白素、溫寶裕、白老大、胡說等人，或是《木蘭花傳奇》中的「天使俠女」安妮和雲四風、雲五風等。倪匡曾經說過他塑造的十個最喜歡的小說人物，有三個在木蘭花系列中。白素和木蘭花更成為倪匡筆下最經典傳奇的兩位女主角。

在當年放眼皆是以男性為主流的奇情冒險故事中，倪匡的《木蘭花傳奇》可謂是開創了另一番令人耳目一新的寫作風貌，打破過去女性只能擔任花瓶角色的傳統窠臼，以及美女永遠是「波大無腦」的刻板印象，完美塑造了一個女版〇〇七的形象。猶如時下好萊塢電影「神力女超人」、「黑寡婦」等漫威女英雄般，女性不再是荏弱無助的男人附庸，反而更能以其細膩的觀察力及敏銳的第六感，來解決各種棘手的難題，也再一次印證了倪匡與眾不同的眼光與新潮先進的思想，實非常人所能及。

《女黑俠木蘭花傳奇》共有六十個精彩的冒險故事，也是倪匡作品中數量第二多的系列。每本內容皆是獨立的單元，但又前後互有呼應，為了讓讀者能更方便快速地欣賞，新策畫的《木蘭花傳奇》每本皆包含兩個故事，共三十本刊完。讀者必定能從書中感受到東方三俠的聰明機智與出神入化的神奇經歷，從而膾炙人口，成為讀者心目中華人世界無人能敵的女俠英雌。

潛艇
殺機

1 潛艇失蹤

這一天的天氣十分好，但是法蘭西共和國國防部中，卻每一個人的臉色都極其陰沉，世界知名的記者都麋集在國防部的周圍。

一輛一輛汽車駛到國防部門前停下，穿著輝煌制服的將軍，一個接一個走下車來，面色嚴肅，和他們的副官一起走進國防部大樓。

他們走向一個十分龐大的會議室中，他們進去的時候，都看到國防部長正低著頭，在翻閱著厚厚的一疊文件，並不出聲。

到了會議的時間，會議室兩重絕對隔音的門被關了起來，門內和門外，全是穿著制服的衛兵之外，還有法國情報局所派出的最能幹的情報人員在守衛。

國防部長用十分低沉的聲音道：「各位，在地中海，我們的一艘潛艇失蹤了，這艘潛艇，是負責例行任務的。」

他向一個副官打了一個手勢，那副官連忙按下一個掣，牆上立即出現了一個法國海軍部隊所有潛艇的分布圖。在那幅法國國防最機密的潛艇分布圖中，顯示出在地中海中，有四艘潛艇，國防部長指著編號「8」字的那一艘，說道：「就是這一艘。」

被通知來開會的人，已經知道這件事了，所以，國防部長將這件事公布之後，各人的面上並沒有震驚的神色，只是大家的神情更加肅穆了幾分而已。

國防部長道：「另外三艘潛艇，已經奉命前往搜索，但是沒有結果，第八號潛艇是突如其來失去聯絡的，我們無法得知究竟發生了什麼事。」

他講到這裡，頓了一頓，才道：「這次會議，是在總統的授意下舉行的，總統要我們找出是不是有法蘭西共和國的敵人，已經對我們的部隊發動進攻了！各位要盡量提供已知的情報，來作出正確的判斷，這是一件非同小可的大事！」

在經過了一陣竊竊私語之後，與會的高級將領便紛紛無言，但都沒有詳述的必要，因為那是冗長而沉悶的，最重要的是：一艘潛艇失蹤了。

這艘潛艇屬於法蘭西共和國的海軍部隊，失蹤的地點是在地中海，不知道它是被俘虜了，還是被擊毀了，沒有任何情報顯示這是對法國部隊的進攻，而那潛艇，就像是在海水中溶化一樣地不見了，搜索的報告是：沒有絲毫的結果。

法國的海陸空三軍，都在高度的戒備之中。

但是，卻又沒有進一步的事故發生。

而同樣的事，在相隔不久之後，又在地中海發生了。

這一次，失蹤的是一艘以色列的潛艇。

以色列是一個小國家，而且，它正單獨負起對抗阿拉伯世界要將它在地圖上消滅的侵略行動。它和阿拉伯集團正在戰爭狀態之中，那場戰爭的高潮是它的閃電戰術得到了壓倒性的勝利，但是阿拉伯集團卻一直在計劃著進行猛烈的反撲。

在那樣的情形下，一艘潛艇突然在地中海失了蹤，所引起的震驚，自然是可想而知的。在國防部的緊急會議中，以色列共和國的國防部長，國際知名的達揚將軍在講話的時候，激動得幾乎連遮他一隻眼睛的眼罩也跌了下來。

他大聲的叫著，道：「這是敵人卑鄙的偷襲行為！」

「可是，將軍閣下，」海軍參謀長提醒他，「我們的敵人，是絕沒有可以擊毀我們潛艇的設備的，他們最簡單的武器，也靠別人供給。」

「通知全軍，作緊急的戒備，」達揚將軍下著命令，「加緊地中海的巡邏，並且搜索失蹤的潛艇，加強對敵方的情報工作！」

國防會議不但錄下了達揚將軍的命令，而且，還忠實地執行著，但是卻沒有一點跡象顯示這艘潛艇的失蹤是和阿拉伯集團有關的。

而搜索的結果，卻是一無所知，什麼結果都沒有。

13 鬥魚

若干天之後，法國和以色列的緊急軍事戒備宣布結束，搜索行動也因為沒有結果，而宣布放棄了，表面上看來，事情似乎已沉寂下來了。

但是，兩國幹練的情報人員的聯合行動，卻一直未曾停頓過，他們組成了一個特別行動組。特別行動組組長，是法國的杜馬中校。

他們的工作總部，就設在一艘法國潛艇上，那艘潛艇停在地中海中，地點是兩艘潛艇失去聯絡的最後所在。

兩艘潛艇失去聯絡的那一剎那間的所在點，是不一樣的，相距十分遠，但既然失蹤的情形是相同的，所以他們先致力於搜索那艘法國潛艇。

他們用來作深水潛航的工具，是法國科學家發明的一種圓形的深水潛艇，那種潛艇只能容納兩個人，但卻可以作六千呎以上的深水潛航。

這個特別工作組，每隔二十四小時向兩國的國防部作一次報告，從第一天到第十二天，他們的報告，都只是簡單的一句話：沒有發現。

到了第十三天，也許是由於「十三」是一個不祥的數字吧，他們的報告變了，工作人員蒲中尉和以斯少校在行動中失蹤，深水潛艇亦告失蹤。

那也就是說，潛艇失蹤的事件在繼續著！

但是這個消息，並沒有向外界公布。兩國國防部的高級人員，在接到了這個報告之後，作了一個簡短的接觸，他們同意，一艘深水潛艇的再失蹤，是一個好消息，因為這證明事情還在繼續進行，當然容易追查，所以，他們都同意再傳達一個命令，繼續進行搜索。

這個「特別小組」的存在，是十分秘密的，甚至連兩國的軍事人員也不知道，只是由兩國的情報人員在負責，外人當然更不知道了。

四月，在法國南部，濱海的尼斯，是最動人的季節，美麗的沙灘上，人多了起來，世界的富翁幾乎都集中到這地方來了。

在柔和的陽光下，和潔白的沙灘上，可以看到全世界最美麗的女子，在各種各樣的泳衣下，展露她們令人目眩的身材。

在對著豪華酒店的遊艇，其中最豪華的，其規模絕不在一幢洋房之下。在這許多遊艇之中，有一艘是雲四風的。

雲四風是億萬富翁，他的這艘遊艇看起來並不是最大，只不過八十四呎長，當然，八十四呎長的遊艇，也絕不是小遊艇了。

但是，停在他那艘遊艇之旁的，那艘屬於義大利造船業鉅子所有的遊艇，卻是有一百四十呎長。

但是，雲四風卻可以肯定，他的遊艇，即使不是世界最大的，但也是世界最好的。他親自參與了造遊艇的設計，而且在製造過程中，他親自和幾個著名的遊艇製造廠工程師共同研究改進設計中的缺點。

這艘被雲四風命名為「兄弟姐妹號」的遊艇，任何設備都是第一流的，而它的航行設備更是超特級的，可以駕駛著它，作舒適的環球航行。

而事實上，「兄弟姐妹號」在美國下水之後，駛來法國，途中穩得就像在陸地上一樣，它的最高時速達到六十浬，當它達到這個速度時，它的底部有八個「翼」，一齊將整艘船拖離水面，使它變成最新型的水翼船，而管理這艘船，卻只要一個人就夠了。

就事實而言，在絕大多數的情形之下，它是不需管理的。優良的自動操作系統可以勝任一切，所以當雲四風在美國駕著這艘遊艇向法國前進，在橫渡大西洋的途中，他和穆秀珍通了一個電話，邀木蘭花、穆秀珍和安妮一齊乘坐他的遊艇環遊世界時，穆秀珍高興得直跳了起來。

但是，木蘭花對雲四風的這個邀請，卻看得相當冷淡。當穆秀珍逐點逐點向木蘭花轉述著那遊艇的優點之際，木蘭花只是微笑地聽著。

木蘭花的這種態度，令得穆秀珍幾乎冷了半截，以為自己幾乎去不成了，而安妮在一旁，也緊張得不停地咬指甲。

但是，出乎她們兩人的意料之外，在聽穆秀珍講完之後，木蘭花只是隨便地說了一句，道：「你們去吧，我不去了。」

穆秀珍呆了一呆，木蘭花不去，雖然令得她不免有些失望，但是木蘭花准她和安妮前去，這就令她們夠高興了。

於是，她們準備好了一切，第二天，就上了飛機。

她們行動的時間，和雲四風的時間配合得十分好，雲四風泊好遊艇，趕到飛機場去接她們，她們才下飛機。

所以，在如今晚霞消失，海水上反射出萬道金光，如仙似幻的美麗境界中，穆秀珍、安妮和雲四風三個人，就可以坐在甲板上，享受著法國南部那種特有的溫暖得令人懶到了什麼都不想做的海風。

離他們不遠處，那艘屬於義大利船業鉅子的遊艇上，正在舉行著酒會，甲板上，有第一流的樂隊，正在演奏著動人的音樂，樂音隨風飄了過來，此景此情，真難以令人相信這個世界上，處處充滿了罪惡、紛擾和貧苦！

他們正在商討著明天一早遊艇駛出海之後，下一個目的地是什麼呢，突然聽得一陣汽艇的「撲撲」聲駛了過來。

17 鬥魚

他們循聲看去，只見一艘小快艇上，站著一個制服挺得發光的海員，正在向「兄弟姐妹號」接近，那快艇是屬於「海洋號」的。

而這「海洋號」，就是義大利船業鉅子的遊艇。

不一會，小艇已到了近前，緊靠著「兄弟姐妹號」停了下來，那海員用帶有義大利口音的英語道：「我的主人，希達斯博士，希望他暫時的鄰居，東方的富翁，能夠去出席他的酒會，這是他的請帖。」

那人雙手奉上了一張請帖，雲四風道：「請上來。」

那海員扶著樓梯，上了中板，將請帖交在雲四風的手上，雲四風接在手中，只覺得十分沉重，他打開了義大利絲織錦的封套，發現裡面是十分薄的一塊銀牌，銀牌上鑲著普通請帖上的字，豪華得如同中世紀的貴族一樣。

雲四風看了一下，笑道：「請你回去告訴你的主人，我們盡快前來，並且十分多謝他的邀請。」

那海員鞠躬而退，穆秀珍埋怨道：「你怎麼不拒絕？」

「拒絕邀請是不禮貌的啊，秀珍。」

「可是——」穆秀珍望了安妮一眼。

安妮立即明白了，忙道：「我不要緊的，我喜歡坐在甲板上看海景，你們去好了，又不是離得我很遠，你們只管去好了。」

雲四風道：「船上沒有別的人，我們走了之後，如果你想要我們回來，你可以使用信號燈，我們會常常注意信號燈的。」

安妮笑了起來，道：「你們真是當我只有三歲大嗎？」

穆秀珍和雲四風兩人各自進船艙去換衣服去了，等到他們換好衣服出來時，月亮已經升起了，海上泛著一片一片的銀光。

而穆秀珍在經過了打扮之後，美麗高貴得如同公主一樣，任何酒會若有她參加，那一定是使得參加酒會的人終生難忘。

他們向安妮揮著手，向「海洋號」駛去。

安妮坐在甲板上，可以清楚地看到，在「海洋號」上，有一大群人迎了上來，幾位紳士爭著去扶穆秀珍上甲板，樂隊奏起了歡迎之歌。

安妮望著他們被主人邀進船艙中去，她才轉過頭來，海洋在月光之下，顯得十分美麗，但是安妮的心頭，忽然起了一陣寂寞之感。

安妮一直是一個寂寞的小女孩，自從和木蘭花、穆秀珍在一起之後，她才開朗得多，但這時，她那種似乎是與生俱來的憂鬱，又襲上了她的心頭。

穆秀珍和雲四風一齊去了，他們兩人遲早是要結婚的，安妮想，而他們在結婚之後，自然會有他們自己的事和自己的孩子。

木蘭花呢？情形當然也是一樣的。

當然，很可能到了那時候，自己已經長大了！但大了又怎麼樣呢？自己仍離不開輪椅，仍要人照顧！

安妮覺得一陣難過，她不再在甲板上停留，而轉動著輪椅，想回到船艙中。

她本來的確是想回艙去休息了，但是，當她循著船舷，經過駕駛艙的時候，她卻停了一下，同時，她想起了雲四風向她解釋過的極其簡易的操縱法。

她突然想到，酒會至少進行兩三個小時，自己何不趁機駕著遊艇出海玩一會再回來，使得雲四風和穆秀珍驚異一下呢？

一想到這裡，她頓時興高采烈起來，她進了駕駛艙，使輪椅停在控制機之前，然後，她依次序按下了幾個掣，又握住了駕駛盤。

遊艇在起了一陣輕微的震動之後，開始慢慢地向外滑去，她向旁看去，旁邊的遊艇顯然沒有怎樣注意她，她心中十分高興。

當遊艇漸漸出了海灣之後，她又扳了幾個掣，使得遊艇的速度加快，船頭的浪花開始響起了啪啪聲。

她準備在駛出幾浬之後，就按下另一個掣，那樣，遊艇就會在海面上不斷轉圈子，而不會駛到不受控制的地方去，是十分安全的。

她在駕駛室中，高興地哼著歌，望著寧靜的海面。

這時候，她控制的時速是十二海浬，而半小時之後，當她向後看去時，尼斯燦爛的燈火，已經變成十分朦朧的一團了。

而且，當她向天上看去時，發現月亮的旁邊，也起了一團黃色的暈，海面上，似乎漸漸升起了一層白銀鍍的霧來。

但是安妮卻仍然沒有放在心上，這艘遊艇的設備太好了，就算霧再濃，她也可以藉強力的雷達設備駛回尼斯去的。

她按下了那個使得遊艇轉圈子的掣，然後，又轉著輪椅，到了甲板上，海風迎面而來，帶著細小潮濕的霧粒，令人舒服極了。

安妮覺得十分高興，唯一的缺憾是，這時只有她一個人，沒有人和她分享這種快樂。

她望著霧越來越濃的海面，忽然間，她看到似乎有一件東西，自海中浮了起來。

安妮在剛看到那東西自海面上浮起來的時候，不禁陡地一呆，以為那是海中有什麼怪物出現了。但接著她發現，那不過是一艘潛艇。

那時霧已漸漸濃了，離她遠的東西，她根本看不見。

所以，那潛艇離她，至多只有二十碼左右。

安妮從來也未曾隔得如此之近，看到一艘潛艇浮出水面來過，如果再近二十碼，潛艇便得在遊艇下面浮上來，要將遊艇頂翻了！

安妮覺得十分有趣，她向潛艇揮著手，叫著。

潛艇緩緩地浮上了水面，等到潛艇浮出了一半時，就看到一個圓形的艙蓋打了開來，一個臉色蒼白的人露出了頭來，叫道：「救命！」

安妮陡地一呆，她雖然聰明絕頂，但是一時之間，她也不明白究竟發生了什麼事，她大聲反問道：「你說什麼？」

而就在那一剎那間，遊艇已轉著圈，駛了開去。

那人繼續叫道：「救命，你快通知法國海軍當局——」

然而，那人才講到這裡，突然「砰」地一下槍響，那人的身子一搖，便伏倒艙口，緊接著，他的身子又被推了出來，跌進了海中。

而當那人的身子跌進了海中之後，艙蓋闔下，潛艇又迅速地向下沉去，當潛艇迅速向下沉去之際，平靜的海面上，出現了一個漩渦。

但是，當那個漩渦失去之後，什麼都恢復平靜了，安妮轉過椅看去，就像是什麼也未曾發生過一樣，安妮呆呆地坐著，使勁地搖著頭。

在那一剎間，她幾乎以為那一切全是自己的幻覺。

然而就在這時，她卻聽得水面上又傳來微弱的呼叫聲，一個人正在海面上掙扎著，叫著，他像是想向遊艇接近，但遊艇卻是以極高的速度在轉著圈子，她只看到那人手中拿著一件銀光閃閃的東西向遊艇上拋，但拋不到遊艇上，落進了海水中。

安妮以她可能做到的最高速度，趕回駕駛室，按下了幾個掣，令遊艇停了下來，但是，等她再回到甲板上的時候，卻什麼也沒有了。

霧在海面之上移來移去，海面平靜得異乎尋常！

安妮等著那人再浮上水面來，但是她等了五分鐘。海面上仍然一點動靜也沒有，她立即下了決定：快回去，將這件事告訴穆秀珍和雲四風！

她回到了駕駛室，自動儀器替她定了方向，遊艇向前疾駛而出，二十分鐘之後，尼斯的燈火已經看得十分清楚了。

安妮轉動著駕駛盤，使遊艇順利地駛進了海港，在「海洋號」之旁泊好，然後，安妮就不斷地按著信號燈的掣鈕。

五分鐘之後，穆秀珍和雲四風兩人的聲音便傳了過來，穆秀珍的聲音十分焦切，道：「安妮，發生了什麼事？」

雲四風則笑道：「哪裡會有什麼事，不過也多謝安妮，不然我們真不知要什麼時候才可以脫身，這種所謂上流社會的酒會，真無聊透了。」

安妮已轉著輪椅，從駕駛室中出來了，穆秀珍「啊」地一聲，道：「安妮，你的臉色怎地如此蒼白？究竟是什麼事？」

雲四風拉鬆了領結，笑道：「有什麼事？」

安妮則道：「四風哥，秀珍姐，我剛才駕著船出海去，在海上，我看到了一件十分奇怪的事情，真是奇怪極了。」

一聽得安妮說她曾經駕船出過海，雲四風和穆秀珍都現出了不相信的神色來，他們剛才被一群群紳士淑女所包圍，並沒有留意「兄弟姐妹號」不在原來的位置。

穆秀珍笑了一笑，道：「你看到了一件奇怪的事？」

安妮道：「是的，我看到一艘潛艇……」

接著，她將海面上遇到的事情，詳細講述了一遍，雲四風一面聽，一面搖頭，穆秀珍卻忍不住不斷地發著笑。

等到安妮講完，穆秀珍才道：「小安妮，你的想像力實在太豐富了，我想，你剛才一定是打了一個瞌睡，做了一個夢，是不？」

安妮漲紅了臉，肯定地道：「不是，秀珍姐，不是！」

穆秀珍攤了攤手，道：「就算那是真的，我們也無法可施，安妮，一艘潛艇浮出水面，有人打開艙蓋叫救命，這種事──」

安妮卻固執地道：「那人叫我通知法國海軍部，我必須照他的話做，秀珍姐，那人一定在極度的危急之下，他雖然已經死了，我們不能不理！」

「安妮，」雲四風道：「如果我們開了法國海軍一個玩笑的話，那麼，我們環遊世界的計劃就告吹了，你明白麼？」

安妮有些憤怒，道：「四風哥，法國海軍會怎樣對待我們，我不知道，但是，我所說的全是事實，如果你們竟對我的話表示懷疑的話，那我太傷心了！」

安妮竟說得如此之嚴重，那無論如何不是開玩笑的。

雲四風立時調整無線電訊儀，他的無線電話可以接通世界各地，當他告訴尼斯電報局，他要和巴黎通話之後的二十分鐘，他已達到了目的。

而再過十五分鐘，已有一個聲音傳了過來，道：「我是值班的梭亞中尉，你們是什麼人？」

雲四風用流利的法文，將自己的身分先介紹了一下，然後將安妮的發現講給對方聽，他以為自己講到一半，一定會被對方打斷的。

果然，他的報告到了一半，便被對方打斷了，但是對方緊接著道：「請你等一等，你的報告十分重要，我請你向塞魯少校直接報告下去。」

雲四風只等了半分鐘，便有人道：「我是塞魯少校，請將你的報告繼續下去。」

雲四風繼續講著，他的心中，不免十分奇怪。

等到他講完之後，只聽得對方道：「請你們留在港中，不要離開，我們最快的時間，會有一個調查小組趕到你們這裡來的。」

雲四風放下了電話，道：「安妮，看來你的報告十分有價值，法國海軍部立即要派一個調查小組來，這事情太奇怪了！」

安妮沉聲道：「你們記得不，前兩三個月，法國不是有一艘潛艇在地中海失了蹤麼？我看到的那艘潛艇，會不會就是那艘？」

雲四風和穆秀珍兩人呆了半晌，雲四風才道：「這很難說，但是，失了蹤的潛艇，何以竟然會再度出現呢？」

他一面說，一面望著穆秀珍。

但是穆秀珍也是大搖其頭，道：「我不明白，我一點頭緒也沒有，我想，如果蘭花姐在這裡的話，或者她會說出道理來的。」

雲四風道：「現在，我們只好等著，等法國官方的調查小組來了再說吧，你們兩人只管去休息好了，我來等他們。」

穆秀珍和安妮是很疲倦了，但這時忽然有了這樣的一件奇事，她們已變得一點睡意也沒有了，安妮首先道：「不要緊，我不倦！」

穆秀珍道：「我也不倦！」

她在艙中踱來踱去，過了一會，她突然「啊」地一聲，道：「四風，那潛艇如果是落在壞人的手中，那麼『兄弟姐妹號』也一定被他們發現了。」

雲四風道：「我正在想這個問題，我還是將水中電視開了好，這水底電視，我本來是裝來觀測水中的生物的，但如果有人游近我們，也可以發覺的。」

他伸手按下了兩個掣，艙壁上的兩幅地圖向旁移了開去，現出兩具電視機來，不到半分鐘，電視螢光幕上已經出現了船底下的海水的情形。

裝在船底的電視攝像管是有紅外線的裝置的，所以雖然是在黑夜，仍然可以將海水下的情形，反映到螢光幕上來。

船下面似乎很平靜，海水靜靜地蕩漾著，他們三人交談著，當然是對那艘潛艇作出種種的推測，但由於他們根本對這件事一無所知，所以推測都是不中肯的。

約莫過了大半小時，安妮首先叫了起來，道：「看！」

她一面叫，一面伸手指著電視螢光幕。

穆秀珍和雲四風兩人連忙循她所指看去，只見有一個小黑點，在漸漸地接近船底，不一會，已經可以看清，那是一個蛙人。

那蛙人的手中，還拿著一件方形的東西，他游到了遊艇底下，停了下來，這時，他的身子，在電視螢光幕上，可以看得十分清楚。

當然，他的臉面是看不見的，他的身手十分敏捷，擅於潛水的穆秀珍一眼就可以肯定，這人是一個第一流的潛水人員。

安妮叫道：「阻止他！阻止他！」

雲四風道：「現在我沒法子阻止他，船底可以發射十分厲害的魚槍，但如果我一按掣發射，他的身子就會被洞穿了！」

「那麼，你可以射穿他的腿部。」

「先看看他究竟幹什麼。」雲四風回答。

這時候，那人已經將他手中的那個方盒附著在船底上。而他已開始在游了開去。

穆秀珍失聲道：「天，他在船底放了炸藥！」

2 最高國防機密

雲四風也看出來了，那方盒是遠程控制炸藥！

他忙道：「秀珍，快，你潛下水去，將炸藥弄走！」

穆秀珍道：「那不是辦法，你先射中他，他就不能先發動爆炸了！」

雲四風控制著電視攝像管追蹤著那人，然後，他按下了另一個掣，在電視螢光幕上，可以看到一支魚槍向前疾射而出！

那支魚槍，雲四風是射向他的大腿的，但是那人卻太機靈了，他立時發覺魚槍向他射來，他轉了一個身，想逃開魚槍。

但是人在水中，不論動作如何輕便，卻是遲緩的，他才翻了半個身，魚槍便自他的胸間穿過，他的身子立刻浮了上來。

穆秀珍連忙衝出駕駛室，到了甲板上，她看到那人浮在水面上，順著海流，向外飄流而去，那人顯然是已經死去了。

穆秀珍跳下海去，潛游到船底，找到貼在船底的炸藥，將之帶到甲板上，雲四風立即將信管拆了下來，苦笑著道：「這炸藥，可以炸沉一艘軍艦。」

穆秀珍道：「那人已經死了，但一定仍會有人來找我們的麻煩，我們要注意四周圍船隻的移動，安妮，你拿望遠鏡到甲板上去。」

安妮答應了一聲，到甲板去了。

穆秀珍道：「我想，應該通知蘭花姐。」

雲四風皺著眉，道：「我想，我們還是等到海軍人員來了再說。」

穆秀珍點著頭，她也走到了甲板上。

安妮坐在甲板上，正用望遠鏡小心地觀察著。

「看到了什麼沒有？」穆秀珍問。

「沒有什麼，只有兩艘遊艇駛回來。」

穆秀珍自安妮的手中接過望遠鏡，四面張望著，也沒有什麼發現，雲四風則仍然在駕駛室中，注視著電視螢光幕上的情形。

他們神經緊張地守候了兩小時之久，幾乎什麼動靜也沒有，夜已經十分深了，四周圍十分靜，最後，岸上大酒店的霓虹燈也熄了。

那時，是清晨四時。

然後，一陣汽車聲自遠而近傳了過來。兩道車頭燈的光芒直射向碼頭，接著，車子便停了下來，那是一輛十分華貴的汽車。

而車一停，便有幾個軍官從車中跳了下來，最後一個下來的，竟是一位將軍。

安妮用望遠鏡看去，靠著紅外線的幫助，她可以很清楚地看到那幾個人面上的神情都十分沉重，她大聲道：「秀珍姐，我想是海軍部的調查小組到了！」

穆秀珍跳到甲板上，向雲四風做了一個手勢，不一會，那一行五人便已登上了「兄弟姐妹號」。

那海軍少將自我介紹道：「我是蒙丹少將，誰發現海中潛艇浮上來，又有人呼救的？」

「我！」安妮立即答應著。

「我們一起到艙中去，好不？」另一位軍官道：「我們有一些圖片，想請這位小姐辨認一下，我們十分感激你們的報告。」

安妮點著頭，另一位軍官立時走過來推她的輪椅，到了駕駛艙中，一個軍官給了安妮一本簿子，道：「這裡有幾種潛艇的樣子，請你正確地指出你看到的一種。」

安妮遲疑著，道：「我……不能十分正確，你知道，我看到的時候，潛艇只不過出水一半。」

「那麼，請你盡你所能。」那軍官說。

安妮接過了那本簿了，一頁一頁地翻看下去，看到第五頁，她用手遮去了潛艇的下半部，又迅速地翻了三、七、八這三頁，然後道：「是這一型。」

那幾個軍官互望了一眼，蒙丹少將道：「唉，這正是我們在若干時間之前神秘失蹤的一艘潛艇，我想，你可以認出那向你求救的人來？」

「可以的，我絕不會忘記他的。」

另一個軍官又將一本相片簿交給了安妮，但是他的手卻按在簿子上，道：「小姐，我請求你一件事。你看完相片之後，不要對任何人提起，只當沒有這件事發生，因為這是法國的最高國防機密，請你原諒，我們不得不這樣請求你。」

安妮忙道：「我不是逢人便說是非的人。」

那軍官放開了手，安妮揭著照相簿，一頁一頁地看下去，她突然指著其中的一人，道：「是他，一定是他，我完全記得的。」

「弗烈曼中尉。」一位軍官說。

蒙丹少將站了起來，道：「小姐，你發現了一艘失蹤多日的潛艇，而且見到了原來潛艇中的一個軍官。你的發現是一件極其重要的線索，我們十分感激你，不過，請你們將這件事忘了吧！」

穆秀珍感到有點不高興，道：「我想我們沒有那麼容易就忘記這件事，幾小時之前，有人潛水在我們的遊艇底下放了烈性炸藥。」

那幾個軍官互望著，一位道：「有這樣的事？炸藥呢？你們驅走了放炸藥的人，是不是？他是什麼樣的一個人？可以說說麼？」

「他是一個普通的蛙人，給我們射死了！」

一個軍官叫了起來，道：「你們的船上有武裝麼？」

穆秀珍反唇相譏，道：「你這是什麼意思？我們應該被炸成粉身碎骨，而不自衛麼？你們若是知趣的，當然要請我們協助你們調查！」

那幾個軍官笑了起來，其中一個道：「小姐，你是占士邦電影迷，是不是？」

穆秀珍的聲音十分沉著，道：「可以說是，我十分喜歡看占士邦的電影，但是更重要的是，我是女黑俠木蘭花的妹妹！」

那幾個軍官一齊呆了一呆。

蒙丹少將叫道：「女黑俠木蘭花！」

他們都知道女黑俠木蘭花的名字，那倒不是偶然的，「秘密暗殺黨」的總部就設在巴黎，木蘭花就是在巴黎揭破了這個恐怖暗殺組織的。

從那件事情之後，東方女黑俠木蘭花的名字震驚了整個巴黎，不論是警方，還是軍方，對木蘭花的名字，都有極深刻的印象。

當然蒙丹少將也不例外，指著穆秀珍道：「你一定是穆秀珍小姐了，是不是？」他又轉問雲四風，道：「你一定是高翔了？」

雲四風搖著頭，道：「我不是高翔，高翔本身的工作十分忙，他沒有接受我環遊世界的邀請，我姓雲，叫雲四風，是穆小姐的朋友。」

蒙丹少將背負著雙手，來回走了幾步，才又坐了下來，道：「既然你們的身分並不是普通的遊客，那麼我想，我可以向你們進一步地述及這件事。我們的一艘潛艇失了蹤，接著，以色列的一艘潛艇也神秘失蹤，我們共同組成了搜索小組，可是卻沒有成績。」

他講到這裡，略頓了頓，才又補充道：「直到最近，我們又損失了一艘深海小型潛艇和兩個搜索人員，一切仍然沒有眉目。」

「那麼我們的發現，究竟有什麼意義呢？」穆秀珍問。

「你們的發現，使我們更迷惑了，何以失了蹤的潛艇又會再度出現，而弗烈曼中尉又會在呼救中被人槍殺，我們都不知道。」蒙丹少將回答。

雲四風道：「可能潛艇被某一個國家隱蔽的力量所俘，而弗烈曼中尉趁機駕著潛艇逃了出來，他在潛望鏡中看到了遊艇，便浮起來求救。」

「有這個可能，但是我們只是在這裡假想，是沒有用的，」蒙丹少將轉問安妮：「你還記得發現潛艇的地點麼，我們去觀察一下如何？」

安妮道：「我可以照樣駕遊艇出去的。」

「多謝你，我們有一批潛水用具和水底武器，上岸去搬下船來，到了發現潛艇的地點之後可以應用，各位不反對吧。」蒙丹少將徵求他們的同意。

「當然不反對。」雲四風立即回答。

蒙丹少將向一名軍官做了一個手勢，那軍官立時用無線電對講機通知在岸上的人，雲四風他們才知道調查組還有人留在岸上。

不到半小時，留在岸上的七八個人，也都登上了「兄弟姐妹號」。

他們帶上船的東西可真不少，有九大箱之多，雲四風、穆秀珍和安妮三人，也不知道那九只大箱子中，究竟是一些什麼東西。

等到東西全搬上來之後，安妮便駕著遊艇，向外駛去。

這時，已經是快要日出了，當遊艇向前駛出，速度增加時，已經可以看到金光燦然的太陽，在東方儀態萬千地浮了起來，連晨霧也被染成了金黃色。

等到天色漸漸明亮之際，安妮已經按下了自動轉圈的控制掣，道：「就在這一帶了，我剛才的動作，和昨晚完全一樣。」

蒙丹少將忙問道：「可以有辦法使船固定下來麼？」

「當然可以。」雲四風按下了一個掣。

一支船錨疾射而出，鉤在海底的礁石上，熄了引擎，「兄弟姐妹號」便停了下來。

蒙丹少將道：「潛水人員準備下水。」

六名身形健壯的年輕人，動作迅速地打開了兩只箱子，每一只箱子中有設備齊全的潛水工具二套，那種潛水衣，除了壓縮氧氣筒之外，還有著最新的「人造鰓」的裝置。也就是說，就算氧氣筒出了毛病，潛水者仍然可以通過人工鰓，在海水中得到氧氣的供應。

而且，當潛水衣從箱中取出來時，穆秀珍是潛水的大行家，一看就知道這種潛水衣還有著內部的抗壓設備，也就是說，用這種潛水衣可以潛得更深。

穆秀珍在中板上，沐浴著早晨金色的陽光，她看著那六個潛水人員以極迅速的動作穿上了潛水衣，別的人員又從另外的箱子中，取出六具海底潛行器來，穆秀珍大是技癢，道：「將軍，我自已也有一套潛水設備，我也去參加搜查。」

蒙丹少將道：「小姐，你要參加，我們當然十分感激，但是敵人方面敢公然俘虜我國的潛艇，一定是非同小可的敵人，小姐千萬要小心才好！」

穆秀珍道：「我知道了，四風，你和我一起去麼？」

雲四風皺著眉，道：「秀珍，我們花今天一天的時間幫助他們，然後就離開地中海，那我們可以免卻許多麻煩。」

穆秀珍嘟著嘴，道：「當然，遇上敵人就逃走，保證一世沒有麻煩。」

雲四風笑道：「那不是我們的敵人啊！」

可是穆秀珍立即道：「誰說不是我們的敵人？昨天晚上，如果不是這艘遊艇的設備好，我們今天早已餵了地中海的魚！」

雲四風拗不過她，只得道：「那麼你別和他們離得太遠，他們有新型的水底武器，你又沒有，落了單就容易吃虧了！」

穆秀珍揚著手，道：「不要緊，我可以借。」

她轉過身去，道：「將軍，你們有什麼水中武器？」

蒙丹少將微笑著，並沒有出聲，顯然是不願意告訴穆秀珍，但是在穆秀珍身邊的一位十分年輕的少校，卻已搶著獻殷勤道：「水中武器有輕型和重型兩種。」

穆秀珍道：「原來有那麼多花樣，輕的怎樣，重的又如何，可否解釋給我聽，任我選擇其中的一種，在潛水時使用？」

那位少校只顧向穆秀珍討好，卻未曾料到穆秀珍會有此一招，他面色尷尬地望著蒙丹少將，少將瞪了他一眼，才道：「穆小姐，這兩種新型武器，全是未曾正式公開的，穆小姐若是要使用的話，那應該有法國國籍才可以，當然，我們是可以通融一下……」

穆秀珍忙道：「多謝，多謝。」

蒙丹少將笑了一下，道：「輕型的那種，在水中射程是五十碼，射出來的，是碰到了障礙物之後會作輕度爆炸的子彈。」

少將向一位軍官一揮手，道：「拿一柄水中機槍來！」

那軍官立即又打開了另一個箱子，取了一柄機槍，交給蒙丹少將，蒙丹少將再轉交給穆秀珍，穆秀珍接在手中，只覺得十分沉重。

那柄水中機槍，和手提機槍並沒有什麼不同，只不過在接近槍柄的地方，有一個圓形的盒子。

蒙丹少將指著那盒子道：「這裡面有五百發子彈，你可以每一發單獨發射，也可以每分鐘一百發連環發射，在試驗時，一支這樣的槍在水中發射，可以使一艘登陸艇沉沒！」

穆秀珍最喜歡這種新型武器。她大是高興，將槍交給了安妮，她進船艙去，不一會，她已全副潛水人員裝備走了出來。

那時，法國海軍中最傑出的六名潛水人員，早已下海去了，蒙丹少將親自和他們聯絡，由於無線電通訊系統的不同，穆秀珍下水之後，將直接和雲四風聯絡。

穆秀珍又向蒙丹少將借了一個個人潛水推進器，她躍下了水，全身立即被清涼而明澈的海水所包圍，她伏在潛水推進器上，將手提機槍握在右手，發動了潛水器，向前迅速地駛了出去，不一會，她便看到了其中的兩個蛙人，正在水中巡弋。

她繼續向前駛去，沒有多久，她又發現了其餘四個。

穆秀珍心中十分不以為然，她按了按無線電通話機，道：「四風，你聽到我麼？你聽我說，他們六人只是在近處來來去去，那是發現不了什麼的。」

雲四風的聲音立即傳了過來，道：「秀珍，千萬別駛遠去。」

穆秀珍道：「廢話，現在遊艇所泊的地方，可能離昨晚的地方有好幾浬，如果不游遠一些，怎麼會有結果？你別瞎擔心！」

雲四風沒有說什麼，只是嘆了一聲。

穆秀珍自然是聽到了這嘆息聲的，她只覺得十分好笑。她將潛水器的速度加快，筆直地向前直駛了出去。

她故意在魚群中穿來穿去，驚得那些魚像是大禍將臨一樣，迅速地散了開來，四下游去，但不久，又聚成了一團。

穆秀珍覺得十分有趣，她不斷地向前駛去，直到她自己也感到已經夠遠了。海中十分平靜，除了魚之外，沒有別的什麼。

她又按下了無線電通話器，叫道：「四風！四風！」

可是，她卻聽不到雲四風的回答。

穆秀珍呆了一呆，她知道雲四風對她的關切，所以她也知道雲四風是絕不會離開的，而就算雲四風離開了，安妮一定也在的，怎麼會沒有人回答？

她又叫道：「四風，四風！」

可是，仍然沒有人回答她。她重新按下掣，但是，依然沒有人回答，那可能是無線電通訊儀器發生了故障，穆秀珍的心中想。

她轉身過去，準備潛回去。

可是，當她在海中轉了一個圓圈之後，她的心中突然起了一種異樣的感覺。她實在未能一下子確切地說出這種異樣的感覺是什麼，但是她卻立即停了下來。

她慢慢地向海水深處沉去，想弄清楚究竟是什麼不對頭了。她是一個極其優秀的潛水家，有過數百小時的潛水經驗。

海中的一切，她全是十分熟悉的。

在海中，雖然一切都像是沒有聲音的，但是卻充滿了生氣——對了，現在令人感到異樣的，就是海中沒有了這股生氣！

這實在是令人難以想像的，不遠處，不是有一大群魚游過來嗎？為什麼會給人沒有生氣的感覺呢？駛過去看看。

穆秀珍操縱著潛水器，向前駛去，那一大群魚正游向一大叢美麗的海藻。

可是，突然之間，海藻不見了，魚也不見了。

那一大群魚和海藻，像是蜃樓一樣，突然消失了！

這種情形，如果不注意的話，是不容易覺察的，因為那一群魚不見了，但海底還是海底，又有另一群魚在游過來。

但是這時，穆秀珍卻可以肯定眼前的景象是轉換過了。

眼前的景象是如何會轉換的呢？自己是一直在向前駛去的啊！

穆秀珍的心中驚訝莫名，她又按著通訊儀的掣，想將自己的奇遇告訴雲四風，可是她講的話，卻仍然得不到任何回答。

她繼續向前駛去，留心著眼前的景象，這時她才發現，眼前的情形完全像是走馬燈一樣，在不斷地變換著。這實在太奇怪了！

她是潛水經驗十分豐富的人，但是她也沒有法子解釋，何以會有這種情形出現。

她又駛出了很遠，然後，她決定先浮出海面再說。

她按下了一個掣，潛水器兩旁的氣囊立時充氣。她向上浮了起來，她是在四百呎深的海水潛行的，約莫兩分鐘後，她已升上了水面。

當她升上水面時，從水中抬起頭來一看時，她呆住了。她看到，約有二十艘，長可二十呎的小艇，已排成一個圓圈，圍住了她，那二十艘艇隻，全是漆成和海水一樣的顏色，甚至還有海水的波紋。

如果不是穆秀珍離那二十艘小艇十分近的話，她一定不會發覺那種具有「保護色」的小艇的。

一看到這種情形，她便知道事情不大對頭了！她立即又向下沉去。

然而，就在她向下沉去之際，她耳際的無線電通訊儀中，已傳來了一個陌生人的聲音道：「小姐，你不必設法逃走，你是逃不掉的。」

穆秀珍只當沒聽見，她迅速地潛到了一百呎左右，然後抬起頭向上看去，那些小艇幾乎是不可辨的，穆秀珍勉強認定了其中一艘，突然接連扳動了三下槍機。

三粒子彈，就像是三枚小型的魚雷一樣，在水中帶起三股白色的線，向上飛了上去，有兩枚可能是飛出了水面，根本沒有射中目標。

但是其中的一枚，卻爆炸了開來，那當然是射中目標了。

在碧綠的水中，看到火花四濺，那簡直是一種曠世的奇觀，但穆秀珍這時心中十分緊張，自然不會去欣賞它的。

她知道自己擊中了一艘，但至少還有十九艘！

就在她還想再去尋找目標之際，她突然又看到，水中有許多奇異的東西向她游了過來，那些東西，乍看之下只不過是閃亮的一點一點而已。

但是，當那些東西接近之後，她卻看清楚，那是和海水一樣，閃著藍色的一種流線型的小型潛艇，它的大小，至多和跑車差不多大！

從四面八方接近的這種小型潛艇，不下四十艘，穆秀珍的身子在水中團團地轉著，她不斷地扳動著水中機槍。

水中手提機槍發揮了它最大的威力，至少有三艘這樣的小型潛艇中了槍，爆炸起來，爆炸引起的水花，使得海水中一片白色。

穆秀珍的身子也受了爆炸力影響，在團團亂轉，但是穆秀珍還是不斷地發射著水中機槍。

可是，從四面八方包圍過來的敵人實在太多了，有兩艘潛艇來到了離她相當近的地方，而且不等穆秀珍向它們瞄準，自潛艇的尖端便射出了一大團黑墨來。

黑墨一射出來之後，便在海中迅速地化了開來，穆秀珍在不到半分鐘之間，已經什麼也看不到了，接著，她似乎被困在一張網中。

而那張網，卻又越收越緊。

穆秀珍已知沒有法子再發射水中機槍了，她竭力掙扎著，但是卻一點辦法也沒有，她漸漸地感到昏眩，眼前的墨黑在漸漸加濃，使得她像墜進了漆黑的地獄中一樣。

接著，她便失去了知覺。

雲四風在穆秀珍下水之後，穆秀珍只和他講了一次話。他一直守在無線電通信儀之前，可是沒有穆秀珍的聲音傳來。

時間慢慢地過去，他開始呼喚穆秀珍，但是卻得不到回答。

雲四風急得在艙中團團亂轉，半小時之後，連蒙丹少將也覺得事情異乎尋常了，他吩咐他手下的六個潛水員尋找穆秀珍的下落。

那六個蛙人都曾看到穆秀珍以極高的速度伏在潛水器上向前駛去的，但那已是一小時多以前的事了，以她的那種速度前進，她足可以在幾十浬之外了。

但是六個蛙人還是一齊去找尋，雲四風也連忙起了錨，跟在六個蛙人的後面。

又過了一小時，才在海底發現許多金屬的碎片。

那種碎片十分之多，幾乎滿鋪在幾百平方呎的海底之上，那六個蛙人盡量搜集各種碎片，不斷地將之送上遊艇來。

雲四風檢查著那些碎片，那顯然是爆炸造成的碎片，但究竟是什麼爆炸而成的，卻不得而知。

穆秀珍失蹤了！

本來，蛙人潛水的目的，是想找到弗烈曼中尉的屍體，從而進一步得到失蹤潛艇的消息，但是如今什麼也沒有得到，而穆秀珍卻又失蹤了。

雲四風不斷地抹著額上的汗珠，雖然他一直站在甲板上，而甲板上又有著十分清涼的海風，「兄弟姐妹號」也參加了搜尋。

它不斷在海面兜著圈子，安妮坐在電視機之前，審視著海底的情形，搜尋工作一直堅持到天色漸黑，仍是一點跡象也沒有。

雲四風不但形容憔悴，面色蒼白，而且，人也變得神經質起來，當蒙丹少將下令收隊之際，他竟和蒙丹少將吵了起來。

可是蒙丹少將卻堅持已沒有希望了，他要回去作這次搜尋的報告，雲四風不住冷笑著道：「你要走，你游泳回去好了，我的遊艇不回去！」

遊艇是雲四風的，雲四風的遊艇不肯回去，蒙丹少將自然是無可奈何。但是，蒙丹少將當然也不致於要游泳回去，他用無線電召來水上飛機，等到天色完全黑下來時，水上飛機已飛走了。

「兄弟姐妹號」仍然留在海面上，船上只有雲四風和安妮兩個人，海面上靜極了。雲四風雙手插在頭髮上，坐在甲板上，安妮則在駕駛室中，仍然注視著電視螢光幕。

在水上飛機離去之後的半小時，安妮才叫道：「四風哥，你過來。」

雲四風失魂落魄地抬起頭來。

安妮道：「我們當然要再繼續進行搜索，但是我看這件事必須告訴蘭花姐了，如果她能趕來我們這裡，那自然最好了！」

安妮的話，總算給煩亂得一點主意也沒有的雲四風提供了主意，他連忙利用船上的無線電話，一站一站地轉接過去。

最後，他終於和木蘭花通了電話。

木蘭花的聲音聽來不十分清楚，但仍然可以聽得見，等她知道了電話是雲四風在地中海打來的時候，她笑道：「你們玩得高興啊，在地中海替我留意一下，有沒有一種屬於骨螺族的稀有貝殼，叫作『塘鵝之足』的，這種貝殼的『唇』，像是一顆星。」

雲四風苦笑道：「蘭花，我們不是在玩。」

「不是在玩，那你們在做什麼？」

「我們本來是在協助法國海軍尋找一艘失蹤的潛艇，但是在搜尋的過程中，秀珍卻失蹤了，已有十小時訊息全無了。」

木蘭花的聲音靜了一會兒。

她絕不是遇事會尖叫的那種淺薄的女性，她之沉默不出聲，表示她的心中夠吃驚了，她停了大約半分鐘之久，雲四風已抹了兩次汗。

然後，才聽到木蘭花道：「我盡快趕來，你們的位置請詳細的告訴我，我到了尼斯之後，會租水上飛機來與你們相會的。」

雲四風看看經緯儀，道：「我們在北緯四十一度二分，東經五度七分。我們的位置或許會有變動，但總是在這附近的。」

「我知道了，我盡快趕來。」木蘭花補充著道：「在我未曾趕到之前，你們以不變應萬變，千萬不可再有什麼異動，千萬不可！」

「我們將繼續找秀珍。」雲四風回答。

「好的，但是一切小心，我將用最快的方法趕到！」木蘭花放下了電話。

她講用最快的方法趕到，那就真的是用最快的方法。雖然對普通人來說，搭乘噴射客機，已經是夠快的了，但是，那又怎及得上自己駕駛一架小型的超音速噴射機呢？

木蘭花本身自然沒有這樣的小型噴射機，但是，通過國際警力的關係，木蘭花被答允，在一小時之後，她就可以有一架這樣的飛機。

這架飛機，將立即從最近本市的基地起飛，在一小時之後到達本市，所以，木蘭花放下了電話，立刻準備一切應用的物事。

然後，她和高翔通了一個電話，告訴他自己要到何處去，以及發生了什麼事，再駕車到機場去。

她在機場只等了十分鐘，那架飛機便依時而至了。

這是屬於國際警方的飛機，只要是簽字參加國際警務組織的國家，木蘭花可以不需要任何手續而飛入境，這就是最快的方法。

木蘭花和駕駛員一起，對那架飛機再作了一次檢查，然後，她獨自一人駕著飛機，向西飛去。

3 「俾士麥號」

十六個小時後，她的飛機降落在法國尼斯機場。

而她在飛機上，已經和駐在法國的國際警方人員聯絡好。

自從木蘭花替國際警方得到了那筆巨額獎金之後，她的地位十分高超，享受崇敬，她一提出請求，早已有人替她備好了一架水上飛機，木蘭花幾乎停都不停，便向東南飛去。

半小時之後，她駕駛的水上飛機，已經在地中海的上空盤旋了，她漸漸接近雲四風告訴她的那個位置，她將飛機飛得相當低。

她只不過在低空盤旋了兩圈，便看到了「兄弟姐妹號」，她立即開始降落，當飛機在水上滑行著，終於停下來之際，離「兄弟姐妹號」只不過五十碼。木蘭花可以清楚地看到在甲板上向她揮手的安妮，可是，她卻不見雲四風出現。

木蘭花下了飛機，划著橡皮艇來到了「兄弟姐妹號」之旁，她聽到的第一句話，便是安妮哭著道：「蘭花姐，雲四風也失蹤了！」

木蘭花陡地一呆，說不出話來。

木蘭花連忙加快速度，爬上了甲板，安妮向前轉來，撲入木蘭花的懷中，哭道：「蘭花姐，只有我一個人，足足七個鐘頭，只有我一個人！」

木蘭花忙安慰著她，道：「別哭，安妮，你是一個堅強的女孩子，你是不會哭的，快將事情的經過告訴我，他怎麼失蹤了？」

安妮用力地咬著手指，止住了哭聲。

她的確是一個堅強的女孩子，而且，也不是喜歡哭的女孩子。可是一個再堅強的人，一個人獨自坐在茫茫大海之中等了七小時，又經歷這樣神秘離奇的失蹤，心頭都不免會大受震動的，何況安妮究竟是一個孩子。

但是，當她一個人的時候，她卻始終咬緊了牙關，未曾哭過，直到見了木蘭花，眼淚才突如其來地狂湧而出，按捺不住的。

這時，她漸漸地止住了哭聲，才道：「四風哥和你通了電話之後，坐立不安，他不斷地使遊艇兜著圈了，想發現秀珍姐，他又命我在甲板上向海面眺望，只有自己一個人在駕駛室中，後來，我忽然聽得他在大聲和人講話，我回頭去看，只見他在對著無線電通訊儀高叫。」

木蘭花道：「他說些什麼？」

「我聽不清楚，他說了沒多久，便匆匆地離開駕駛艙，我叫他，他也不答應，他回到了自己的艙中，關上了艙門，等到他再出來的時候，已經是全副潛水配備，他只吩咐我不可將遊艇駛離這個位置，就跳下水中去了，他一直沒有回來。」

木蘭花皺著眉，問道：「他沒有留下任何話麼？」

安妮咬著手指，道：「沒有，他什麼也沒有對我說。」

木蘭花的雙眉皺得更緊了，雲四風的突然離去，當然和他接到的無線電話有關，而那個無線電話能夠讓他如此匆忙地離去，那當然又是和穆秀珍有關了。如果不是和穆秀珍有關的話，雲四風不會走得如此匆忙，只剩下安妮一個人在甲板上的。她推著安妮，道：「我們到裡面去看看。」

她們來到了駕駛艙之中，木蘭花小心地檢查著無線電通訊儀，不到五分鐘，她便道：「我們可以知道雲四風離去的原因了。」

安妮驚訝地道：「你怎麼知道？」

木蘭花按下了一個掣，兩卷鑲在板上的錄音帶開始轉動，不一會，就有木蘭花和雲四風的聲音傳了出來，那是他們的長途電話的錄音。

木蘭花道：「你看到沒有，每一通電話，都有著自動錄音設備，他在打電話給我之後，又收到另一個電話，自然也有錄音的。」

木蘭花一面說，一面又按下了一個掣，讓錄音帶快些轉過去，然後再按播音掣，錄音機先發出了一陣「沙沙」聲，然後才聽得雲四風道：「誰，你是誰？」

雲四風的聲音，不但十分焦切，而且近乎粗暴。

接著，便是另外一個男子十分深沉的聲音。

那男子道：「你暫時不必理會我是誰，我只問你一個問題，你是願意現在就得回穆秀珍小姐，還是願意和法國海軍勾結，結果一無所獲？」

雲四風的氣息也急促了起來，追問道：「你是誰？穆小姐在什麼地方？我們和法國海軍一點關係也沒有，你別誤會。」

木蘭花聽到這裡，心中暗嘆了一聲。雲四風和高翔是不同的——木蘭花心中這樣暗忖，如果是高翔的話，他一定不會如此急於否認自己和法國海軍的關係，因為如果一否認，那麼對方就知道你有意妥協了！

雲四風或許是因為穆秀珍下落不明而著急，但無論如何，雲四風是絕不會那麼快就立刻和不明來歷的敵人低聲下氣的。

木蘭花心中一面想，一面繼續聽下去，只聽得那深沉的男子聲音「桀桀」怪笑了起來，道：「雲先生，你的否認術不怎麼高明。」

「那你們想怎樣？」雲四風高聲叫著。

「我們想請你來談談，雲先生，第一步只是談談而已，我們也知道，你已經通知了木蘭花，是不是？這實在不是聰明的做法。」

「你們怎麼知道的？」

「我們當然有辦法，我們有最新的儀器，可以輕而易舉地截聽你的無線電話，本來，我們也可以輕而易舉地截斷你對外的無線電聯繫的，但是我們沒有那樣做，因為，我們也想見一見聞名世界的女黑俠木蘭花，請你別誤會，我們只是想見一見她而已。」

「那麼，你們怎樣和我談？」

「你當然有潛水裝備，你下水後向東游，我們隨時隨地會來接應你的，你不必害怕。」

「我沒有害怕。」雲四風大聲回答。

「好的，那請你快來。」

電話的錄音，到此為止。

木蘭花讓錄音帶又轉了一會兒，才按掣使之停止，轉過頭來，道：「安妮，他是去看秀珍了。」

安妮苦笑著，問道：「他一定能夠見到秀珍姐麼？」

木蘭花搖頭道：「我不知道，多半他是見不到的，敵人已把握了他的弱點，不會那麼輕易讓他和秀珍會面的，昨天和你們在一起的海軍，沒有再來麼？」

「沒有。」安妮搖著頭，道：「他們已宣布放棄了。」

木蘭花不出聲，只是望著海面。

安妮焦慮地望著她，道：「蘭花姐，和四風哥通話的，究竟是什麼人？他們的目的是什麼？」

木蘭花攤開了手，道：「我不知道，我真的不知道，我一點頭緒也沒有，我不知道他們是什麼人，也不知道他們的目的何在——」

木蘭花才講到這裡，便突然停了下來。

她的雙眼是一直望著海面的，這時她更是全神貫注地向前望著，安妮連忙跟著她一齊向前望去，只見海面上，有四艘快艇疾駛而來。

那四艘快艇全是漆成和海水一樣的藍色，十分具有「保護色」，若不是來勢快絕，激得海水濺起雪白浪花的話，是不會容易發現他們的。

木蘭花吸了一口氣，道：「有人來了。」

安妮道：「那我快到中板上去，我的輪椅中的武器，可以將他們一齊擊沉的。」

木蘭花微笑著，她自登上「兄弟姐妹號」以來，一直是緊皺著雙眉的，但這時，她卻反而開朗地笑了起來，像是十分高興見到那四艘快艇的出現一樣。

她道：「我們是要到甲板上去，但不必心急攻擊。」

安妮點著頭，說道：「只要你下命令，我就按掣。」

木蘭花推著輪椅，來到了甲板上。

那時，那四艘快艇的速度也已顯著地慢了下來，他們終於在離「兄弟姐妹號」只有二十碼處的地方一齊停了下來。

木蘭花凝視著這四艘快艇，那四艘快艇是流線型的，線條十分美麗，而且，木蘭花看它們的形狀，就可以肯定，那實在是四艘小型潛艇。

果然，木蘭花剛一想到這一點，在四艘快艇的上部，一個艙蓋打了開來，四個人自艙蓋中冒出上半身來，其中一個人大聲喊道：「木蘭花小姐到了，是麼？」

木蘭花笑著道：「你們大可以駛近些來，那麼怕我作什麼？我們相隔如此之遠，交談起來，難道方便麼？」

那人仍然大聲叫道：「我們不和你交談，我們前來的任務有兩個，第一，是要你駕著『兄弟姐妹號』跟我來；第二，毀去你駕來的水上飛機！」

木蘭花駕來的水上飛機，就停在離「兄弟姐妹號」不到一百碼處，那人話才一講完，突然看到海水中起了一道筆直的波紋，從其中的一艘藍色快艇直達水上飛機，顯而易見，是一枚魚雷，而緊接著，「轟」地一聲巨響，魚雷已經爆炸了！

水上飛機在高濺的水柱中，先是被突如其來的巨浪所吞沒，接著，它便像是紙摺的一樣散了開來，有的沉入水中，有的飛向半空。

平靜的海面，有那一剎間變得波濤洶湧，木蘭花幾乎在甲板上站立不穩，她要後退好幾步，才靠住艙壁站定了身子。

安妮激動地高聲叫道：「蘭花姐，我們不還手麼？」

木蘭花沉著地搖了搖頭，道：「暫時不必，他們一定是小嘍囉，你輪椅中藏有武器，那是一項秘密，不能在他們面前暴露的。」

她們兩人的低聲交談，那四艘快艇上的人當然是聽不到的，那人依然在高叫道：「現在，你的遊艇，跟在我們的後面。」

木蘭花沉聲道：「安妮，我們回到駕駛室中去吧。」

那四艘快艇又已駛動，在海上轉了一個圈，迅速地向前駛了出去，木蘭花已來到駕駛室中，由安妮按下了幾個掣，遊艇便緊緊地跟在後面。

他們一直向前行駛著，木蘭花注意著航行的位置和速度，她要在到了目的地之後，確知那是什麼地方。

她們足足航行了兩小時，太陽已西斜了，才看到前面的四艘快艇又轉著圈子兜了回來，木蘭花也連忙減低遊艇的速度，漸漸停了下來。

就在這時候，只見四面八方，又有二三十艘同樣的小型潛艇從水中浮了出來，將「兄弟姐妹號」團團圍住。

然後，才看到在「兄弟姐妹號」之前，另有一個東西浮了起來。那東西沾滿了海藻和海底的生物，它的形狀，十足像是海底的一塊大礁石！

但是海底的大礁石，是絕對沒有浮上海面的可能的！木蘭花立即知道，那是一艘偽裝得十分巧妙的潛艇！

等到那塊「大礁石」漸漸地浮上了海面，才看到「礁石」的上角移開，一挺機關槍伸了上來，對準了「兄弟姐妹號」。

然後，一個宏亮的聲音道：「木蘭花小姐，請你過來，我們的首領想見一見你，你可以用我們的快艇，但千萬別用詭計。」

木蘭花鎮定地道：「我也願意見你們，但是我不能離開安妮——我的小妹妹，我必須和她一齊來見你們，她是一個行動不便的人。」

那時，一艘藍色的快艇已迅速地接近了遊艇，在遊艇之旁停了下來，一個人大模大樣地走上甲板，道：「只是你一個人去。」

木蘭花站在駕駛室的門口，道：「一個人，我不去！」

那人冷笑著道：「你沒有機會反抗我們命令的。」

木蘭花的臉上，掛著十分不屑的微笑，道：「是麼？」

那人厲聲道：「快登上我們的快艇，你沒看到那挺機關槍正對準著你麼？而且，我們這許多潛艇，任何一艘發射魚雷，都可以令你的遊艇沉沒。」

木蘭花冷冷地道：「少在這裡廢話，回去請示你們的首領，再去學會普通應對的禮貌，然後再來和我說話！」

那人陡地踏前一步，滿面怒容，伸手便向木蘭花的肩頭抓來。

可是木蘭花一側肩，那人一抓抓了個空，木蘭花接著右肘撞出，正撞在那人的胸口。那人不由自主叫了起來，木蘭花的一腳又已踢中那人的肚子，然後，雙手一伸，抓住了那人的手臂，身子一轉，已將那人直摔了出去！

那人被木蘭花足足摔了七八呎，越過了船舷，「撲通」一聲，跌進了海中！

駕駛艙中的無線電話儀中，立時響起了一個十分深沉的男子聲音，道：「木蘭花，你這樣對待我的部下，是什麼意思？」

木蘭花傲然道：「你有這樣的手下，我想你是做任何事情都不會成功的，他只是一個無禮的粗人，膽敢對我動手動腳！」

那深沉的聲音停了半晌，才道：「那麼，你是拒絕我的邀請，不肯和我會晤的了？」

「恰恰相反，我樂於和你見面，但是我不能留下小安妮一個人在『兄弟姐妹號』上，所以，我要和她在一起，她是坐在輪椅上的，所以你最好另外派工具來接應我們。」

那聲音又呆了一會，才道：「好的。」

只見那塊「大礁石」的中部，又有一個石角移了開去，一艘小艇從一個六方呎的洞中駛了出來，來到了遊艇之旁。

木蘭花低聲道：「安妮，你千萬記住，不是我的吩咐，你絕不能按動輪椅上的任何掣鈕，你絕不能暴露輪椅的秘密！」

安妮神情嚴肅地點著頭。

木蘭花推著輪椅，來到甲板上，那小艇上升起一塊斜板。直達遊艇的甲板，木蘭花就在那塊斜坡板上，推著安妮走了下去。

她們登上了小艇，小艇又向那「大礁石」駛了過去，來到了近處，從那大礁石的形狀上，益發可以肯定那是一艘潛水艇了。

那是一艘十分巨大的潛艇，雖然經過精巧的偽裝（附在外殼的水藻和生物全是真的），但是木蘭花還是約略可以看出它的形狀來。

它不是原子動力的潛艇，從它輪廓式樣來看，它實在是十分舊式的潛艇。舊式潛艇，又如此之大，這兩點合在一起，使木蘭花的腦中產生一種相當模糊的印象。她一時之間說不出那是什麼印象來，但是她的確對一艘巨大和舊式的潛艇是有印象的。

在她不斷地思索時，小艇已經駛進了那個方洞，木蘭花只覺得眼前一黑，小艇一駛了進來，就停止了，接著，便聽得前面黑暗中，有人道：「請下來。」

木蘭花的眼神已漸漸適應了黑暗，她看到在她前面，是一條狹窄的走廊，走廊的兩旁，站著約莫有十個人，他們都穿著海軍制服。

他們的制服都十分殘舊了，但是木蘭花還是一眼就可辨認出來，那是德國的海軍制服——第二次世界大戰時德國的海軍制服。

木蘭花的心中，陡地一動。她那一點模糊的印象，由於加進了新的因素，所以已變得清晰一些了。

第二次世界大戰時的德國，巨型的潛艇，這一切，說明了什麼呢？

暫時，木蘭花仍是得不出任何結論來。

但是，木蘭花卻可以知道，在她自己的記憶中，是存在著這個結論的，只不過如今所遇到的事，還未導致她的記憶想起這個結論來而已。

木蘭花推著輪椅，來到走廊中，兩個人來到她的面前，道：「跟我們來。」

木蘭花聽得身後有鋼門開合的聲音傳來，同時，她身子也有搖晃和下沉的感覺，那是潛艇已向海底潛去了。

她推著安妮，在走廊中向前走著，她的神情看來十分安詳和鎮定，就像她根本不是在冒險，而是在推著安妮散步一樣。

安妮的心中十分緊張，她好幾次回頭來看木蘭花。等到她看到木蘭花如此鎮定時，她心中也安心了不少。

走廊中有人在走動，一個穿著軍官制服的人，在木蘭花的身邊擦過。

木蘭花一低眼，看那軍官袖口的金線已經十分殘舊了，但是。在金線之間卻有一個用金線繡出的德國文字，木蘭花一看，就看出那個字是「俾士麥」！

俾士麥，那是德國的「鐵血宰相」，是曾經復興德國的英雄，這是一個家喻戶曉的名字，而這個名字看在木蘭花的眼中，她的心中陡地一亮！

剎那之間，她全明白了！

她已在她的記憶之中，找到了剛才找不到的結論！

這艘潛艇，是「俾士麥號」！

她不禁深深地吸了一口氣，「俾士麥號」原來是真的存在的，那也就是說，二次世界大戰之後，盟軍對於「俾士麥號」所作出的結論是錯誤的了。

戰爭還在進行的時候，從來也沒有人知道有關「俾士麥號」潛艇的事情，儘管盟軍的情報工作十分出色，但德軍的保密工作更好。

一直到戰爭結束後，盟軍佔領了德國，才在漢堡一座規模十分巨大的潛艇製造廠的絕對秘密文件儲藏室中，找到了「俾士麥號」的一些資料。

從資料中看來，「俾士麥號」應該是一艘當時世界上最大的潛艇，它有著極其優秀的裝備，而且，還有一項正在研究的，可以戰勝任何其他潛艇的新設備。

這項發現，在當時是極其令人震驚的，因為美國、英國和蘇聯的海軍，都根本不知道有這樣的一艘潛艇的存在，於是，在接下來的三年之中，全世界大規模的搜索一直在進行者，同時，還組成一個調查團，展開了廣泛的調查，有關的工人、設計者都被召來查詢。

調查工作進行到了第七年，仍然沒有結果。

於是，調查團便作出了一個結論：「俾士麥號」實際上是不存在的，那只不過是一項計劃，這項計劃出於失敗來得太快，而未能實現。

這個結論已被接納了，所以，以後再也沒有人提起「俾士麥號」的事情。

而且，當第一艘原子動力潛艇「鸚鵡螺號」建成之後，「俾士麥號」也更不受人注意了，因此「俾士麥號」即使存在的話，也不再是最大，最厲害的潛艇了。

然而，盟軍調查團的結論，顯然是錯誤的！

「俾士麥號」是存在的，木蘭花現在就在這艘潛艇上，而且，木蘭花還可以感覺得出：這艘潛艇的性能十分良好！

木蘭花的心中十分震動，一艘在德國戰敗之後，在海中藏匿了近二十年的潛艇，潛艇上的官兵的心中，會想些什麼呢？

他們的首領，一定是一個倔強得接近瘋狂的人，所以才會繼續匿藏下去，不會向盟軍投降的，而且，現在他們還發動了進攻！

木蘭花應付過許多重大的事情，但是這一次最特別了。所以她的心中，也有一股說不出來的感覺，讓她覺得心頭沉重。

在前面帶路的人，在轉了一個彎之後，在一扇艙門口停了下來，叩了叩門，裡面有人應了一聲，那兩人便推開了門。

兩人推開了門之後，立即退開兩旁。

木蘭花定睛向內看去，裡面是一個在潛艇而言，十分寬大的艙房，一張鋼桌之後，坐著一個穿著將軍制服的德國人。

那德國人的頭髮已全白了，他大約六十歲，臉上的線條，顯得像是他的整個臉部是由花崗石雕成的一樣，他站了起來，道：「請進來。」

木蘭花推著安妮，走了進去。

安妮的父親，曾在德軍的集中營中受過折磨，安妮對於德軍，可以說有一種與生俱來的憎恨，是以一進了艙房，當安妮看到牆上所掛的那面德國納粹旗之後，她的神情立刻緊張了起來。

木蘭花立即知道了她的心思，輕輕地在她肩頭上拍著。

那德國將軍轉動著他近乎淡灰色的眼珠，打量著木蘭花。

木蘭花沉聲道：「你一定就是杜道夫中將了，你還在世，領導著『俾士麥號』！」

那德國將軍的臉上，陡地現出了驚訝之極的神色來。但是那卻只是轉眼之間的事，突然間，他又回復了常態，道：「你早已知道了麼？」

「不，」木蘭花道：「到了之後才猜到的。」

德國將軍道：「不錯，我是在柏林被攻陷之前兩日接受任命的，在我接受任命的同時，作戰本部也發出了我陣亡的假消息。」

「那假消息曾引起盟軍的懷疑，他們也曾懷疑你就是『俾士麥號』的領導人，但是因為沒有證據，所以他們只好相信你確實是陣亡了！」

「那得感謝工作人員巧妙的安排，」杜道夫中將用手指敲著桌子。道：「你可知道為什麼盟軍調查團找不到任何線索的原因麼？」

木蘭花在一張椅上坐了下來，道：「看來，你和外界絕不隔膜。」

「當然不隔膜，二十年來，我們在各地已成功地建立了不少情報站，世界任何角落發生的事，我們在五分鐘內就可以知道了。」

「那你們要花不少經費啊。」

「經費充足，是我們的幸運，我接受任命之後，元首的護衛隊便押著十二只大箱子給我，藏在潛艇中，等到元首自殺的消息傳來之後，我們打開箱子，發現那全是英鎊和美金——全是真的，這使得我們有足夠的錢，可以進行一切活動。」

木蘭花沉默了片刻，才道：「既然你對外界的一切知道得如此清楚，你也應該知道，你元首的夢想，是永遠不能實現的了！」

杜道夫中將低下頭，也沉默了片刻，道：「當然，但是我們至少相信一點：我們的元首還在世，我們在盡一切可能尋找他。」

「找到他又如何呢？」木蘭花的話中，帶著明顯嘲弄的意味。

杜道夫中將有些落寞地一笑，道：「當然不能怎樣，一艘潛艇在當時既不能挽回失敗的命運，在如今更不能怎樣，但只不過是作為下屬的責任而已。」

木閱花的心中略為寬慰了些，杜道夫中將雖然固執，雖然倔強，卻絕不是心理不正常的瘋狂復仇主義分子。

木蘭花在沉默著，杜道夫中將又道：「蘭花小姐，我們也知道你的許多事，我們的潛艇之所以被判定為不存在，是因為這艘潛艇在製造時，每一個零件都是分開來製造的，製造的工人根本不知道他們自己在做的是什麼東西，而最後的裝配程序，是由一百二十五個人完成。這一百二十五人，現在全是我的官兵，除了他們之外，沒有人知道『俾士麥號』的存在。」

木蘭花仍然不出聲。

杜道夫中將繼續道：「當我們在大西洋中航行時，得知柏林已被攻陷的消息之後，我們心中的難過，實在是可想而知的，我們當即下了決定，絕不投降。」

木蘭花冷笑道：「那麼你們就一直過著這種日子？」

杜道夫中將有點淒涼地笑著，道：「這樣的生活並不壞啊，沒有人知道我們的身分，我們有足夠的金錢，到處以富有的遊客身分去活動，無往而不利。」

木蘭花吸了一口氣，道：「那麼，你們俘虜了法國和以色列的潛艇，是作為一種什麼行動的開端，你們想要怎樣呢？」

4 瘋狂計劃

杜道夫中將站了起來，他忽然轉換了話題，道：「你當然還記得，美國一艘原子動力潛艇『長尾鮫號』在大西洋失事的事。」

木蘭花吃了一驚，道：「是你們的傑作？」

杜道夫中將攤了攤手，道：「我們始終未曾投降，我們和美國之間當然也是在交戰狀態之中的，最糟的是，那時『長尾鮫號』發現了我們，我們自然只好先下手為強了。」

木蘭花不無懷疑，道：「你們的潛艇——」

她的話還未講完，杜道夫中將便神情激昂地揮著手，道：「『俾士麥號』是最好的潛艇，它在剛下水時是如此，直到現在，依然如此。」

木蘭花冷冷地說道：「你有著日耳曼人的自大狂。」

「絕不！『俾士麥號』可以潛到最深的太平洋海溝之下，它可以三個月不補充燃料，它的速度快得難以形容，」杜道夫中將漲紅了臉。「橫貫北極的海底航行，最先完成的是『俾士麥號』，而且，經過了二十年之久，潛艇的迷惑設備，也終於研究成功了！」

木蘭花呆了一呆，道：「潛艇迷惑設備？」

杜道夫中將得意地笑了起來，道：「你未曾聽過吧，這種設備，可以使得任何潛艇在海底之下，如同闖進了一座極大的迷宮一樣，被我們帶著走。」

木蘭花道：「那又有什麼用？你們仍是一個逃亡者。」

杜道夫中將笑了起來，道：「不錯，我是一個逃亡者，但我卻可以說是海中的主宰。小姐，比起海洋來，德國太小了，世界上所有的陸地也太小了。」

木蘭花不說什麼，安妮忍不住尖叫了起來，道：「秀珍姐呢？你講了半天廢話，怎麼一個字也未曾提及秀珍姐？」

杜道夫中將道：「穆小姐和雲先生，他們全在『俾士麥號』上，現在，你們已瞭解了『俾士麥號』的大致情形，我想，可以談正經事了。」

木蘭花道：「是的，該談正經事了。」

杜道夫中將道：「我們的潛艇迷惑設備，根本的原理，是我們發現反無線電波，那是宇宙線射進海水之後，經過折射而成的一種波，這種波，可以破壞一切無線電或雷達的正常工作，可以通過電磁場的作用，對金屬發生極大的吸力。」

木蘭花只是默默聽著，並不說什麼。

杜道夫中將「哈哈」笑了起來，道：「我們在地中海中只作了一個小小的試驗，就已經有兩艘潛艇成了我們的俘虜，那兩艘潛艇無法離開我們劃定的電磁場範圍之內。但由於我們之中一項疏忽，一艘法國潛艇曾趁機逃走，這就是你來到此地的原因。」

木蘭花沉聲道：「你的意思是說，兩艘潛艇和潛艇上的官兵都還在麼？那麼你最好的做法，便是立即將他們放回去。」

杜道夫中將搖著頭，道：「當然我不會做那樣的傻事，我已經派人去和蘇聯接頭了，蘇聯的海軍一直居於下風，尤其在潛艇方面，我要將『俾士麥號』加入蘇聯海軍，而我，至少可以升為海軍上將，他們一定會重用我的，因為我有了這驚人的發明。」

木蘭花冷冷地道：「對於這種政治投機的把戲，我沒有興趣，我和你也沒有什麼可談的了，你讓我們四人一起回去吧！」

杜道夫中將搖著手，道：「不，你別心急，我的話還未說完，去投靠蘇聯，那只不過是我未曾見到你之前的一項計劃！」

木蘭花暗吃了一驚，望著杜道夫中將。

杜道夫中將又笑了起來，道：「在見到你之後。我改變了主意，木蘭花小姐，在我的官兵中，沒有一個像你那樣傑出的人材——」

木蘭花立即打斷了他的話頭，正色道：「你別說下去了，我是絕不可能成為你的一夥的，而且，如果你不讓我們四人回去的話，那你就等於宣布我們是敵人了。」

「小姐！」杜道夫中將有些憤怒，「你是俘虜啊！」

「誰說的？」木蘭花立即否認，「我是自願到艦上來的，而且現在，我可以輕而易舉地俘虜你，你還是相信這一點的好。」

杜道夫中將面色劇變，伸手去按一個掣，但是他的手指還未曾碰到那個掣，木蘭花一揚手，「颼」地一聲，一柄極其鋒利的小刀，貼著那個掣而過，使得杜道夫立刻縮回手來，道：「你聽我講完也不遲，等你聽我講完了，你不妨再表示意見。」

木蘭花心中也在盤算著，若是自己此際出手制住了杜道夫，那會有什麼結果，她決定暫時還不下手，所以只是冷笑了一聲。

「我的目標是在南美洲，或者是中美洲，」杜道夫中將繼續說著：「找一個政治腐敗的國家，收買軍隊，進行政變，我們有足夠的金錢來從事這項活動！我們的目標可以是巴拿馬，是宏都拉斯，是薩爾瓦多，也可以是多明尼加和海地，或者將這兩個國家合併為一，那麼我們就是一個十分完美的島國了。」

杜道夫中將越講越興奮，又道：「而這個島國，將擁有世界上最強大的潛艇隊，在全世界，這是一個首屈一指的強國。」

木蘭花又冷笑了一笑。

杜道夫中將一字一頓，慢慢地又道：「小姐，你有興趣來參加締造這樣的一個新國家麼？我全權託付你去組織這樣的政變！」

木蘭花聽了，不禁呆了半晌。

她面對過各種各樣的罪惡計劃，也面對過各種各樣搶劫的目標，但是，公然要去掠奪一個國家，這樣駭人聽聞的計劃，木蘭花還是第一次聽到。

她呆呆地望著杜道夫中將。

杜道夫中將見木蘭花不出聲，以為木蘭花正在考慮他的建議，所以他更加興高采烈地道：「我們有足夠的經費，事情是很容易成功的。」

木蘭花冷冷地道：「那麼你又何必要我來組織呢？」

杜道夫中將道：「當然，由我自己出面組織，也是可以，但多少有一些阻礙，因為我的身分如果一旦暴露，我還是漏網的戰犯，不論哪一個國家活動，一出了事，我就必然要被戰犯法庭來審判，而你卻不同，而且你比我能幹得多。」

木蘭花笑了起來，道：「你以為我比你能幹得多？那麼，你難道不怕事情成功之後，我將你拋開，將你交給戰犯法庭麼？」

「不會的，」杜道夫中將「哈哈」大笑了起來，「事情成功之後，必然會有大規模的國際干涉，也需要有強大的力量去對抗國際干涉，我就有這個力量，『俾士麥號』可以完成這種對抗任務，而只要新政府在半年之內不倒臺，自然就會成為事實了。」

木蘭花冷笑道：「看來你計劃得很周詳。」

「是的，我的計劃一直未曾付諸實行，就是因為找不到一個適當可託付的人之故，而你組織的政變完成之後，我就是一國的元首，那時，我就可以不必再匿藏在海底了，不但戰犯法庭不敢奈何於我，我還可以在聯合國中，和盟國的首腦握手！」

木蘭花緩緩地搖著頭，道：「對不起，我認為你的計劃是極不負責，近乎瘋狂的！我絕不會參加你這種瘋狂的計劃。」

杜道夫中將呆了半晌，在聽了木蘭花的話後，他的面色變得十分難看，足足沉默了三分鐘，他才道：「你可以考慮考慮——」

木蘭花不等他講完。便道：「絕沒有考慮的餘地！」

杜道夫中將仍不死心，道：「或者你還不知道我們可以動用的金錢有多少，你還不知道我們各地的情報網組織得十分完善——」

木蘭花再度打斷了他的話頭，厲聲道：「我絕不參加你的計劃，將軍，你們唯一的出路，就是向盟軍總部自首，以你的發明來換取自由，要不然，你就好像是鱷魚那樣，永遠伏在海底，你的那種計劃，可以說是異想天開！」

杜道夫中將的面色煞白，他立刻按下了一個掣來！

但是，木蘭花也在這時及時跳了起來，將那艙房的門自裡面鎖上，她一鎖上了門，便轉過身來，面對著杜道夫中將。

幾乎立即地，門上便傳來了敲門聲，有人問道：「將軍，你召喚有什麼命令？」

木蘭花看到杜道夫的手伸向抽屜，而且握著一柄槍提了出來，但是，杜道夫手中的槍還未曾對準木蘭花，木蘭花一翻手，已經射了一槍。

那一槍，是一柄十分小巧的手槍射出來的，那手槍小得可以藏在手掌中而不被人發覺，木蘭花早已藏在手中了。這時，她一槍射出，射中在杜道夫的那柄大型德國軍用手槍之上。

「啪」地一聲響，杜道夫手中的槍已跌到了地上。

杜道夫中將面色鐵青，木蘭花道：「將軍，你是我的俘虜了！」

杜道夫中將保持著沉默。

木蘭花又道：「你快吩咐你的手下，將雲四風和穆秀珍兩人帶到這裡來，並且立即安排我們四人安全地離開『俾士麥號』。」

杜道夫中將的面色越來越青，他對準了傳音器，先咳了一聲，然後道：「全艇官兵注意，我已經成了木蘭花的俘虜——」

他講到這裡，頓了一頓，隨即又道：「但你們不必擔心，那是一件小事，我們當然是佔著上風的，開始全面警戒，派人在我的艙口守衛——」

他的話還未曾講完，木蘭花已衝了過去，將通話器的掣「啪」地關上，她手中的槍也指住了杜道夫中將的眉心。

她一字一頓地道：「將軍，你別以為我不會開槍。」

「我沒有這樣想，就像我根本沒有想到我會在任何威脅下屈服一樣。木蘭花小姐，你應該知道我不是一個肯屈服的人，不然，我何以在海底藏匿了二十年之久？」

木蘭花將手中的槍又向前伸了伸，道：「你可以不屈服，我也可以開槍取去你的性命，你想想清楚，杜道夫！」

「收起你的槍吧，小姐，你不發怒的時候美麗的更多，如果你殺了我的話，那麼你就不是木蘭花了，小姐，別忘了，我是德國著名的戰略家，而且，在成為軍人之前，我是柏林大學的心理學博士。」杜道夫中將鎮定地說著，而且，用手推開了那柄小手槍。

在這樣的情形下，木蘭花也確實想到是無可奈何的！要知道，她這時雖然控制了杜道夫中將，但是事實上，的確一點用處也沒有的，因為就算她殺了杜道夫，她又怎敵得過俾士麥的兩百多名官兵呢？

木蘭花重又將小手槍放進了手掌之中。

這時候，她又聽到艙外傳來一陣緊密的腳步聲，那當然是艇上的官兵已進到艇長的艙外，進行著緊急的戒備了！

木蘭花只得退一步道：「好，那麼，你放我們離去，我們之間，再也沒有麻煩了。」

杜道夫中將搖頭道：「恐怕不能，小姐。」

木蘭花立即道：「你別以為我是會接受威脅的人！」

「只怕你非接受威脅不可，小姐，雲四風、穆秀珍和這位小姐，都將作為『俾士麥號』的貴賓，一直到你成功地進行了政變為止！」

好久未曾出聲的安妮，到了這時，忍無可忍地叫了起來，道：「蘭花姐，將這納粹分子殺了，我們冉一起衝出潛艇去！」

木蘭花卻沒有出聲。她何嘗不想如此？但是她是一個思想縝密的人，不是像安妮那樣，容易衝動，想到就說的，她立即想到的是，如何衝得出去呢？

既然衝不出去，那麼說這樣的話，也是毫無意義的了！

杜道夫中將又道：「我想，木蘭花小姐，以你的才能而論，有一年的時間，足夠完成一項政變了，他們就在這裡住一年！」

木蘭花只是冷冷地道：「你是在浪費時間。」

「你才是在浪費時間，我的部下很快就要攻門了，他們的情緒十分抑鬱，我想，你如果去激怒他們，那是十分不智的。」

木蘭花呆了一呆，向後退出了幾步，將艙門打了開來，只見四五名士兵，持著手提機槍，立刻衝了進來。

但杜道夫立即阻止了他們，道：「行了，事情已經過去了，我和木蘭花之間，只不過發生了一點小小的誤會而已，木蘭花小姐將是我們最好的朋友。」

安妮轉著輪椅，來到了木蘭花的身邊，叫道：「蘭花姐！」

木蘭花按著她的手臂，道：「安妮，你別出聲，我自有主意，將軍，我希望先會見我的妹妹和雲先生，先見到了他們再說。」

「當然可以，你可以看到他們在『俾士麥號』之中，享受著和我一樣的待遇！」杜道夫中將興奮地說著，揮動著他的右手。

他一面說，一面向外走來，道：「你可以跟我來，然後，我再告訴你細節問題，我想，你已經接受我的要求了，是麼？」

安妮立即問道：「蘭花姐？是麼？不會的！」

木蘭花的心中十分紊亂，她無法回答杜道夫中將的問題，也無法回答安妮的問題，她只好道：「安妮，別逼我，讓我想想。」

安妮焦急地道：「可是蘭花姐……」

木蘭花搖著頭，道：「我已經說過了，不要逼我！」

安妮不再說什麼，只是憤然地低下頭去。

木蘭花心中暗嘆了一聲，她知道，自己即使是假裝答應了杜道夫中將的要求，那麼，在安妮的心中，必然造成十分壞的印象。但是，不答應又怎樣呢？如果答應杜道夫中將的要求，那麼，至少她一個人可以離開「俾士麥號」。

她當然不是偷生怕死之人，要獨自逃命，而是想到，就算只有她一個人離開的話，也比四個人全被困在「俾士麥號」好得多，而安妮是不會明白這個道理的，那並不是安妮不夠聰明，而是她年紀太小，而且，一提到納粹德國，她就有著一股莫名的偏激情緒之故。

但是木蘭花知道，穆秀珍和雲四風會明白這一點的。所以，她先要見見他們兩人。

木蘭花停了一會兒，扶住了輪椅的柄，推著她向前走著，杜道夫中將走在前面，兩個中校跟在杜道夫中將和木蘭花的後面。

「俾士麥號」真的十分大，和一般小潛艇中的侷促情形不同，走廊十分長，當他們在一個艙門前站住的時候，木蘭花估計潛艇全長至少有四百呎。

在那艙門前，有兩個軍士守著，一見到杜道夫中將，兩個軍士連忙行禮，杜道夫吩咐道：「將門打開來，客人可安靜麼？」

那兩個軍士苦笑了一下，道：「不，將軍，他們用流利的德語罵我們，我們幾乎……幾乎忍不住違背你的命令了。」

杜道夫中將道：「以後，不會再有這種情形了！」

兩個軍士中的一個，轉身扭動著鑰匙，門才推開一條縫，便聽得穆秀珍道：「哈，神勇的德國士兵，又要來挨罵了麼？」

那軍士像是早已被穆秀珍罵怕了一樣，一伸手，將門移開，他自己卻立刻向後退出了幾步，臉上現出憤然的神色來。

接著，杜道夫中將走了進去。

只聽得穆秀珍又道：「哈，原來是將軍閣下，你——」也不知道她準備說什麼刻薄的話來挖苦杜道夫中將的。

但總是杜道夫的運氣好，她的話還未曾講出口，便看到木蘭花，只見她陡地一呆，直叫了起來，叫道：「蘭花姐！」

木蘭花推著安妮，進了那間船艙。

杜道夫中將說得不錯，雲四風和穆秀珍兩人有著和他一樣的享受，那艙甚至比他的艙更大，雲四風正躺在一張床上，這時也跳了起來。

穆秀珍一面叫著，一面抓住了安妮的手，又抬起了頭，道：「蘭花姐，你可知道，我們現在是在一艘什麼潛艇上麼？」

安妮搶著道：「蘭花姐什麼都知道了。」

穆秀珍哈哈笑著，她突然轉過身，伸手在杜道夫的肩上拍了拍，道：「喂，蘭花姐來了，你可準備好了去戰犯法庭受審了麼？如果你沒有好律師的話，我倒可以介紹一個給你，一個好律師至少可以使你少坐好幾年的監牢。」

安妮又搶道：「他們非但不想坐牢，還想當一個國家的總統啦！」

「總統？」穆秀珍和雲四風兩人都不明白地叫著。

「是的，他要我們三個人作人質，強迫蘭花姐去替他找一個島國，策動一項政變。」安妮不停地說著：「這個納粹分子還想為禍世界！」

木蘭花聽得安妮說得如此之激動，不禁嘆了一聲。

穆秀珍連忙問道：「真的麼？蘭花姐？」

杜道夫中將冷然先答，道：「真的。」

穆秀珍道：「你不會答應他的，是麼？」她只講了一句，又笑了起來，道：「當然不會的，那太荒唐了，太荒謬了。」

「如果木蘭花不答應，那麼你們四人全要被毀滅。」杜道夫中將冷冷地說著：「因為你們知道我的秘密，實在太多了！」

雲四風、穆秀珍和安妮三人，全都望定了木蘭花。

木蘭花仍然不出聲，杜道夫中將退了出去，他在門口略站了一站，道：「我給你二十分鐘的時間去考慮和商量，二十分鐘。」

他一伸手，「砰」地將門關上。

艙房中只剩他們四個人，穆秀珍忙道：「蘭花姐，我們快想辦法逃出去，這將是一件轟動世界的大新聞，你看我們可有逃走的機會麼？」

木蘭花嘆了一聲道：「我看沒有，我們面對的並不是普通的犯罪組織，而是受過嚴格訓練的德國海軍。而且他們的處境是有進無退的，他們必須竭力保護他們存在於世的秘密，他們是絕不會有所退縮的，這一點，我剛才已證明過了。」

「那你準備怎樣？」穆秀珍立即問。

「我看，如果沒有辦法的話，那只好接受他的條件了！」

「蘭花姐，你——」穆秀珍尖叫了起來。

但是，她只叫了一聲，便突然停了下來，因為她看到木蘭花的手正遮在臉上，像是在臉上搔癢一樣，然而她的口唇卻迅速地動著。

只不過她的口唇雖然動著，卻並沒有發出聲音來。

然而，有沒有聲音發出來，對穆秀珍來說，是完全一樣的，那是她們自小就訓練成的「唇語」，穆秀珍可以在木蘭花口唇的動作中，完全知道她在講些什麼！

她看出木蘭花是在「說」：這是唯一的辦法，不但可以使我們獲得生存，而且我還可以出去，出去之後，再想辦法。

穆秀珍連忙也以「唇語」回答她：可是你得要替他策動一項政變，你得受他的牽制，如果你完成不了，事情還不是一樣麼？

木蘭花搖了搖頭，這樣答覆：至少可以有轉機，比我們四個人在二十分鐘之後便被他們殺死好得多，我已經決定了。

穆秀珍仍然不以為然，木蘭花又掀動嘴唇，告訴穆秀珍：在我走後，你將我的決定，用秘密的方式告訴安妮和四風。

穆秀珍無可奈何地點著頭。

木蘭花嘆了一聲，道：「我想，我該和杜道夫將軍研究一下細節問題。」她轉過身去，用力地拍著門，不一會，門就打了開來。

「帶我去見將軍！」木蘭花對開門的軍官說。

那軍官十分恭敬地道：「請。」

木蘭花又到了杜道夫的艙中，杜道夫滿面笑容地道：「很高興你有了明智的決定，小姐，你準備什麼時候開始工作呢？」

「你不怕我離開之後，出賣你們麼？」木蘭花試探地問。

「我們沒有道理要害怕，任何的水底攻擊都不能奈何我們，而我們的反無線電波裝置，又使得任何探測儀都不能測知我們的位置，小姐，如果你背叛我們，唯一的結果，就是在大海的某一處，突然多了三具屍體，我想你是明白的。」

木蘭花心中苦笑了一下，她明白對方所講的是事實。照那樣看來，她即使離去，也是一點用處都沒有的，但是，她卻還是要試一試，因為那總比在二十分鐘後，海中多了四具屍體來得好些！

「而且，」杜道夫繼續道：「小姐，在一年之內，如果你不能完成任務的話，那也會有很令人遺憾的事情出現的。」

木蘭花道：「那不行，一年太短了。」

杜道夫揚起了手，道：「我不和你爭辯，一切以我的話為依據。小姐，你的行動受到嚴密的監視，你若是有異動，我們也會立即採取行動。」

木蘭花道：「你曾提及經費——」

「是的，我會給你一個瑞士銀行存戶的號碼，這個戶頭中，有著比你想像還多十倍的存款，你可以隨意支用，而不問你用途如何。」

「好的，謝謝你，那號碼是什麼？」

「你在離開之後，到巴黎去，記住，巴黎的麗莎夜總會，在那裡，會有人來向你接頭，暗語是：請你在香榭麗舍大道散步好嗎？」杜道夫緩慢地說著。

木蘭花道：「我記得了，你們送我出去吧。」

杜道夫按下了一個掣，立刻有兩名軍官到了他的艙房門口，杜道夫下命令道：「送木蘭花小姐回『兄弟姐妹號』去。」

木蘭花跟著那兩名軍官走了出去，她來到了走廊的一端那裡，排列著許多藍色的小型潛艇，都是彈道發射的，他們三人登上了其中的一艘。

小潛艇被納入軌道之中，然後，突如其來的一陣震盪，那一陣震盪是如此之劇烈，以致在剎那問根本無法明白發生了什麼事。

等到恢復平穩的時候，已經在海洋之中潛航，根本不知道「倬士麥號」是在什麼地方了，約莫十五分鐘後，潛艇浮上了水面。

使得木蘭花吃驚的是，「兄弟姐妹號」就在百碼之外。

木蘭花被送上了「兄弟姐妹號」，那艘藍色的小潛艇立刻潛下水中，木蘭花也立即衝進了駕駛艙中，按下了電視掣。

她在電視螢光幕上，看到那艘藍色的小潛艇正在向前駛著，但是，突如其來地，那艘小潛艇消失不見了，而且，海中的景色似乎也變了。

木蘭花呆了半晌，她明白，那便是小潛艇中也有著反無線電波的裝置，是沒有法子跟蹤它的下落的！

因為直到目前為止，世界上一切的探測儀，幾乎全是利用無線電波的，而反無線電波可以破壞一切無線電波的儀器，那還有什麼法子測知它的下落呢！

而且，別的潛艇若是接近它的反無線電波，又可以使得別的潛艇迷失航線，成為它的俘虜。

木蘭花關掉了電視掣，嘆了一口氣。

木蘭花是很少嘆氣的，但這時，事情實在太棘手了……

她坐在駕駛位上好一會，才按動駕駛掣，駕著遊艇向尼斯駛去，她全然無法欣賞美麗的海景，她只是在苦心地思索著。

她在想：自己應該怎麼辦？是和法國海軍部去聯絡，還是要求國際警方的協助？木蘭花知道自己可以借得到軍艦，她也曾經借過軍艦的。

但是，這一切都沒有用，因為世界上還沒有什麼單位可以發現這艘「俾士麥號」的軍艦，而且，就算發現了，也是難以將之毀滅的。

木蘭花更知道，杜道夫一定已通知了巴黎的隸屬於他們的情報人員，如果自己不立即去和他們見面的話，那就很麻煩了！

所以，木蘭花決定，先到巴黎再說。

本來，她想立即利用遊艇上的無線電話和高翔通話，將自己目前的處境告訴他，但是她怕自己的通話會被對方聽到，所以她改變了主意。

她和高翔通電話，是在她到了尼斯之後的事。

而且，她是到電話公司的長途電話室中去打這個電話的，當她將自己的情形向高翔講了之後，高翔著急地問道：「可要我來幫助你麼？」

「暫時不必要，因為現在，我還根本沒有什麼事情可以做，我只好先按照杜道夫的話去做，反正我們有很多的時間。」

高翔仍然不放心，道：「蘭花，我和你在一起比較好些，我可以向方局長請假的，兩個人一起，總比較好得多！」

木蘭花也是感到這一點的，她在茫無頭緒的時候，就一定會自然而然地想到：如果高翔在，和他研究一下，那就好了。

而如今，她所遇到的，又是從來未遇到過的棘手事情，這件事情之棘手，是在於一切來龍去脈，她都已明白了，根本不必要再去探索什麼！

但是，明白了一切，卻也包括了幾乎難以和對方抗衡這一點。

所以木蘭花略想了一想，道：「好，我將住在巴黎的蕾爾酒店，你盡快趕來好了！」

「好的，太好了！」高翔收了線。

5 投鼠忌器

木蘭花離開了尼斯，她租了一輛汽車，一路不停地向巴黎駛去。

等到她來到巴黎的時候，她先到蕾爾酒店，要了兩間相連的房間。然後，她好好地洗了一個澡，休息一下，便去找尋那間麗莎夜總會。

巴黎的夜總會之多，是可以和印度的饑民相提並論的。

木蘭花不知道麗莎夜總會在什麼地方，她詢問酒店的詢問處。詢問處的那個女職員，用一種十分奇怪的目光望著她，才將地址告訴了她。

等到木蘭花來到麗莎夜總會的門口之際，她才知道那個詢問處的女職員為何以奇怪的眼光望著她了，原來這個所謂的夜總會，是巴黎東區一批頹廢派的聚會之所！

夜總會設在地窖，要走下七八級石階才能通到門口，而木蘭花幾乎沒有法子走下那七八級石階去，因為石階上坐滿了人。

那些披頭散髮，男女不分的男男女女，坐在石階上，肆無忌憚地接著吻，有幾個女郎穿著和不穿差不多的短裙，有的簡直是穿著她們男友的襯衫，而在她們的玉腿之上，卻描著各種顏色的花朵，更有的將頭髮染成青綠色，看來實在像是殭屍一樣。

木蘭花忍不住踢開了幾個人，才算擠進了門。

一進了門，木蘭花更吃了一驚。她實在不能相信世界上有那麼烏煙瘴氣的地方！首先聞到的是強烈的煙味，煙霧瀰漫，幾乎什麼也看不到。

一隊黑人樂隊正在起勁地演奏著，一個黑人歌者抓住了擴音器在怪叫，聲音震耳欲聾，數十名和石階上一樣打扮的男女在瘋狂地扭動著身子。

木蘭花才走了進去，就有一個長鬍子，猩猩也似的傢伙走過來，一伸手就攬住了木蘭花的腰。

那個猩猩也似的人物，摟住了木蘭花的腰，噴著酒氣，道：「寶貝，你是什麼時候來的？我在樓上有房間，要是你不喜歡在房間中——」

那個猩猩也似的傢伙還未講完，木蘭花手肘一頂，重重地頂在他的胸口。

木蘭花本來絕不是隨便就出重手的人，但是那傢伙那種無知之極的行動，卻使得她十分惱怒，人和禽獸有異，就是人有禮，人知道廉恥，而這些披頭散髮的傢伙，簡直已和禽獸無異了！

所以，木蘭花頂出的那一肘，力道十分大，而且，恰好頂在那猩猩似的傢伙的一根肋骨之上。肋骨是一件最脆弱的骨骼，在木蘭花重重一頂之下，立刻斷裂！

那「猩猩」痛得汗珠直迸，殺豬也似的怪叫了起來。

可是在這樣的地方，人人都在直著喉嚨，跟隨著那個黑人歌星不住地叫著，那「猩猩」叫得再大聲些，也不會有人去注意他的。

那「猩猩」受了傷，踉蹌地向前走著，搖擺著，甚至還有人向他拍手尖叫，以為他正在跳著一場新式的舞蹈呢！

木蘭花略停了片刻，便向人叢中擠去，當她來到了一根柱前站定的時候，只見另一個穿著花花綠綠的中年人，也向前擠來。

木蘭花已經準備好了，如果那傢伙也對她無禮的話，那麼她決定給以同樣的懲罰。

那傢伙果然來到了她的身前，但是卻十分有禮貌，他以十分純熟的法語問：「小姐，可以邀你去散步麼？」

「到哪裡去散步？」木蘭花反問。

「到香榭麗舍大道去散步。」那中年人回答。

木蘭花點了點頭，那正是杜道夫中將的人，那中年人一看到木蘭花點頭，便轉身向外擠了出去，木蘭花跟在他的後面。

當他們兩人擠出了那間烏煙瘴氣的「夜總會」之後，木蘭花不禁深深地吸進了一口新鮮空氣。

那中年人轉過頭來，道：「裡面太污濁了，是麼？在污濁吵鬧的地方進行聯絡是最好的，絕不會引起別人的注意，小姐，你已知道和我接頭的目的了？」

「對，那號碼是——」

那中年人講出了一個六位數的號碼之後，又道：「小姐，請原諒我的好奇心，這號碼代表了什麼？」

木蘭花冷冷地道：「擔任你這種工作的人，是不應該有好奇心的！先生！」

那中年人的面色變了一變，連忙道：「是……是！」

木蘭花又道：「你指揮著多少人？」

「整個歐洲的情報網，小姐，我們一共有一百三十名情報員，將軍的命令是，其中每一個人都可以聽候你的命令。」那中年人回答。

木蘭花和那中年人一面交談著，一面在巴黎的街道上慢慢地踱著，同時，木蘭花的心中也在迅速地轉著念頭，她心中暗忖：那中年人的話，不知道是不是可靠？但如果杜道夫真要利用自己的力量去發動一項政變，他就應該指令他的部下，盡量和自己合作。

木蘭花當然不會真的替杜道夫去製造一場他所希望的政變的，但是穆秀珍幾人還在他手中的時候，木蘭花卻不得不虛與委蛇，盡量敷衍他們，裝著自己正在努力工作的樣子，然後再從中慢慢地想辦法。

而且，必須裝得十分像，因為木蘭花知道，當自己和那中年人聯絡上了之後，她的行為從此就受到極其嚴密的監視了。

她略想了一想，道：「你回去調查一下，在那一百多人之中，有幾個是有參加過外籍兵團的記錄的。」

「是。」那中年人回答道：「我本人便曾在外籍兵團中作戰五年，幾乎是全在非洲渡過那五年的，蘭花小姐，你準備展開什麼行動？」

「我的任務，要到一切準備完善之後才能公開，事先則必須保持極度的秘密，集中曾參加外籍兵團的人，這是我要你做的第一件事。」

「第二件呢，小姐？」

這時，他們已然來到了塞納河邊，一艘滿是燈火的船，正在河上緩緩地駛過，悠揚的音樂從船上傳了出來，可以看到許多人在船上跳舞。

木蘭花又停了一停，道：「我需要會見整個拉丁美洲的各地區情報網的負責人，現在，我任命你為我的第一號助手，你叫什麼名字？」

「威勒，小姐，威勒中校。」那中年人忙回答著，「拉丁美洲區的總負責人是加士度男爵，他……肯接受我的調動麼？」

「那你不必擔心，將軍當然已對他發出了訓令，三天之後，我要他們全在巴黎集中，就在你的地方，你的地址是——」

威勒忙道：「是培里大街三十號，那兒的門口掛著『貝殼搜集俱樂部』的招牌，是非會員莫入的私家地方，但是可容幾百人開會。」

「好，」木蘭花轉過去，「三天後，晚上八時，我將在那裡會見你們，你必須做好這件工作，不然我會另外選擇助手的。」

木蘭花自顧自地向外走去，她向前走出的時候，威勒還站在河邊，木蘭花特地注意著他的行動，可是並沒有發覺什麼異樣。

木蘭花轉過了一條街，已看不到威勒了，似乎仍然沒有什麼人跟蹤她。

木蘭花知道，杜道夫說會嚴密地監視她，那一定不是虛言，但是，為了保證木蘭花工作的順利，當然需要樹立她的威信，杜道夫可能命令情報網之外的人來跟蹤監視她的行動！

木蘭花早就可以趕搭車子了，但是她卻只是慢慢慢地向前走著。她這樣做的目的，是想引跟蹤者出來，好看清跟蹤監視她的，究竟是怎樣的人。

夜，越來越深，街道上的行人，也越來越冷落了。

木蘭花終於發現了有人在跟蹤她了。

那是一個手中持著酒瓶，正在大聲唱著歌的醉漢！

這醉漢跟在木蘭花的後面，其實已經有相當的時間了，但木蘭花卻一直未曾這樣注意他，因為他在高聲唱歌，在竭力引人注意，而一般的跟蹤者，總是閃閃縮縮的。

但是，當木蘭花一連轉過了幾條小巷，仍然可以聽到那醉漢的歌聲時，她知道那醉漢弄巧成拙，跟蹤者的面目暴露了！

木蘭花不動聲色，她兜著圈子，又來到了「麗莎」夜總會的附近，在她的車子上，坐著兩對頹廢派男女，正在擁抱接吻。

木蘭花也不趕他們下來，自顧自打開車門，進了車子，發動了引擎，踏下油門，車子向前疾馳而出，將坐在車頂的那兩對男女一齊震得滾落在地上！

木蘭花同時還看到，那個「醉漢」這時正停在對面的街角，他正對著他手中的酒瓶在講些什麼。

事情更明白了，他手中的，也根本不是什麼「酒瓶」，而是外形看來和酒瓶一樣的無線電對講機，這時，他當然是在通知他的同黨，繼續進行跟蹤了。

木蘭花駕著車，轉過了幾條街，她就發現有一輛淺藍色的跑車，坐著一對時髦男女，正跟在她的後面，木蘭花也不動聲色。

她駕著車，直駛到了最豪華的麗池酒店之前，停了下來。她在另一家高級的酒店，蕾爾酒店中，早已訂下了房間，而且，約了高翔在那裡會面的。

但是她卻不願意給杜道夫知道她和高翔要見面，所以，她這時來到了麗池酒店，當她的車子停下時，穿著制服的侍者，立刻替她打開了車門。

木蘭花大模大樣地走了進去，她高貴的儀態，使得人人為之側目，她來到了櫃檯前，要了一間豪華的套房，由侍者帶領著，走進了升降機。

在升降機門將要合攏的一剎間，她看到坐在藍色跑車上的一對男女，也推開了厚厚的玻璃門，向酒店大堂中走了進來。

木蘭花心中暗笑了一聲，她已經開始想，自己如何才可以不讓這一男一女發覺而離開酒店。反正高翔不會來得那麼快，她可以有足夠的時間去準備一切！

她到了房間中，略為休息一下，便拿起了電話，要接線生接通到瑞士銀行的長途電話，那時雖是午夜，但以服務著稱的瑞士銀行，是派有專人在接聽長途電話的。

等到電話接通之後，木蘭花說出了威勒告訴她的那個號碼，並且告訴銀行的值班職員，她需要一百萬美元，明天上午就要，請瑞士銀行匯到巴黎的銀行來。

銀行職員立即答應，雙方講妥了支取的暗號，木蘭花便掛上了電話，躺了下來。到如今為止，她的一切，看似都在替杜道夫做事。

要繼續裝著替杜道夫做事，那是十分容易的，但是，如何才能設法將穆秀珍等三人，從「俾士麥號」中救出來呢？

木蘭花想了一會，可以說一點頭緒也沒有，她不禁嘆了一口氣：「俾士麥號」不是一艘普通的潛艇，沒有什麼儀器可以測知它的所在！

而且，就算知道了它的所在，也是沒有用的，因為穆秀珍等三人在潛艇中，投鼠忌器，難道能不顧一切地去攻擊「俾士麥號」麼？

木蘭花從來也未曾感到一件事是如此地絕望的，要將穆秀珍等三人自「俾士麥號」中救出來，幾乎是不可能的事！

她又嘆了一聲，熄了燈，在床上躺了下來。

她在床上翻來覆去，但到天快亮的時候，她還是睡著了。這一覺，直睡到了第二天的中午才醒來。木蘭花心知高翔快到了。

她到了房門口，將門打開了一道縫，向外張望了一下。

她看到昨天晚上跟蹤來的那名男子，正在她房間的斜對面倚門而立，和一個美麗的女侍在打情罵俏，但是他的眼睛卻一直望著木蘭花的房門。

木蘭花冷笑了一下，將門輕輕關上，然後，她拉鈴叫來了侍役，吩咐侍役替她送來一頓豐富的早餐來。

那女侍就是和那男子說笑過的女侍，木蘭花知道，當那女侍出去的時候，那男子一定會向她問及自己的，所以，木蘭花在見那女侍之際，不但頭髮蓬鬆，而且一點也未曾化妝，穿著睡衣，這一切，都表示她不可能在一小時之內走出房間的。

在女侍走了之後，木蘭花迅速地行動起來。

她取下了蓬鬆的假髮，將一只精緻的尼龍纖維的面具套在臉上，那使她看來像是一個拉丁美女，然後，她迅速地換了衣服。

當二十分鐘後，女侍又推門進來時，她已準備好了一切，女侍一進來，關上了門後，向木蘭花望了一眼，便不禁一呆。

但是木蘭花向她一笑，道：「對不起，這是給你的損失，小姐。」

她遞了一張五十元面額的美金，交在那女侍的手中。那女侍接過了美鈔，驚訝得莫名其妙。

但是，還不等她再說什麼，木蘭花早已一掌向她的後頸劈了下去，那女侍立刻昏倒在厚厚的地氈上，木蘭花脫下了女侍的衣服和帽子，穿戴在自己的身上，她又停了兩分鐘，然後才推開門，推著空了的餐車，向外大大方方地走了出去。

她知道，那女侍至多昏過去半小時。半小時之後，女侍醒來，跟蹤她的一男一女當然也會知道她已不在了，他們將不知道她去了何處，一直要等到三日之後，他們才知道她的行蹤。

因為三日之後，木蘭花要到「貝殼搜集俱樂部」去和杜道夫手下的人會面，跟蹤的人是杜道夫派來的，威勒也必將這件事報告上去，杜道夫自然可知她行蹤的。

但是，那已是三天之後的事情了。

在這三天之中，她可以和高翔會晤，可以和高翔商量許多事情了。

她推著餐車，來到了樓梯上，然後，走下了幾級樓梯。

她將侍者的制服和帽子棄在梯間，然後，走上了兩層樓梯，去等候升降機，升降機到了之後，她堂而皇之地落到大堂，向外走去。

她自然不會蠢到去用她自尼斯租來的車子，她叫了一輛計程車，先到了銀行，那一百萬美元已經匯到了，她也辦好了手續，取得了一本支票簿。

要發動一場政變，不論政變的對象是怎樣小的一個小國，一百萬美金當然是不夠的，但是這一百萬美金，卻證明杜道夫的那個帳戶中，果然有著巨額的存款！

然後，木蘭花又雇了街車，到了機場。

她在機場中才真正進早餐，然後等了大約二十分鐘，她要等的那一班飛機飛到了，木蘭花立即看到高翔自飛機上走了下來。

她知道高翔持有國際警方發給的特別護照，是不必在海關進行例行檢查的，所以她立即來到了閘口，不到兩分鐘，高翔已走了出來。

木蘭花向高翔迎了上去，高翔轉過頭來，不經意地向木蘭花望了一眼，木蘭花低聲道：「高翔，是我，你沒有通知什麼人到了巴黎吧？」

「噢，是你！」高翔十分高興，「沒有，在局裡，除了方局長一個人之外，沒有第二個人知道我究竟到什麼地方去了。」

「那很好，你先去機場的租車處租一輛車子，我們一齊上蕾爾酒店去，為了擺脫跟蹤，我不得不戴上面具。」

高翔點了點頭，他們手挽著手，一齊向外走了出去。

當然，他們在向外走去之際，仍然在仔細地留意著四周圍，看看是不是有人在注意他們，但是機場上，旅客和送行者行色匆匆，並沒有注意他們。

四十分鐘之後，他們已經到了蕾爾酒店，木蘭花為高翔預訂的房間中。

木蘭花除下了面具，高翔立刻焦急地問道：「他們究竟怎樣了？」

木蘭花沉聲道：「他們在『俾士麥號』中。」

「一點希望也沒有麼？」

「照目前的情形看來也可說沒有。」

「那我們怎麼辦呢？」高翔焦急地問。

木蘭花不禁笑了起來，道：「高翔，你看你，我叫你來，是想和你好好商量一下的，你卻比我還要急，你豈不是白來了？」

高翔苦笑著，道：「連你也沒有辦法，我怎能不急？」

木蘭花道：「那也不一定說事情沒有希望了，我先將事情的全部經過和你詳細地說一說，你也可以有一些概念。」

高翔仍是不斷地走著，用力按著手指的關節，發出「啪啪」的聲音來，道：「好，你講得對，一定有辦法對付他們的。」

木蘭花將自己和安妮兩人到達「俾士麥號」，和杜道夫中將會面之後的情形，詳細地向高翔說了一遍，一直講到她如何擺脫跟蹤為止。

高翔聽了之後，呆了半晌，才苦笑道：「照這樣情形看來，『俾士麥號』可能是希特勒用來逃命的，但是盟軍的進展來得太快，所以才未曾來得及而已。」

「我想也是，要不然，怎會有十二巨箱的美金和英鎊，先被運到了『俾士麥號』之上？如果沒有這一大筆巨款，只怕杜道夫早已支持不住了。」

高翔仍來回地踱著，他突然站定了身子，道：「蘭花，我有一點不明白，照說，那艘法國潛艇已經成了『俾士麥號』的俘虜，如何又會浮出水面，又會有人向安妮求救的呢？你可有向杜道夫提及，所謂被俘，是怎樣的一種情形麼？」

木蘭花緊蹙著雙眉，杜道夫在向她提及「反無線電波」一事的時候，只是強調這種新發明的威力，但是卻未曾說得十分明白。

那當然是故意的安排，因為杜道夫不想將「俾士麥號」的秘密洩露出去，所以，木蘭花也不知道被俘虜究竟是怎樣的一回事。

她只是在杜道夫不詳盡的敘述中，知道這種反無線電波目前還只能利用海水中的某種元素而發射，而一發射的話，所有的無線電波，作用便完全喪失，而且，還會在海中造成一種近乎在沙漠中海市蜃樓作用的幻覺，使得潛艇航行完全迷失。

在那樣的情形下，潛艇可能只是在一個固定的地方不斷地兜著圈子，而且還自以為是在不斷地向前前進，那樣，燃料當然有用完的一天。

那麼，「俾士麥號」上的人要登上對方的潛艇，將之控制，自然是輕而易舉的事情了。可是，正如高翔所懷疑的，何以那艘法國潛艇又會浮上來呢？

木蘭花當然不知道那是什麼原因，但是她卻已隱隱地覺得，那是一個十分重要的關鍵，明白了這關鍵，可能對整件事都有幫助！

但即使是這件事，仍是一點頭緒也沒有。

高翔又道：「蘭花，你可以有三天的自由活動時間，但是杜道夫必然會問你，在這三天之中，做了一些什麼事，你怎麼回答？」

「那太容易了，高翔，你吩咐侍者送報紙來，我想，法國海軍部可能還會要和我們聯絡的，因為這對他們來說，究竟是一件極重要的大事。」

高翔連忙拿起了電話，吩咐將報紙送進來。

不到五分鐘，侍者已經送進了一大疊報紙來，他們兩人一齊翻閱著，沒多久，高翔指著一幅圍花的廣告道：「你看。」

木蘭花轉過頭去看時，只見那廣告用花體字登著：

「兄弟姐妹號主人注意，請和我們聯絡，再繼續進行共同的工作。」

在廣告中，有一個電話號碼。

高翔抬起頭來，道：「怎麼樣？」

木蘭花：「不妨和他們聯絡一下。」

高翔拿起了電話，接通了報上所登載的那個號碼，先是一個女子的聲音，但是，在高翔說明了自己是「兄弟姐妹號」的主人時，立刻換了一個男子的聲音。

那男子的聲音顯得十分緊張，道：「海軍部為上次的搜索沒有結果，急於離去，而表示抱歉，一個新的調查團已組成了！」

高翔冷冷地道：「那又怎樣，我們的人已不見了。」

那男子又道：「如果閣下能夠到海軍部來，一齊商量一下的話，那我們表示十分歡迎，因為我們又有了一項新的發現。」

那男子在電話中講的話，木蘭花是完全可以聽見的。所以，當高翔轉頭向木蘭花望來之際，木蘭花立刻點了點頭，高翔道：「好的，我們可以來。」

「你們在什麼地方，我們派車來接你。」

「不必了。」高翔回答，「我們自己會來。」

「好的，那我們在大門口派人接你們，你是雲先生麼？」

「不是，雲先生已經……失蹤了，我是他的好朋友高翔，將和我一齊前來的，就是木蘭花小姐。」高翔講明了自己的身分。

那邊呆了片刻，才道：「好的，我們歡迎。」

木蘭花站起身來，道：「不管他們有了什麼發現，我相信他們所知的，必然沒有我們的多，但如果我們要有所行動的話，卻也必須和他們合作！」

高翔道：「不錯，他們究竟有著一支強大的海軍！」

木蘭花又仔細地戴上面具，他們兩人一齊向門口走去，但是，就在他們在門前站定，高翔正要去伸手開門之際，門上突然傳來了敲門聲。

「誰？」高翔問。

「電報，先生。需要簽收。」

高翔和木蘭花互望了一眼，電報，這未免太奇怪了，有誰知道他們在這裡呢？高翔的行蹤，只有方局長一個人知道，木蘭花的行蹤，根本沒有人知道！

木蘭花身形一閃，閃到了門旁，那樣，如果一開門的話，她就會在門後了。

高翔立即伸手將門打了開來。

他一打開門，首先看到的並不是電報，而是一柄槍。

那柄手槍，握在一個修飾得十分整齊的男人手中，那手是屬於一個衣著名貴，一看便給人以高級花花公子印象的男人手中。

而在那男人之後，又跟著一個身材十分健美的女郎。

「進去。」那男人揚著手中的槍。

高翔向後退開了幾步，那一男一女一齊走了進來。

那女的順手將門關上，那男的笑著道：「你是高翔先生，是不是？木蘭花在什麼地方？她難道以為可以擺脫我的跟蹤麼？」

6 找錯對象

這兩個人突然出現，使得木蘭花也是一呆。因為她以為自己無論如何已經擺脫了他們的跟蹤了，但是那兩人卻仍然找到這裡來，幸虧她早一步閃到了門旁。

她立刻掏出了槍來，道：「我在這裡，可是你別動！」

那男子的身子也十分靈敏，木蘭花才一出聲，他便倏地伸手向高翔抓來，看來，他是想抓住了高翔，立刻轉過身來，將高翔擋在自己前面的。

但是，如果高翔會給他抓中的話，那高翔也就不是高翔了，那男子一伸手，想去抓高翔的手腕，可是高翔的手腕一翻，出手卻比他更快！

那男子在一怔間，高翔的五指已經緊緊地抓住了他的手腕，緊接著手腕一抖，將那人的身子抖得風車也似，轉了一轉，跌倒在地。

那男子跌倒在地，還想揚起手來時，高翔已向他的右手一腳踏了下去，將之牢牢踏住，木蘭花揚槍向那女子一指，道：「你坐下。」

那男子被高翔踏住了手，還想掙扎。直到高翔的左腳在他的額頭上，重重地踢了一下，他才不再動彈，只是喘氣。

木蘭花沉聲道：「高翔，放開他，我想他是將軍的人！」

高翔鬆開了腳，但是他在鬆腳之際，腳底在他的手腕上搓了一搓，使得那人五指一鬆，將槍鬆了開來，高翔順手一腳，將槍踢到老遠的一角。

那人捧著手腕，站了起來，恨恨地道：「好，木蘭花，如果我將這一切報告給將軍的話，你想將軍他是如何想法？」

木蘭花冷冷地道：「他會想，他委託了一個蠢才。」

那男子怒吼道：「好，那我就去據實報告。」

「請便，先生，但是如果你再像剛才那樣打擾我的話，那麼我也會告訴將軍，我的任務受到一個蠢才的干擾，所以不能完成！」

那男子顯然是知道木蘭花負有何等任務的，所以當木蘭花這樣講的時候，他不禁臉上變色，坐了下來，一聲不出。

木蘭花冷笑一聲，向高翔使了一個眼色，道：「我們現在要出去了，你不妨仍然跟蹤我們，但是卻不要來管我們的事。」

她話一講完，就和高翔一齊走了出去。

當她重重地關上房門之際，高翔便低聲道：「蘭花，我們還到海軍部去麼？」

「當然去，這時，他們兩人一定十分沮喪，我們這次的行動反倒是最安全的，他們如果再忍耐片刻，那我們就麻煩了！」

他們迅速地出了酒店，雇了一輛計程車，來到離海軍部還有一半路途的地方下了車，然後，又登上了另一輛計程車，才來到了海軍部。

在守衛莊嚴的大門口，已有一個軍官在等著他們，將他們帶領著，來到了建築物的二樓，進了一間小小的會議室之中。

在那間會議室中，已經有一個滿腮鬍子的人和幾位軍官在。

高翔和木蘭花一進來，一個軍銜最高的軍官便說道：「兩位，我想請你們會見阿瑟，他是我們優秀的情報員，自從潛艇失蹤之後，他便一直進行著搜索調查工作，他有最新的發現。」

阿瑟就是那個滿腮鬍子的傢伙。

他站了起來，和高翔、木蘭花熱絡地握著手。

他道：「在出事之後，我一直領導著一個小組在進行工作，我們曾損失過一艘深水的球型潛艇和一個人，昨天，我們找到了失蹤的潛艇。」

木蘭花和高翔兩人互望了一眼。

木蘭花忙問道：「是你們的，還是以色列的。」
「我們的，和以色列的。」阿瑟回答，「嚴格來說，我們所找到的，不是潛艇，而只是許多潛艇的碎片，兩艘潛艇的碎片都有。」
「那麼，潛艇上的人呢？」
阿瑟有點難過地道：「推測起來，全都死了，雖然我們沒有發現屍體，但是屍體在大海中是無法保留的，爭食屍體的生物太多了。」
木蘭花的心中苦笑了一下。
阿瑟又道：「當我呈上報告之際，部裡告訴我，事情和木蘭花小姐有聯繫，那使我們十分高興，希望木蘭花小姐能給我們幫助。」
「我怕我不能有什麼幫助。」木蘭花淡然地說。
「蘭花小姐，」阿瑟繼續說著，「說是幫助也好，說是合作也未嘗不可，我們知道，雲先生和你妹妹也已經失蹤了。」
「是的。」木蘭花回答，「還有安妮。」
「那麼，你難道不想尋找他們麼？」
木蘭花攤了攤手，道：「怎麼找呢？如果他們的失蹤和潛艇失蹤是有關連的話，那麼，據你說，潛艇上的人全已死了！」

阿瑟道：「蘭花小姐，我們請你來，是因為事情有了最新的發現，而所謂最新發現，也還不是指我們發現了潛艇的殘骸。」

「那麼是什麼新發現呢？」

「我們懷疑有人在海中建立了一個十分強大的勢力。」

木蘭花對阿瑟十分佩服，因為阿瑟的懷疑是正確的，但是木蘭花卻並不表示什麼，她也不準備將自己所知的講給對方聽，因為在還沒有法子對付「俾士麥號」之前，她絕不讓對方去亂加搜索，以致打草驚蛇，危及穆秀珍等三人的安全。

所以她只是裝著驚訝地反問道：「在海中龐大的勢力？這是什麼意思？是指科學幻想電影中的那種海底天國，還是別的？」

阿瑟搖著頭，道：「我也不知道是什麼，但是那是一種神奇的力量，可以在剎那之間，使得一切無線電波都消失作用。」

木蘭花又吃了一驚，她皺著眉道：「你是如何發現這一點的？使無線電波不起作用？世界上有這種神奇力量麼？」

「我們也不能確定，但是，我有一次駕著深水潛艇，正在行動間，忽然所有的無線電儀器全都失靈了，我立刻將潛艇停了下來，我看到前面，似乎有一叢非常大的礁石在隱隱移動著，可是，緊接著，我卻又什麼都看不到了，我變得在海中迷途了！」

木蘭花在心中暗道：「你真幸運！」

她想起了杜道夫中將告訴她的，關於美國原子動力潛艇「長尾鮫號」的事。她知道，一定是「俾士麥號」未曾發現阿瑟，否則，阿瑟早死了！

「我懷疑，那礁石是偽裝，在礁石之下，可能有什麼特殊的東西在，但我也只不過是懷疑而已，我在半小時之後，發現無線電儀器又恢復正常，而當我再駛動時，我卻什麼也看不到，那一大堆礁石也已經看不見了，這的確是一件怪事。」

對已經明白了一切的木蘭花而言，那卻一點也不怪，她只反問道：「那你準備採取什麼樣的措施來證實你的發現呢？」

「我們準備再組織龐大的海底搜索隊。」

「我不贊成你們的計劃，阿瑟先生，你想，如果對方真的有你形容的那種力量，那麼，你們還有什麼取勝的機會？」

阿瑟呆了片刻道：「多謝你提醒我這一點。」

木蘭花道：「照我的意思，你們暫時還是只進行小規模搜索的好，將所有的發現，一點一滴地記錄起來，或許有些用處。而我們，並不能給予什麼幫助，這是要請各位原諒的，我們告辭了！」她一講完，就和高翔兩人一齊站了起來。

那位法國情報員阿瑟，想是久聞木蘭花的大名，所以仍然不肯放過和木蘭花合作的機會，道：「那麼以後我們如何聯絡呢？」

木蘭花想了一想，道：「你可以登報。」

阿瑟點了點頭，無可奈何地將木蘭花送出來。

離開了雄偉的海軍部建築之後，高翔立即問道：「蘭花，你為什麼不將我們所知的事告訴他們，好讓他們進行工作？」

木蘭花緩緩地搖著頭，道：「不行，秀珍、雲四風和安妮三人還在『俾士麥號』之上，我什麼也不能說，一定要保持秘密。」

高翔默然不語，過了片刻，才道：「那我們和法國海軍部人員的會晤，可以說是一點結果也沒有了？徒然冒了一次被杜道夫發覺的危險！」

但木蘭花卻又搖著頭，道：「不，我們的會面極有用。」

「有用？」高翔覺得奇怪。

「是的，至少我們知道『俾士麥號』是可以接近的，法國情報員阿瑟便曾接近過它，辦法是用小型的深水潛艇，如果經過偽裝的，那就更好。」

高翔苦笑了一下，道：「那有什麼用，『俾士麥號』是在什麼地方，根本就不可能知道，難道駕著深水潛艇在全世界的海洋中去尋找麼？」

木蘭花緩緩地道：「對別人來說，知道這一點，或者是毫無用處的，但我們不同，我可以很容易地知道它的所在地。」

高翔奇怪地望著木蘭花。

木蘭花繼續道：「非常簡單，我只要表示必須和杜道夫中將見面，那麼，杜道夫就必然會派人來接我到『俾士麥號』去的。」

高翔呆了一呆，立即道：「如果你和我保持密切聯繫的話，那麼，我就可以駕著深水潛艇在海中襲擊『俾士麥號』了！」

木蘭花點頭道：「我也正是那樣想法，這可以說是對付『俾士麥號』的唯一辦法，但是我們卻需要一艘攻擊能力極強，而且在操縱方面，盡可能不利用無線電波的深水潛艇。高翔，你先回去，和雲家兄弟商量一下，要在最短的時間內造出這樣的一艘潛艇來。」

高翔道：「那麼你呢？」

木蘭花對高翔的話暫不回答，只是沉思著，然後道：「對於那艘深水潛艇，當然是要海、陸、空三用的，也就是說，它可以成為在陸地上行走的車子，而且在必要的時候，增加一兩項簡單的設施，就可以使它變成一架直升機，當然——」

木蘭花講到這裡，又頓了一頓，道：「當然，最要緊的是要能深水潛航，和配備十分強大的武器，我相信，憑雲氏兄弟屬下的企業，和他們對世界各地大企業的聯繫，他們是可以造出這樣的一艘萬能潛艇來的，高翔，必須以最短時間來完成它！」

高翔不停地點著頭，然後才道：「為什麼要海陸並用呢？」

「那還不簡單麼？」木蘭花回答：「我要求見杜道夫，他們可能派人在巴黎和我接頭，但『俾士麥號』可能在大西洋中，你必須對我進行長期的跟蹤，才能夠知道『俾士麥號』的正確所在地，然後再潛入水中，設法接近它，進行攻擊。」

「那麼，秀珍他們呢？」

「當然，一定要等我們所有的人都離開『俾士麥號』，攻擊才能開始，這是十分困難的事，也是我一定要完成的事情。」

他們兩人不約而同深深地吸進了一口氣。那是他們都感到自己要做的事情實在是太艱鉅和太不容易之故。

木蘭花道：「高翔，你直接去機場，這件事，要保守秘密。」

高翔握住了木蘭花的手，道：「我們什麼時候再見面呢？」

木蘭花想了一想，說道：「我會設法和你聯絡的。」

高翔仍然有些依依不捨，道：「你不送我到機場麼？」

「不了，」木蘭花其實也一樣依依不捨，但是她還是那樣回答，「我從現在起，必須全力博取杜道夫的信任，我會要求與他會面幾次，才在最後一次採取行動，你現在別去想其他的事，先集中力量，全心全意地將那樣的潛艇製造出來。」

高翔點著頭，加快了腳步，過了馬路。

他在對面又站了半分鐘，才叫了一輛計程車，走了。

在高翔離去之後，木蘭花的心情十分複雜，一方面，她因為和高翔的匆匆聚首，匆匆分離而感到惆悵，但是另一方面，她又因為自己有了行動方針而感到欣慰。

她在街頭站了沒有多久，便回到蕾爾酒店。

那一男一女已經不在了，木蘭花也不將他們放在心上，她只是展開自己騙取杜道夫中將信任的計劃，她只要再和高翔聯絡時保持秘密，不讓人發現就可以了。

她只用了一天半時間，便已和十多個拉丁美洲駐巴黎的使館人員有了交道，當她送了一輛用四匹純白的白馬拉的鑲金的馬車給當地的大使夫人之後，大使夫人和她立刻成了好朋友；而多明尼加總統的那個花花公子兒子，這時也正在巴黎，已和木蘭花有兩次共舞的記錄了。

木蘭花這一切行動，看在監視者的眼中，傳到了杜道夫中將的耳中，當然表示木蘭花正在積極地招兵買馬，組織一場政變。

而三天之後，在「貝殼搜集者」俱樂部召開的那次會議，可以說是一個高潮，木蘭花在會上宣布，將軍已厭倦了海底的生活，希望成為某一個國家的正式元首，而將這件事全權委託了她，而她決定的結果，最理想的地點，是中美洲的希斯盤尼拉島（Hispaniolan）。

這個島，現在分為兩部分，東是多明尼加共和國，西是海地共和國，一場突發的軍事襲擊，可以將這兩個國家合併為一，使地球上出現一個新國家。

當木蘭花在會中宣布了這一點之後，與會的人興奮程度達到了沸點，因為這個計劃若是實行，那他們便是新貴了。

木蘭花又佈置了許多工作，調撥了大量經費。總之，她每一件事，都做得似模似樣。

會議開了五天，在會議結束之後，木蘭花對威勒中校表示，她要和杜道夫中將會面，報告準備工作第一步進行的情況。並且，她也要看看穆秀珍、雲四風和安妮三人，看杜道夫中將是不是按照他所答應的良好待遇，在對待這三個人質。

威勒中校表示他將立即轉達木蘭花的意願。

於是，在第二天，當木蘭花剛起身，在她酒店的房中進食早餐之際，有人叩門，進來的是兩個一望而知是德國人的中年人。

那兩個中年人，木蘭花一看就覺得十分面熟，她隨即肯定，自己是在「俾士麥號」上看到過這兩個面目嚴肅的德國人的。

而當那兩個德國人表示，他們是來帶領木蘭花去和將軍會面的時候，木蘭花知道了一項事實，那就是：唯有「俾士麥號」上的官兵，才能知道「俾士麥號」的所在和進入「俾士麥號」，其餘的情報人員如威勒中校，雖然是整個歐洲的情報網首腦，但他仍是不能涉足「俾士麥號」的。

木蘭花請他們一齊進早餐，然後，她換好了衣服，在出門的時候，裝成不經意地問道：「我們可是先到尼斯，再出地中海麼？」

那兩個人並不回答，一直到出了酒店的大門，其中一個才道：「小姐，你只要跟我們走就行了，多問是沒有用處的。」

木蘭花不再出聲。

這是她第一次要求晤見杜道夫中將。這次晤見，有很大作用，因為不知道在若干時候之後，她又會同樣地登上不可知的旅途，而那時，她將一路秘密地通知高翔！

她在這一次，就必須試驗是不是有可能使高翔跟蹤她，而不被陪她前往的人發覺，她計劃用一具示蹤器，那是一枚胸針。

這時，她的胸口正戴著那枚胸針，只不過未曾開啟而已。她跟那兩人出了酒店門口，一輛華貴的大房車，已經等著他們。

穿制服的司機打開了車門，他們三人一齊進了車子，車子向前駛了出去，車子在出了巴黎的市區之後，一直向前駛著。

木蘭花心中暗想，車子在陸地上行駛，高翔要跟蹤自己是十分容易的事情，所以她的心情十分輕鬆，不斷地哼著歌曲。

車子一直向西駛著，車速達到每小時八十哩，一個半小時之後已到了瀕臨英倫海峽的哈維市，在哈維市的港口處停了下來。

他們下了車，又登上了一艘漂亮的遊艇，駛出了英倫海峽，三小時後，他們已經來到了大西洋之中，然後，遊艇接近了一架水上飛機。

他們三人，又捨棄了遊艇而登上了水上飛機。

水上飛機向西飛著，足足飛行了兩小時，才降落在水面上，於是，木蘭花看到了兩艘藍色的小潛艇，從水中浮了起來。

木蘭花知道，那種小潛艇，將是送她到「俾士麥號」去的交通工具了。她下了水上飛機，登上了其中一艘小潛艇，潛艇迅速地沉入水中。

當潛艇沉入水中之後，木蘭花無法知道她究竟是在向著哪一個方向前進了，她希望航程不要太遠，因為一到了海中之後，高翔的跟蹤就困難了。

但是事與願違，小潛艇在海中航行的時間十分漫長，足足達三小時之久，估計至少在海中駛出了一百浬，才突然一震，停了下來。

木蘭花知道，小潛艇已經駛進特殊的彈道，進入「俾士麥號」之內了，果然，艙蓋打開，木蘭花自艙蓋中一出來，就看到了杜道夫。

杜道夫中將滿面笑容，張開了雙手，表示歡迎木蘭花，他大聲道：「其實，你可以不必和我會見，你的一切行動，我全知道。」

「但是我想見他們三人。」木蘭花沉聲回答。

「很好，很好，你這幾天的工作，進行得十分好，這證明我不會找錯委託的對象，但是有一件事，你卻必須解釋一下。」

木蘭花早已料到那是什麼事了，她雙眉一揚，道：「你是說，我和高翔會面的事情麼？」

「是的，小姐。」

「我必須見他，將我的處境大體告訴他，那樣，才能向一切人解釋我們長期離開的原因，將軍閣下，我附帶說一句，你派來監視我的一男一女，全是飯桶！」

杜道夫毫不懷疑，開心地笑了起來，道：「他們兩人早已被調任其他的職務了，新的監視者很不錯吧，他報告說，你根本未曾察覺他的存在！」

木蘭花冷笑了一聲，道：「那是我根本不想去察覺他的存在，我已決心替你做好那件事，那又何必去注意監視者的存在？」

「很好，很好，為了慶祝初步的成功，『俾士麥號』上的高級軍官，今晚將為你舉行歡迎會。你們四個人都可以參加。」

「我先要見了他們才能決定。」木蘭花說。

「好的，你在『俾士麥號』中可以自由行走，」杜道夫中將慷慨地許諾著，「你自己去見他們好了，他們仍然在原來的艙房中。」

木蘭花側身在杜道夫的身邊走過，一直向前走去，不一會，她來到了有兩個兵士守衛著的艙門口，她在艙門口一站，高聲叫道：「秀珍！」

只聽得艙中傳來了「砰」地一聲響，那顯然是冒失的穆秀珍突然之間聽到了木蘭花的聲音，以致推倒了什麼東西所發出來的。

木蘭花還未曾叫第二聲，艙門便已陡地打了開來。

開門的是穆秀珍，但是，安妮的輪椅卻立時衝了出來，撞中了穆秀珍，將穆秀珍撞得跌出了門來，然後，兩人一起叫道：「蘭花姐！」

木蘭花向艙中望去，雲四風正從油布遮隔之後奔了出來，滿面皆是不信的神色，望定了木蘭花，嘆道：「是你，蘭花！」

木蘭花一手攬住了穆秀珍，一手攬住了安妮，向艙房之中走去，用腳將門勾上，道：「是我，你們可還好麼？」

安妮首先扁著嘴，道：「我們？我們只不過是有著豪華飲食的囚犯罷了……」

木蘭花大聲道：「他們一直將你們關在艙中，甚至不許你們在潛艇中走動麼？那太豈有此理了，我一定要向他們交涉！」

木蘭花是說得如此之大聲，以致穆秀珍等三人起初都覺得十分愕然，但是他們隨即明白了木蘭花的意思，木蘭花知道這房間中有傳音設備，那是特地講給杜道夫聽的，所以穆秀珍也嚷了起來，道：「是啊，那實在太豈有此理了。」

木蘭花又大聲和他們講了一些無關緊要的話，又告訴他們，如果事情順利的話，大約七個月的時間，就可以使他們恢復自由了。

在過了二十分鐘之後，她才和穆秀珍來到了艙旁的一角，一面做手勢令安妮和雲四風兩人不住地交談，一面用「唇語」和穆秀珍交談著。

她告訴穆秀珍自己和高翔兩人的決定。但是要展開這個行動，先決條件就是他們必須逃出去！

穆秀珍苦笑著：「我們被關在這裡，哪裡有什麼逃走的希望？」

「我替你們交涉，放你們自由行動。」

「我看那得我在做工作上有所表現之後，再來大發脾氣，秀珍，你們可以自由行動之後，照我的觀察，最有利的逃亡，便是利用那藍色的彈道小潛艇，你們必須觀察一切，瞭解一切，但切不可貿然發動，一定要和我一齊逃走！」

穆秀珍點著頭，表示明白，然後木蘭花又大聲道：「中將說今晚將有一個歡迎晚會，你們三人可有興趣參加這晚會？」

雲四風大聲道：「不參加，除非我們處境有改善。」

木蘭花知道穆秀珍一定有辦法將自己告訴她的一切，轉達給雲四風和安妮兩人的，所以她講了一會，便打開艙門，走了出去。

她怒氣沖沖地闖進了杜道夫中將的艙房，大聲道：「你怎麼可以將他們當成囚犯一樣，不准他們在潛艇上自由行動？」

「我很抱歉，如果讓他們在潛艇中自由行動的話，他們會給我的部下更大的難堪，而且，他們也有可能逃出『俾士麥號』——」他講到這裡，頓了一頓，又才道：「雖然他們的逃亡必然造成他們的悲劇。但是，我們卻不希望有這樣的悲劇出現，你也不希望，是麼？」

「他們一定要能自由行動，不然我不再工作。」

「小姐，你必須繼續工作，我看這是你使得他們安然離開『俾士麥號』的唯一辦法，我將盡量使他們快樂，我可以有限度地答應你的條件。」

「那是什麼意思？」

「在他們答應銬上手銬，在武裝的監押之下，可以在潛艇的各地走動，你的意見如何？」杜道夫中將的面色十分嚴肅。

「哼，我怕他們不會答應。」

「那就沒有別的辦法了。」

木蘭花知道自己有的是時間，她要等到杜道夫覺得再也不能少了她的時候，才轉成強硬的態度，所以這時她不再堅持，她只是道：「我希望你多考慮。」

杜道夫沉聲道：「我有我的決定。」

木蘭花又揀主要的已進行的工作，向杜道夫報告了一遍，然後，她又道：「我選擇希斯盤尼拉島，還有一個原因，是因為它鄰近古巴，而古巴的卡斯特羅政權，正是唯恐天下不亂的，一聽得有政變，它一定來不及弄清那是什麼性質的政變，表示支持了。」

杜道夫中將笑了起來，道：「你分析得真妙，蘭花小姐，想不到你對政治也如此在行，卡斯特羅自然就是那樣頭腦簡單，可供利用的人！」

木蘭花又笑道：「還有，這個島上，巫都教的勢力十分龐大，這個巫都教是十分神秘而勢力龐大的組織，巫都教的幾個領導人物，我已調查過了，全是貪得無饜的人物，如果給他們以巨額賄金的話，那麼，他們只要置身事外，我們工作就順利得多了。」

「我同意你這個辦法。」

「可是，這需要巨額的金錢。」

「我們有足夠的金錢。」

「我怕數字比你想像中的來得大些，將軍，」木蘭花故意說著，「我計劃用在行賄上的錢，包括收買島上高級將領在內，至少要兩千萬美金。」

杜道夫中將聳了聳肩，道：「你可以在我告訴你的那個號碼之中，支取這筆錢，我們的存款，遠遠不止這個數字，小姐！」

7 「雜物室」

木蘭花半晌不語，她半晌不語的原因，是因為她的心中著實吃驚。杜道夫中將有著那麼多的金錢，他要在中南美洲的落後國家中製造一場政變，實在是不困難的一件事！

幸而他將這件事交給了自己，自己可以在暗中盡情破壞它的進行，若是他交給別人，他成功的希望是十分大的。

那麼多的錢，存在瑞士的銀行中，木蘭花心中已經有了一個計劃，計劃在自己的行動順利完成之後如何來用這筆錢，這世界上，需要錢的地方，實在太多了！

隨便舉一個例來說，在印度，就有著上億飢餓的人，那一大筆錢，用來購買澳洲、美國和加拿大的剩餘糧食，就可以使饑民免於捱餓了！

木蘭花又講了一些具體的計劃，例如計劃在附近的小島上訓練招募來的僱傭兵等等，聽得杜道夫中將為之興奮不已。

當木蘭花講完了那一切之後，她並沒有多逗留，便離開了「俾士麥號」，離開的時候，她仍然是由彈道小潛艇離去的。

這一次，她詳細地觀察了彈道小潛艇離去的情形。小潛艇似乎全是由另一個控制中心控制行動的，那個控制中心在什麼地方，木蘭花並不知道。她假裝對小潛艇有興趣，問了幾個問題，可是和她在一起的人，卻一句話也不說。

木蘭花可以說不得要領地離開了「俾士麥號」，當小潛艇在三小時的航程後再浮上海面時，那架水上飛機仍停在海面。

木蘭花在「俾士麥號」時，也不知「俾士麥號」是否移動過，雖然小潛艇的航程仍然是三小時，但「俾士麥號」仍然是可以變換位置的。

木蘭花上了水上飛機之後，又飛回那遊艇的所在地，然後，循著原來的路線，她又回到了巴黎。

在到了巴黎之後，木蘭花只住了幾天，就通知威勒移交歐洲情報網負責人的職務，作為她的第一助手，和她一起到海地共和國的首都太子港去，他們將在那裡展開工作。

而接下來的一個月之中，木蘭花在中美洲各國的首都來來往往。

看來，她所策劃的工作進行得十分順利，一個半月之後，在巴拿馬，木蘭花才和高翔作了一次秘密的長途電話通話。

這是她和高翔在巴黎分手後的第一次通話。

高翔在電話中告訴她，那艘深水潛艇，半個月之前設計完成，已集中全力在開始製造了，至多七十天就可以完工了。

木蘭花在知道了這個事實之後，她便在海地和多明尼加兩國的若干不重要的小城鎮中，策動了幾次巫都教徒的示威。

然後，她再次提出要會見杜道夫中將。

這時候，木蘭花的地位已十分重要了，她也不必通過威勒提出要求，而是在一艘大遊艇上，利用健全的通訊設備直接提出的。

杜道夫接納了她的要求，第二天下午，仍是上次的那兩個人，到了太子港，找到了木蘭花，這一次，他們的水上飛機在加勒比海上空飛行著。

他們的飛機，飛過了狹長的中美洲，到了太平洋的上空，才停了下來。

在水上飛機停下之後，木蘭花便看到了彈道潛艇。彈道潛艇這次航行的時間更長，在五小時之後方才停了下來。

木蘭花再度會見了杜道夫中將，並且知道杜道夫也實行了他的「有條件」對付穆秀珍的辦法，他們三人可以在潛艇中行動，但必須受武器監視。

當木蘭花和穆秀珍他們單獨相會時，穆秀珍搖著頭，告訴木蘭花，他們三人在潛艇各處走動的結果，也認為小潛艇是逃亡的好工具。

但是，小潛艇的控制室在什麼地方，他們卻不知道。

木蘭花並沒有出聲，她的心情十分沉重，因為，即使知道了控制室在什麼地方，他們之中，也必然要留下一人在控制室中發射小潛艇，好讓別的人離開。

而小潛艇一離去，高翔就必須立刻發動攻擊，要不然，小潛艇必然是會被毀滅的，那也就是說，他們之中有一個人，看來無法不犧牲。

木蘭花並沒有說出這一點，事實上也沒有說出的必要，因為她已決定犧牲自己了。

木蘭花沒有多說什麼，只是囑咐他們，千萬不可生出事故來，她又到了杜道夫中將的艙中，道：「中將。我必須明白『俾士麥號』的攻擊能力。」

杜道夫怔了一怔，道：「為什麼？」

「我計劃『俾士麥號』是攻擊太子港的主力。」木蘭花答。

「那不可能，如果『俾士麥號』參加攻擊的話，我又何必要你去組織政變？」杜道夫中將氣憤得站起來，大聲地叫著。

可是木蘭花卻還是鎮定地道：「你必須使『俾士麥號』參加行動，或許，在我們發動之際，會出現意想不到的情形，外國的兵艦會來干涉，那麼，就必須依靠『俾士麥號』的力量了。如果你堅持不肯的話，那麼，我至少要三年的準備時間。」

杜道夫呆了半晌，才道：「好，你可以和我手下的軍官去瞭解『俾士麥號』的攻擊力量，所有的攻擊力量，全是由一間控制室控制的。」

他講到這裡，略頓了一頓，才道：「這間控制室自從造成之後，只有四個人進去過，元首，我，和兩個負責實際工作的軍官。」

木蘭花的心中十分緊張，但是她卻裝出若無其事的神態來，道：「那麼，從現在起，再增加一個人，這個人就是我。」

杜道夫用一種異樣的眼光望定了木蘭花，他的心中當然是在考慮，是不是應該給木蘭花走進那間控制室去，而木蘭花卻裝出根本不知道他在考慮什麼的樣子，道：「還有一個問題，彈道小潛艇也是從那個控制室發射的麼？」

杜道夫十分勉強地點了點頭，道：「是。」

木蘭花緩緩地吸了一口氣，盡量掩飾著她心中的緊張，然後才道：「好，那麼，你現在就帶我到控制室中去看看。」

杜道夫中將突然狡猾地笑了起來，道：「有這個必要麼？小姐？你只要瞭解『俾士麥號』的攻擊力量就足夠了，至於控制室，那只是執行命令的地方而已。」

木蘭花望著杜道夫，道：「你不相信我麼？」

杜道夫的臉上仍然掛著狡猾的笑容，道：「那是一個絕對秘密的所在，如果你一定要滿足好奇心的話，我想，在政變完成之後，我可以讓你參觀一下。」

木蘭花不再堅持下去，因為她知道，如果自己一定要堅持的話，那只有引起對方更大的疑心。她攤了攤手，道：「那麼，只有增加任務的困難，譬如說，我要利用彈道小潛艇進行工作，要如何發命令，才能夠使控制室的軍官知道呢？」

「在彈道小潛艇的所在處，有電視攝像管控制室的管理軍官，不但可以聽到現場的聲音，而且可以看到現場的情形，管理彈道潛艇的軍官一下命令，控制室的管理員自然會發射潛艇的，如果你有需要，你可以通過我來下達命令。」

木蘭花用心地聽著，心中不禁苦笑！

彈道小潛艇是可以讓穆秀珍等人離去的唯一途徑，但是現在聽來，那幾乎也是不可能的事情了，因為自己無法知道控制室的所在處，而如果威脅那負責彈道潛艇的軍官下命令，控制室中的人，也可以看到登上潛艇的是人質，而拒不接受命令的！

那麼，應該怎麼辦呢？

木蘭花的臉上神色十分鎮定，但她的心中卻很焦急。

她裝出不在乎地聳了聳肩，道：「到現在我才明白，我和你不是合作者，而只不過是你在吩咐我做事，我服從命令而已。」

杜道夫仍然不說什麼，只是狡猾地笑著。

「那樣看來，」木蘭花繼續道：「就算我策動政變成功，我也是得不到什麼實際好處的。將軍，你以為這是鼓動我工作熱情的好方法麼？」

「小姐，」杜道夫中將沉聲道：「你可以得到好處，那就是在政變成功之後，你可以救回三個你必須救的人！這是你唯一救他們的方法。」

木蘭花又呆了片刻，道：「那麼看來，我太奢望了。」

當然杜道夫自然也瞭解到，在如今這樣的情形下，沒有木蘭花，他的野心是不可能實現的，所以他立刻又放軟了聲音，道：「如果你有興趣在新國家中擔任職務的話，那麼，有一個十分重要的職務在等著你，只怕你沒有興趣而已。」

木蘭花緩緩地搖著頭，道：「將軍，請恕我坦率地說，你的話，其實是毫無誠意的，在我的心中，起不了絲毫共鳴的作用。」

杜道夫的面色變了變道：「你的意思是——」

「我的意思很簡單，我替你從事的工作是如此危險，如果我一不小心被捕了，在那種落後國家之中，我可能不經審判便被槍決，或者是要在黑牢中過幾十年，這種事，需要人以全副熱情去從事，當一個人不被信任時，是很難以去做這樣工作的。」

「可是你別忘了，你必須救出三個人！」

「將軍，人是自私的，你想想，如果我察覺到了自身處境的危險，和可能在事成之後，你仍然不守信用，因而我不再理會他們三個人時，那又怎樣？」

杜道夫的臉色變得更難看了，他發出了兩下聽來十分乾澀的苦笑聲，道：「你會麼？從你已往的記錄來看，你不會那樣的。」

木蘭花冷冷地回答道：「那就要看你的運氣了，將軍，人並不是一成不變的，我想，我要告辭了，在事情有進展時，我會再和你會晤的。」

杜道夫沒有出聲，而從他雙眉緊蹙的情形來看，他正在沉思，木蘭花自然知道，杜道夫正在想，要不要讓她進入那秘密控制室！

木蘭花根本不希望杜道夫突然改變主意，她剛才的態度，剛才的話，像是投在杜道夫心中的一枚定時炸彈一樣，是不會立即就產生作用的，但是，杜道夫卻不能不考慮，他考慮的結果，可能是為要更好地拉攏木蘭花，便會將那秘密控制室的秘密向木蘭花透露，那便是木蘭花的目的了。

木蘭花走到了艙門口，才又道：「我想，你對他們三人也不必監視得太嚴密了，事實上，他們是無法逃走的，監視得過於嚴密會惹起反感的！」

杜道夫忙道：「那是很容易做到的。」

木蘭花走出了艙門，將門關上。她特地在門前站了一會，側著頭，耳貼在門上，她聽得杜道夫正在吩咐：「木蘭花要離去了，替她準備彈道小潛艇。」

木蘭花的心又向下沉了沉，因為她知道，彈道小潛艇的發射，實際上，是要杜道夫中將親自下命令的，除了自己奪得控制室之外，別無其他途徑可循。

當木蘭花在走廊中向前走去之際，穆秀珍追了上來。在穆秀珍的後面，仍然跟著兩個德國兵。

木蘭花低聲道：「我已知道潛艇上有一間秘密控制室，你們要不露痕跡地去調查它的所在，千萬不要露出痕跡來引起他們的疑心，我會再來的。」

穆秀珍點了點頭，問道：「我們有希望麼？」

木蘭花苦笑了一下，道：「這只怕是我們的經歷之中最困難的一次了，但我們還是有希望的，只要找到了控制室！」

穆秀珍又點了點頭。這時，她們已來到了彈道小潛艇的發射處，幾個兵士攔住了穆秀珍的去路，讓木蘭花登上了小潛艇。

木蘭花心想，以雲四風、穆秀珍和安妮三人的能力而論，要出其不意制服那幾個士兵，登上小潛艇，是十分輕易的一件事。

現在，問題的癥結，就在那秘密控制室了。

木蘭花登上小潛艇之後不久，小潛艇猛地向前射出，在一陣劇烈的震盪之後，木蘭花已經離開了「俾士麥號」，而在海中潛航了。

也就在那一剎間，木蘭花的心中陡地一亮，她想到了一點對她十分有利的事。她可以向盟軍的檔案方面，去查閱「俾士麥號」的資料的。

在「俾士麥號」的建造資料中，應該有控制室的線索！

木蘭花的心中有了一線希望，當小潛艇浮上水面，在水上飛機旁停下來的時候，木蘭花已經想好了她行動的計劃。

她要和盟軍方面聯絡，首先，她先得在杜道夫派來監視她的人中「失蹤」。

現在只有她一個人駕著水上飛機，就算監視人員有著無線電跟蹤儀，也只能找到一架空飛機而已，是不可能知道她究竟到了什麼地方去的。

她駕著飛機，離開了原定的航線。

她一直飛到了加勒比海的上空才停了下來，那裡靠近美國的海岸，有許多漁船和遊艇，木蘭花在飛機停下之後，登上了一艘橡皮艇，在海面上划著。

她在海中流浪，只不過兩小時左右，便被一艘漁船救了起來。漁船的人，對木蘭花捏造的故事沒有表示絲毫的懷疑。

兩天之後，木蘭花已經經過妥善的化裝，而且，以國際警方高級人員的身分，出現在盟軍總部的秘密檔案室之中了。

檔案室的人員為她找出了有關「俾士麥號」的全部檔案，使得木蘭花高興不已的是，其中竟有著一百多幅「俾士麥號」的詳細建造圖樣！

木蘭花仔細地研究著這些圖樣，她曾經好幾次登上「俾士麥」，而以她敏銳的觀察力和記憶力來說，她可以記得「俾士麥號」的大體構造。

那圖樣中所顯示的一切，正和她所到過的「俾士麥號」完全相同，而且，還有許多她不知道的事，在圖樣上也有說明。

例如，在圖樣上，說明彈道小潛艇一共是二十艘，它特種金屬的外殼，可以使它作一千呎的深水潛航，而速度又達到每小時三十海浬。

木蘭花小心地研究著每一張圖樣，一個一個艙研究著，可是她足足花了兩天時間，卻仍找不出那個秘密控制室的所在來。

木蘭花幾乎要失望了，她知道，世界上所存的有關「俾士麥號」的資料，全在這裡了，如果在這裡也找不到控制室的所在，那麼，只有設法逼杜道夫講出來了。

但是，要逼他講出來，幾乎是不可能的事。

木蘭花在第三天的上午，又花了一上午的時間，仍然一無所獲，她幾乎要放棄了，可是就在這時，她突然有了一個新發現。

這時，她所審視的一幅藍圖，是一幅「全潛艇通訊線路之一——司令室至各艙通訊線路圖」，「司令室」就是杜道夫的那個艙，從杜道夫的那個艙中，通訊線路可以抵達每一個船艙，幾乎是全潛艇的每一個角落。

那本來是不足為奇的，潛艇司令當然需要有完整的通訊網，以使他的命令能夠傳達每一個部下。但是，有一條直通線路，卻引起了木蘭花的懷疑。

那一條直通線路，通到一間小艙房中，那間小艙房被註明是「雜物室」。雜物室自然是儲藏雜物的，司令員和雜物室之間有什麼通話的必要呢？

木蘭花呆了半分鐘，她立刻又在許多圖樣中，找出了有那間「雜物室」的那一張來，雜物室的兩旁，全是高級軍官的艙房，而雜物室的門，則可以通出走廊，一切似乎沒有可疑之處，那麼大的一艘潛艇，是應該有一個雜物室的。

但是木蘭花卻又發現了一點，那個「雜物室」的四壁特別厚，厚到一呎兩吋，那是驚人的厚度！潛艇設計最重要的原則，便是利用每一吋的空間，絕對沒有理由在一間雜物室的牆上，浪費那麼多空間的，除非這間「雜物室」有著特殊的用途！

木蘭花高興得幾乎要跳了起來！

她有充分的理由相信，她已找到了那秘密控制室了！

當然，她未曾真的跳起來，相反地，她還閉上了眼睛，使自己鎮定下來，好好地回想著自己在「俾士麥號」上的種種情形。

不用多久，她便記起來了！

她見過那間「雜物室」的，然而，她以前一點也未曾注意到那間雜物室有什麼可疑之處，因為誰也不會去注意一間雜物室的！

在秘室控制室的門外，掛上「雜物室」的牌子，這可以說是一項最聰明的偽裝，木蘭花將所有的圖樣整理妥當，還給了檔案室。

而她在「失蹤」了四天之後，又出現在杜道夫派出監視她的人之前。當然，在這之前，她又和高翔聯絡了一次。

高翔的報告，也是使得她欣慰的，高翔告訴她，那艘潛艇正在順利地建造之中，木蘭花本來是想使「政變」工作暫時停頓，使杜道夫發急，對她讓步的，但現在她可以不必用這個低能的方法了，因為她對「俾士麥號」上的秘密控制室已經有了線索，而且她相信那是可靠的線索。

所以，她的「政變」工作進行得如火如荼，甚至在公海上，建立了一個電波十分強的廣播電臺，來加強她的「工作」。

這一切，都使得杜道夫十分滿意。

而半個月之後，木蘭花又再次要求和杜道夫會晤。杜道夫對木蘭花的提防，已經越來越鬆懈，這一次，木蘭花在水上飛機降落之後兩分鐘，便看到彈道小潛艇浮上了水面。

而木蘭花在登上了潛艇之後半小時，便已進入了「俾士麥號」，而且這一次，她破例地坐在潛艇駕駛員的旁邊，她可以從一個小圓窗中看到海中的情形。當然，在接近「俾士麥號」的時候，她也看到了「俾士麥號」。在外形上看來，「俾士麥號」簡直就是一堆海底的礁石，偽裝得十分巧妙！

這一次的會晤，可以說是十分愉快的會晤，杜道夫對木蘭花的工作表示十分滿意，木蘭花也沒有表現任何新的要求。

而木蘭花在到了潛艇之後的第一件事，便是將一具有磁性的竊聽器，貼在那間「雜物室」的門上，那竊聽器只不過和一枚螺絲釘的頭差不多大小，貼在門上，是不會給人察覺的。

那是構造十分精緻的竊聽器，可以將極微的音波擴大。而它的接聽器，就是木蘭花的耳環。

木蘭花將竊聽器貼在門上之後，又去和雲四風、穆秀珍和安妮三個見了面。他們在「俾士麥號」上已經相當自由了，可是他們卻沒有查出控制室在何處。

木蘭花將自己的發現用「唇語」告訴了穆秀珍，然後她又和杜道夫見面。因為「政變」工作看來進行得很順利，所以杜道夫十分高興。

而木蘭花也盡量使自己心不在焉，因為她一面和杜道夫高談，一面還要留心聽著，她的耳環中是不是有聲音發出來。

如果耳環中有聲音發出來的話，那麼，聲音一定是從「雜物室」中傳來的，而聲音將會十分低，連木蘭花自己也要十分小心才能聽得到。

時間慢慢地過去，她要和杜道夫說的話已經說完了，如果沒有別的理由的話，木蘭花也應該離去了，可是她還未曾聽得任何聲音。

那就是說，她還不能百分之百地確定那間「雜物室」就是控制室。而她實在也沒有多少時間了，高翔的潛艇就要造好，她要開始行動了！

她的心中十分焦急，但是在表面上，她卻一點也不顯出焦急的神態來，她又閒談了幾分鐘，直到不能再拖了，她才起身告辭。

杜道夫中將也不挽留她，木蘭花來到了門口，略停了一停，便打開了艙門，也就在她打開艙門的一剎間，她聽到她的耳環發出了十分低微的聲音。

她聽出，那是兩人在交談！

一個道：「傑夫，將軍說我們很快就可以離開海底，而且，我們每一個人都將擔任十分重要的職務，你看可靠麼？」

另一個道：「我們不應對長官有任何懷疑，尤其是我們，我們是擔任著如此重要的任務，如果你冉有這樣的問題，我將報告上去了。」

那最先講話的一個道：「不，請你不要。」

然後，木蘭花又聽得那一個道：「是，將軍，木蘭花要離去了。」

尤其是最後的那句話，使得木蘭花的心中一陣狂喜！她知道，那是控制室中的軍官在回答杜道夫所下的命令。當她離開的時候，杜道夫和上次一樣，下令替她準備彈道小潛艇，而那軍官在接受了命令之後，正回答著，表示他已聽到了。

從這一句話看來，毫無疑問，那間所謂「雜物室」，實際上就是秘密控制室。

木蘭花一直來到了那「雜物室」的門前。她先趁人不備，將竊聽器取了下來。然後，她迅速地打量著那「雜物室」的門。她知道那扇門足有一呎厚，但是木蘭花卻看到有一個相當大的鎖匙孔。

特製的強烈炸藥塞進鎖匙孔中，所產生的爆炸可以損壞門鎖，使它打開控制室的門。當然，爆炸可能使她也受傷，那就是說，她要穿上防爆炸的衣服。

而在她的計劃中，等到她炸開了門之後，應該是穆秀珍等三人制服了看守的士兵，登上彈道小潛艇的那一剎間了。

木蘭花深深地吸了一口氣，她又和穆秀珍等三人閒談了一會，但是她卻沒有將自己的計劃講給他們三人聽，因為這一切，必須在極度的秘密之下突然發動，才有成功的希望，她怕先和他們說了，穆秀珍或是安妮會沉不住氣，那就完了。

木蘭花又離開了「俾士麥號」。

她這一次離開之後，替她的計劃做了許多準備工作，一切準備工作，都是在很秘密的情形之下進行的。而事實上，杜道夫這時已對木蘭花十分放心，而且，反而怕木蘭花起反感，所以不再命人跟蹤木蘭花了，這使木蘭花方便了不少。

從她最後一次離開「俾士麥號」起，又過了十二天。

在她和高翔的定期聯絡中，她得到了高翔的喜訊，高翔在電話中興奮地告訴木蘭花道：「蘭花，潛艇造好了，性能十分優越，已經通過了試驗！」

木蘭花道：「好的，造價是多少？」

「一時間難以估計，雲氏兄弟是全力以赴的。」

「你可以告訴他們，這筆錢，他們可以得到償付，我相信杜道夫瑞士銀行零頭中的錢，足夠他們的支出而有餘了。」

高翔道：「我想那是不成問題的，他們也出得起。」

木蘭花嘆了一聲，道：「是，但我們何必去沾人家的光？」

高翔的心中十分高興，他知道木蘭花的為人最不喜歡無緣無故去佔人便宜，而她肯對自己這樣說，那表示在她的心中，已完全不將自己當外人了！

木蘭花又道：「我想你以最快的速度，趕到巴哈馬的首都拿騷來，我們在那裡見面，我將在那裡發出要求和杜道夫會面的請求，一切細節，見面時再討論。」

「好的，蘭花，再見。」高翔放下了電話。

高翔在放下了電話之後，立即駕車直赴機場，在跑道不受人注意的一角處，停著一架十分小的小型飛機，看來像是最初級的教練機。

這架「飛機」的兩翼十分小，是三角形，它被漆成一種十分難看的草綠色，再加上黑色的網形，和不規則的斑點。這種顏色，使之在海中時，和一堆海藻無異。

這架「飛機」，它的飛行速度和普通的小型噴射機並無二致，如果收起機翼，在陸地上行駛的話，它可以在美國的鹽湖試車場中，輕而易舉地打破陸上速度的記錄。當然，它最主要的性能，還是在於深海潛水，它可以作高速的潛航！

這架飛機是好幾國科學家在最短時間內完成的傑作，它的成本是無法估計的，雲氏集團為了它，拋售了一半以上的股票，還出售了許多不動產。

而這架海陸空三用的「怪物」，毫無疑問，可以稱得上是如今世界上最新的科學結晶，是一件無與倫比的超卓成就！

高翔的車子在那架飛機旁停了下來，那飛機只能坐兩個人，高翔當然不準備和任何人同去，可是當他的車子一停下之際，他卻意外地發現，方局長早已在了！

高翔看到方局長，不禁呆了一呆，他自然不是怕方局長會阻攔他的行動，而是他的一切，幾乎全是在秘密的情形下進行的，他從來也未曾向方局長提及過，何以在如今這樣的緊要關頭，方局長會突然出現呢？

他一跨出車子，方局長便向他走了過來。

「方局長。」高翔叫了一聲。

方局長直來到了高翔的面前，才道：「高翔，我十分欣賞你的才能，但是卻不欣賞你有難題而不和朋友商量的那種態度。」

「我……沒有什麼難題。」高翔不免有點尷尬地說。

方局長笑了起來，道：「年輕人，如果你以為我那麼不中用，那你就錯了。木蘭花和穆秀珍已幾個月不知蹤跡，而你在這幾個月中忙的事，大多數和警方的業務無關，如果你沒有難題的話，怎會這樣？別忘了我是老警員，你瞞不過我的。」

高翔無可奈何地攤開了雙手，道：「是的，方局長，我們遇上了一件十分困難的事，但是這件事，目前還必須保持極度的秘密！」

「即使是我？」

「當然不是，但這件事說來話長，我必須盡快地趕去和木蘭花相會，這次事情的成敗與否，可以說是我們的生死大關！」

方局長吸了一口氣，道：「高翔，我在這裡等你，並不是想知道內情，更不是想阻攔你，我只是來問你，你需要什麼幫助？」

高翔十分感動，握住了方局長的手，道：「現在暫時不要，但一有需要，我們一定會和你聯絡的，方局長，再見了。」

方局長也不禁有點黯然，道：「再見！」

高翔跨進了「飛機」，機翼向外略張開了些，方局長向後退去。

「飛機」發出了轟然的巨響，在跑道上向前，如箭也似射了出去。

接著，它便離開了陸地，機首向上一昂，機身是四十五度斜角，直衝上了天空，轉眼之間，便投入了雲層之中！

巴哈馬島的海灘，是全世界最美麗的海灘之一。尤其是當夕陽西下，滿天紅霞的時候，海景之美，簡直令人以為自己身在仙境。

在一簇棕櫚樹下，幾個黑人正在彈琴唱歌，沙灘上三三兩兩，躺著不少男女，一個黑人小孩拿著幾隻美麗的貝殼，正在向人兜售。

高翔在他泳褲的小袋中，摸出一元美金，向那黑人小孩買了一個十分美麗的「皇后風螺」，這種螺的內唇，泛著一種異樣的緋紅色的光芒。

高翔把玩著那枚貝殼，向坐在他身邊的木蘭花道：「蘭花，你已試過那潛艇的效能了，你認為怎樣？可以擔當任務麼？」

木蘭花和高翔兩人並肩坐在沙灘上，他們看來和別的遊客絕無分別，誰也料不到他們這時商量的，竟是那麼嚴重的問題。

木蘭花抓起了一把漂白的細沙，又讓沙在指縫中慢慢地漏下去，她道：「可以了，今天晚上，我就和杜道夫聯絡會面。」

「你們會面的程序如何？」

「在我和杜道夫聯絡之後，杜道夫就會指定一個地點，給我的水上飛機降落，我先將這地點告訴你，你在海中等著。」

高翔又問道：「然後呢？」

「然後，就會有小潛艇來接我，小潛艇可能在水中航行三小時，但有一次卻只有半小時，你跟蹤著小潛艇，這必須十分小心，因為時間是在黑夜，而小潛艇的顏色，幾乎和海水一樣，為了你不被他們發現，所以我選擇在晚上。」

高翔點了點頭，說道：「我可以做得到這一點的。」

木蘭花又道：「你別將這一點看得太容易了，這是真正的海底跟蹤，任何無線電儀器都沒有用，你必須緊盯著它，而我也不知道你是否真跟著後面的，一切計劃，都以你跟蹤成功為基礎，如果你跟蹤失敗，那麼，整個計劃也就完了！」

高翔的面色十分嚴肅的道：「我明白了。」

木蘭花這才又道：「然後，在你看到小潛艇進入了一堆大礁石之後，你就停下來，伺伏著，那就是『俾士麥號』了，它大多數是不移動的，如果它萬一移動了，那你就繼續跟蹤！一直到你看到有小潛艇自『俾士麥號』中射出來，你就可以開始攻擊了！」

高翔深深地吸了一口氣，道：「那麼，我怎知小潛艇中的一定是你們呢？如果潛艇中不是你們，而我又發動了攻擊的話，那豈不是——」

「你放心，」木蘭花的聲音，變得十分地低沉，「我一進入『俾士麥號』之後，將以迅雷不及掩耳的快速行動，來解決這一切，不會有別的小潛艇出來的。」

8 最幸福的事

高翔點著頭，表示他已接受了木蘭花的辦法。

但是高翔卻不知道，木蘭花和他說的計劃，並不是計劃的全部，而是隱瞞了其中十分重要的一部分。

木蘭花未告訴高翔的是，當她進入「俾士麥號」之後，她將設法攻佔控制室，立即送穆秀珍等三人送出來，而那時，她自己還在「俾士麥號」之中。

而她必須命令高翔在一見到有小潛艇出來之際，便立刻攻擊「俾士麥號」，因為「俾士麥號」立即可以察覺穆秀珍等三人的逃亡，只要「俾士麥號」發現，那麼穆秀珍等三人是絕無逃生的機會，而高翔的潛艇構造再好，也難以和「俾士麥號」相對抗的。

木蘭花可以說全然沒有選擇的餘地！

木蘭花在那樣的情形下，如果先將事實告訴了高翔的話，高翔是必然不肯木蘭花在「俾士麥號」之中時展開攻擊的。而高翔只要稍一延誤，那麼其結果便是大家一起毀滅！

木蘭花這時的心情，自然十分沉重，即使她竭力不顯露出來，但是高翔還是注意到了。他注意到了在晚霞的照映之下，木蘭花美麗的臉上有一種異樣的憂鬱。

他低聲問道：「蘭花，你在想什麼？」

木蘭花並不回答，她將細沙一把把抓起來，任憑它在指縫中慢慢地滑下去。過了片刻，她才道：「你看海景多美！海面多麼平靜！如果我們……一直可以過那麼平靜的日子，那就好了。可惜這世界上充滿了罪惡，使得我們不得不將全副心神拿去對付罪惡！」

高翔也察覺了木蘭花的話聽來十分奇怪，她以前是從來不講這樣的話的，是什麼事使得她的心境起了那麼大的變化呢？

高翔默默地望著她，一時也想不出話來。

而天色已漸漸黑了下來，天際的晚霞由艷紅變成了紫紅色，然後，突然之間，便變成了透明的灰色，再接著，明澈的海水變得深沉了，暮色罩住了一切。

木蘭花站了起來，道：「記住，我們不應該再會面了，你要緊隨著我的水上飛機，一刻也不能放鬆，我多半在午夜啟程。」

高翔也站了起來。木蘭花突然靠在高翔的身上，輕輕地抱住了高翔，高翔忙道：「蘭花，你覺得這次事情十分凶險麼？」

木蘭花搖搖頭，道：「不，只是景色太迷人了！」

她將自己的心情隱瞞得十分成功，高翔也只以為是景色太迷人了，才使木蘭花有點情不自禁的，因為她究竟是感情十分豐富的女孩子。

木蘭花轉過身，向前奔了出去，在沙灘上拾起沙灘裝披上，奔到了路邊的一輛汽車旁邊，駛走了。高翔也穿上了一件上衣，來到另一輛汽車旁。

他打開車門，鑽進車中，駕著車，向一個海灣駛去。

他的潛艇，看來像是一艘小遊艇，正停在那個海灣中，而木蘭花的水上飛機也停在不遠處的海面之上。

高翔上了潛艇，在床上躺了下來。他知道，開始行動之後，所有的一切，全需要他全神貫注，要不然，木蘭花的計劃就會告吹，一切也全都完了。

他花了半小時的時間，將潛艇上的一切設備詳細檢查了一遍，直到肯定了一切都正常才罷手，然而，他盡量使自己的神經鬆弛，休息了好幾個小時。

在將近午夜時分，他看到一艘快艇，在漆黑的海面上以極高的速度行駛著，迅速地接近木蘭花的那架水上飛機。

他知道木蘭花已經出動了！他立即按下了一個掣，他的潛艇開始向下沉去，但是十呎長的潛望鏡管卻有一截露在水面之上，以便觀察飛機的去向。

他不能利用無線電波的跟蹤儀，因為對方隨時可以利用反無線電波來破壞他的跟蹤，最靠得住的，當然是他自己的眼睛。

他看到飛機在空中盤旋了一匝，向西飛去，高翔立刻以最高的速度在海中行駛著，飛機始終在他的視線之內。

三十分鐘之後，飛機又盤旋了起來，那是木蘭花跟他約好了的記號，表示飛機要降落了，高翔連忙便得潛艇迅速地下沉。

等到潛到了兩呎深的時候，高翔看到，在前面一百多碼處，有一艘小潛艇正在向上浮了起來，那艘潛艇看來簡直像是一個影子一樣！

高翔的心中更是緊張了起來，因為他知道，那就是要跟蹤的對象了。而在漆黑的深海之中，這樣影子也似的跟蹤對象，實在是隨時隨地都可以消失的。

而他的潛艇雖然有著十分好的偽裝設置，但他又不能離得對方太近，這是十分困難的一件事。高翔全副心神地注意著。

他看到那藍色的小潛艇浮上了海面，但不到三分鐘，又開始向下沉去，繼續地向西駛去，他連忙遠遠地跟了上去，對方的潛艇一直向西駛著，速度十分之快。

在那一個多小時之中，實在是令人全身千百根神經根根緊張得要斷裂似的，一個多小時中，有一次，高翔突然不見了對方的蹤跡。那使得他在半分鐘之內，全身都冒出了冷汗。

幸而在半分鐘之後，他又發現了對方，要不然他真不知道自己是不是還能再多支持半分鐘，多麼重大的責任放在他的肩上啊！

當高翔終於看到那艘小潛艇進入了一堆「礁石」而消失不見了之後，他抹了抹手中的汗，慢慢地接近著那「礁石」。

然後，在二十碼之外的海底，他停了下來。

他的小潛艇停在海底，看來就像一團海藻。

他在停了下來之後，神經絕不是就此鬆弛了，而是變得更緊張了，因為他必須密切注意彈道小潛艇的發射，並立即開始攻擊！

木蘭花走出了彈道小潛艇，進入了「俾士麥號」。

這是她第幾次來到「俾士麥號」，連她自己也有點記不清了，而「俾士麥號」上的官兵，對於她的來到，自然也不加注意了。所以，也根本沒有人留意到木蘭花這次來，和以往幾次略有不同。

這一次，她的手中多了一個小小的提箱，她走出了小潛艇之後，一名軍官向她望了一眼，道：「將軍正在召集高級軍官開會，他說，你一到，就可以去見他。」

木蘭花心中一陣高興，杜道夫中將正在召集高級軍官開會！那正是幫助她的計劃獲得成功的大好機會……

她點了點頭，道：「我不想打斷他的會議，我想先和我的妹妹見一見面。」

她挽著小提箱，走向走廊，大步走了過去。

她才轉進走廊中，便看到了穆秀珍推著輪椅，而安妮則坐在輪椅上，雲四風也在，懶懶地倚在艙壁上，看到了木蘭花。他們三人表現了極興奮的臉色，但是他們立刻抑制了自己的情緒。

穆秀珍推著安妮向前走來，木蘭花向她迎了過去。

等到兩人面對面的時候，木蘭花迅速以暗語道：「聽到了爆炸聲，你們就立即動手，你們要在十秒鐘之內登上小潛艇。」

穆秀珍一面點著頭，一面道：「蘭花姐，將軍對我們好多了，他甚至讓我和他下棋，哈哈，他的棋藝實在不堪一提。」

木蘭花也道：「是麼？你們安好，我就放心了。」

她們都將自己的情緒掩飾得十分好，雲四風也是，只有安妮，究竟年紀還小，所以，雖然不出聲，但是卻緊張得拚命咬指甲。

木蘭花道：「我先休息一會，你們不必陪我了。」

穆秀珍大聲叫道：「當然，弗德烈中尉要我講古老的東方傳說給他聽，他說他的志願，是做一個作家，哈哈！這不是很有趣麼？」

這時，有幾個官兵經過他們的身邊，但是都向他們客氣地點著頭，絕沒有一個人想到，生死存亡的鬥爭即將展開。

木蘭花點了點頭，向前走去，穆秀珍推著安妮，和雲四風繼續向前走著。木蘭花到了雲四風他們的艙中，立即打開了手提箱來。

在手提箱中，只有兩件東西，一件是強烈性的炸藥，而另一件，是看來銀光閃閃，十分厚的衣服，那是用最新的彈性玻璃纖維織成的避震衣，避炸的效果十分良好。

木蘭花在試驗那件避震衣的時候，曾經在十呎的距離之外，看二十磅烈性炸藥的爆炸，她的身子被拋高了六呎，但是卻毫髮無損。

她穿上了那件避震衣，連頭套住，在眼睛的部位，是不碎玻璃片，可以使她看到一切，而較薄的手套，使她的雙手可以靈活的操作。

然後她拿起了那塊炸藥，在門前吸了一口氣，向外走了出去。

她穿起了避震衣，樣子自然十分奇怪，所以她才一走出去，立刻有兩個士兵看到了。

那兩個士兵呆了一呆，道：「咦，怎麼一回事啊？」

木蘭花揚了揚手中的炸藥，道：「不知道麼？這是炸藥，我想將『俾士麥號』炸沉！」

那兩個兵士「哈哈」笑了起來，他們根本不信木蘭花的話，其中一個自作聰明地道：「我知道了，化裝舞會，是不是？」

另一個大聲道：「在潛艇舉行化裝舞會？你瘋了！」

兩人笑著，一齊走了過去，木蘭花跟在他們的後面，她離那間「雜物室」的門只不過二十呎左右，三兩步就可以走到了。

但是，她只走出了兩三步，一個軍官又迎面而來，道：「怎麼一回事？你是什麼人？你身上所穿的，是什麼衣服？」

木蘭花道：「我是木蘭花，我穿的是最新的深水潛水衣，在即將來到的攻擊中，你們每一個人都將穿上這樣的潛水衣，參加行動。」

那軍官現出疑惑的神色來，道：「深海潛水衣，我從來未曾見過那樣的潛水衣。」

「你在海底太久了！」木蘭花回答。

那軍官仍不肯放過木蘭花，木蘭花的手心已經在隱隱地冒著汗，那軍官道：

「那麼，你為什麼現在就將它穿上了？」

木蘭花的聲音有些發怒，道：「我要使將軍明白這種潛水衣，即使在陸上，也能使穿著的人行動自如，你的檢查完畢了麼？」

艇上的軍官全知道杜道夫對木蘭花是看重的，所以那軍官忙道：「你別誤會，我只不過是好奇才發問的而已。」

木蘭花道：「沒有什麼。」

他們兩人，側著身走了過去。

在那軍官和木蘭花交談之時，他們兩人的身後又來了幾個人，這時，那幾個人也全離了開去，木蘭花終於來到了那「雜物室」之前。

她的心中有「終於來到」的感覺，雖然只有二十呎的距離，但是她的心情卻極其緊張的緣故。

到了「雜物室」的門前，她扯開了這炸藥的泥，將柔軟的炸藥塞進了鑰匙孔中，然後，她便插上了信管。

也就在她插上信管的一剎那，只聽得有兩個人叫道：「喂！你在做什麼？快停手！」

那兩個軍官一面叫著，一面向前奔了過來。

但這時，木蘭花已不怕被人發覺了，她一插上了信管，便拉動信管，只不過三秒鐘，一聲巨響，爆炸發生了。

爆炸的氣浪，將那奔來的兩人立時震得倒彈出去，而木蘭花的身子，也被震得向後疾彈了出去，撞在對面的艙壁之上。

濃煙還未曾散開，木蘭花已經聽到了緊急警報的聲音，同時，木蘭花也看到，那「雜物室」的門已經被炸了開來。

木蘭花本來還怕萬一自己估計錯誤，那「雜物室」不是控制室，那麼一切都完了，但這時她一看到被炸開的門足有一呎來厚，就完全放心了。

她一個箭步向前竄去，迎面和一個人撞了一個滿懷，那人忙叫道：「什麼——」可是木蘭花一掌已向他後頸劈了下去。

那人立時軟倒在地，木蘭花「砰」地關上門，就在這時，另一名軍官向她連放了三槍。但是她身上穿著性能如此超絕的避震衣，那三響槍雖然都射中她，卻不能使她受到任何損傷。

她將門關上之後，用早已準備好的一條粗鐵鏈將門纏了個結實，然後，她才轉過身來，那軍官還握著槍口在冒煙的槍，正在發怔，木蘭花也不去理會他，立即奔到了控制台之前。

她立即在電視螢光幕上，看到穆秀珍將安妮抱上彈道小潛艇去，而雲四風則已經進了小潛艇，木蘭花沉聲道：「發射這艘小潛艇！」

那軍官道：「不！」

木蘭花用肘猛地一撞，將那軍官撞了開去。

這時候，傳音器中，傳來了杜道夫中將焦急憤怒的聲音，道：「木蘭花，你是完全沒有生路的，你趕快投降，立即投降！」

木蘭花一反手，自那軍官的手中奪過手槍來，便向傳音器射了一槍，她看到穆秀珍等三人都已進了小潛艇中，而且，有一隊兵士正在迅速地向他們接近。

木蘭花實在已沒有考慮的餘地了，她在一排小潛艇圖案的按鈕上，迅速地一個一個按下去，等到她按到第八枚時，那艘小潛艇已消失了！

而這時候，也不知有多少人在門外撞著，想衝進來。

木蘭花長長地吁了一口氣，轉過身來，面對著一分一分被撞了開來的門！

高翔在海底焦急地等著，其實，他前後只不過等了十來分鐘，可是在感覺上，那十幾分鐘，卻比十幾年還要來得長些！

他一次又一次地抹過手心的汗，但是每一次，卻只是抹一隻手的汗，另一隻手始終停在一個紅色的按鈕之上。按下這枚按鈕，就有七枚水底火箭飛射而出。

但是，漆黑的海中，並不見有潛艇射出來。

高翔的心劇烈地跳著，幾乎要在口腔中跳了出來，在潛艇狹小的艙中，他甚至可以聽到自己心跳的聲音是如此之響亮。

終於，一陣水花，一艘小潛艇箭也似地射了出來！

小潛艇的去勢之快，無與倫比，轉眼之間，就在三四百碼開外了，當然，海底的猛烈爆炸，會使小潛艇受到波動，但卻不會有危險。

高翔用力按下了那枚紅色的按鈕。

在按下那枚紅色的按鈕的同時，他用力拔下了一根橫桿，靜止的小潛艇立刻變得頭向上，箭也似地向水面之上射了出去。

只不過幾秒鐘，當海水突然起了猛烈的震盪，海面上掀起了山一樣的巨浪和數十呎高的水柱之際，小潛艇已經衝破了海面，向半空之中直飛了上去。

高翔向下看，巨浪一個接著一個，水柱一股接著一股，方圓數百碼的海面，像是沸騰了一樣。

高翔控制著飛行的高度，在海面又漸漸恢復平靜時，他降落在海面，向剛才小潛艇射出的方向駛向前去，十分鐘之後，他就看到了那艘小潛艇！

那彈道小潛艇正在海面上兜圈子，高翔迅速地接近了它，彈道小潛艇的艙蓋，和高翔的潛艇蓋幾乎是同時打開來的。

高翔才一打開潛艇的艙蓋，便聽得穆秀珍的聲音在叫道：「高翔，你真行！唉，只不過要是由我來攻擊，那才真夠勁呢！」

高翔笑道：「你們都好麼？」

「我們都好！」安妮叫著，雲四風也叫著。

高翔又叫道：「蘭花，蘭花！」

穆秀珍道：「蘭花姐呢？怎麼我看不到她？」

高翔猛地一呆，道：「你，你說什麼？蘭花不是和你們在一起麼？」

穆秀珍道：「沒有啊，她一直沒有和我們在一起。」

高翔爬出了艙蓋來，他的身子在劇烈地發著抖。

他道：「秀珍，別開玩笑了。」

穆秀珍也害怕了起來，道：「別開玩笑？誰和你開玩笑？蘭花姐叫我們搶上彈道潛艇，而她則攻開了控制室，發射小潛艇——」

她才講到這裡，便陡地停止了！

而在剎那之間，他們四個人的臉色也變得比紙還白。事情再明白也沒有了，木蘭花不可能在使彈道小潛艇射離「俾士麥號」的同時，她也離開「俾士麥號」的。木蘭花仍然在「俾士麥號」的控制室之中，而強烈的七枚水中火箭，已經全數射中了「俾士麥號」。

剎那間，海面上靜得一點聲音也沒有，他們四個人，每一個人都覺得身上冰冰涼涼，像是浸在冰水之中一樣，而且，都不由自主地發著抖。

最先打破沉寂的是小安妮，她突然放聲大哭起來。她一哭，穆秀珍也跟著哭了起來，而雲四風難過得用力地扭曲著手指和咬著下唇。

但是四人之中最痛苦的，還是高翔，是他的手按下了那枚按鈕，射出了那七枚火箭的，是他使得木蘭花喪生的。

高翔立刻想起傍晚時分，在巴哈馬海灘上的情形來，可見木蘭花是早已料到會有這樣的結果了，高翔的雙手緊緊地握著拳。

他手指節發白，指節骨發出了「啪啪」的聲響，但是，他卻一點也不知道疼痛。

他整個人似乎都麻木了，他實在已處在一種近乎昏迷的狀態之中，他只覺得自己似乎還在海灘中，木蘭花仍靠在他的胸前，而腳下的細沙十分柔軟，漸漸地，腳下的細沙軟得像雲一樣，使人站立不穩，終於，他突然向後倒了下去。

他倒在艇舷上，又滾了一滾，使得他的身子滾進了海中。

他一跌進海中，雲四風也立刻跳進海中，將他的頭托了起來。

在海水中浸了一浸，高翔從半昏迷的狀態之中清醒了過來，而一清醒過來，無邊的痛苦便開始像毒蛇一樣啃蝕他的心頭。

他的眼中反而沒有淚，因為他實在太痛苦了，太快樂倒反而會有眼淚，但是太痛苦的一剎間，是不會有眼淚的。

他只覺得自己的心在抽搐著，被一雙無形的魔掌在不斷地搓揉著。

他雙眼發直地望著雲四風，一句話也講不出來。

雲四風將他拖上了艇舷，勉強道：「高翔，蘭花或者會使自己安全的，我們快去看一看她，別在這裡發呆。」

高翔搖了搖頭，但是他還是鼓起了一線希望，那一線希望，使得他能夠挪動自己的身子，和雲四風一齊坐進了艙中。

他們也沒有和仍然在哭的穆秀珍和安妮講些什麼，便潛進了海中，他們全都方寸大亂，六神無主了！

高翔將小潛艇潛進了海中之後，神經又略為鎮定了些，可是小潛艇越是向前駛，他的心越是向下沉。海水變得渾濁不堪，海底中的一切東西都被捲了上來。

成團的海藻還在水中打著滾，死魚和死了的軟體動物隨著海藻在打滾，向前去，海水一片渾黑，根本看不出爆炸的巨響地點！

那當然是因為劇烈的爆炸，使得海底下的一切東西全都翻了上來之故，而使得那些東西全沉下去，至少也要好幾個小時。

而且，在那些東西沉下去之後，「俾士麥號」的殘骸將會被所有的浮物所覆蓋，再也找不到，或許，在若干年後，會有潛水人找到一片碎片！

木蘭花呢？或者會有人懷念她，但是她卻再也不可能在世上出現了。

高翔的身子又突然劇烈地發起抖來，潛艇已不能再向前去了，因為海水是如此之渾黑，再向前去，也是什麼都看不到，一點用處也沒有。

雲四風斜過身去，按下了幾個鈕掣，潛艇向上升了上去。

當潛艇升上海面之後，海面上全是一片一片的油花。

突然之間，雲四風看到有一個人浮在水面上。那人不但浮著，而且在拍著水。

雲四風看得更清楚了，那人是木蘭花！

雲四風呆住了，他全然不相信自己的眼睛，過了足有半分鐘之久，他才顫聲道：「高翔，你看！蘭花來……看我們來了。」

雲四風講這幾句的意思是：木蘭花死後的英魂來看他們了。他自然不是信鬼的人，但是在那樣的情形下，卻不由得他不那麼想。

高翔抬頭看去，他震了一震，這時，木蘭花已在向著他們游過來了，高翔的臉上現出難以形容的神色來，叫道：「她是蘭花，蘭花活著。」

木蘭花是活著。

木蘭花這次之所以能不死，倒不是由於奇蹟，也不是由於她特別的幸運，而是由於她周詳的計劃，是她自己的能力救了她。

當她在圖樣上看到了那「雜物室」的四面鋼牆厚達一呎之際，她就想到，她是有機會逃生的，因為爆炸很難損毀那麼厚的鋼牆。

而她當時，一定在「雜物室」之中。她又有著性能良好的避震衣，她所需要的，只是在事後浮上水面而已，所以，在避震衣中，她準備了兩管壓縮氣。

而真正救了她的，還是兩個氣囊。那兩個氣囊，和普通的救生圈並沒有什麼不同，拉一根繩子便會充氣，使得木蘭花可以浮上來，不然，穿著沉重避震衣的木蘭花是無法浮上來的。

當七枚火箭次第擊中「俾士麥號」之際，劇烈的爆炸，使得木蘭花在控制室中滾來滾去，幾乎昏了過去，她立即咬住了壓縮氧氣管。

她在爆炸靜下來時，才弄開了鎖鍊，爬了出來，當時她是什麼也看不到的，但是她卻可以知道，在爆炸中，整個「雜物室」可能被分離了開來！

而除了她之外，自然不會再有任何人生存了。

她拉動了氣囊的繩子，氣囊膨脹，使得她漸漸地浮上水面，那時，海面上仍然是波濤洶湧的，她在海面上除下了避震衣，開始在海面上拍水。

她知道，高翔在發現了她不在小潛艇中之後，一定會回來察看，也一定可以發現她的，而事實上，她在海上漂流只不過半小時而已。

五天之後，木蘭花、穆秀珍、高翔、雲四風和安妮五人，全在「兄弟姐妹號」的甲板之上，「兄弟姐妹號」停在地中海的中心。

木蘭花望著平靜的海水，道：「四風，你也不必客氣了，這艘潛艇算是我的，但是製造的錢，我可以還給你，我已問過了，杜道夫瑞士銀行的戶頭，存款在三百萬英鎊以上，在支付了潛艇的造價之後，其餘的款項，我準備交給國際救濟組織。」

穆秀珍道：「對，這是納粹分子的錢，用之於正途，太好了。」

木蘭花又道：「在捐出這一大筆錢的同時，當然要指明特別照顧海地和多明尼加兩國，因為我為了掩飾杜道夫耳目的活動，給了他們不少困擾。」

高翔問道：「那麼，還有杜道夫建立的情報網呢？」

木蘭花笑了起來，道：「那更簡單了，名單全在我的手中，交給國際警方去辦好了，立即可以將他們完全肅清的。」

雲四風道：「那麼，我們可以一齊去環遊世界了？」

木蘭花搖頭道：「不，離家很久了，我想回去了。」

雲四風立即現出了失望的神色來，道：「噢！」

木蘭花笑道：「我的話還沒有講完啦，我是說，可以坐『兄弟姐妹號』回家去，那也等於是環遊了半個世界啦，是不是？」

穆秀珍、安妮和雲四風一齊歡呼了起來。

但高翔卻不出聲，只是站在木蘭花的身後，聞著她的髮香。

只有在經過了失去愛人痛苦的人，才知道可以像這樣聞著愛人的髮香，是何等的幸福！

偽鈔奇案

1 水晶玻璃

雨濛濛的黑夜，路燈光芒所及的範圍中，可以看到緊密的雨絲，發出一種十分迷濛的閃光，大街小巷，一片寂靜。

突然，有急促的腳步聲，從一條小巷之中傳了出來，一個男子穿著一件黑膠雨衣，雨帽拉得十分之低，匆匆自那條小巷中走了出來。

他一面走，一面回頭看著，像是他正在被人跟蹤一樣，但是事實上，他的身後卻並沒有人，直到他來到了大路上，才停了一停，鬆了一口氣。

可是，也就在這時，一輛黑色房車，沒有亮著任何車燈，卻突然自轉彎處出現，向前以至少每小時七十哩的高速疾行了過來！

那輛黑色的房車，完全是突如其來的，而那個中年男子的反應，也不能算是不快，他幾乎是一聽到了汽車聲，便立即向路邊跳開去的。

但是，那輛車子的駕駛者，一定有著第一流的駕駛技術，就在那男子向路邊跳去之際，車子已然以雷霆萬鈞之勢撞了上來。

那人的身子和車頭相碰，發出了一下驚心動魄的隆然巨響，那人的身子被撞得向外直飛了出去，又重重撞在牆上，然後委頓在地，仰面躺著。而那輛黑色的房車卻連停也不停，便疾駛而去。

一切都恢復寂靜了，但剛才車子和人相撞的聲響，卻也驚醒了一些夢中人，有幾個窗口開亮了燈，有人打開了窗，向下望來。

自然，也有人看到了那個人。於是，有人打電話報警，在事情發生的十五分鐘之後，救護車和警車便趕到了現場。

一切看來，都是一件雨夜最常見的車禍而已。

那個傷者送到醫院之後，不到五分鐘便去世了，撞他的是什麼車子，沒有人目擊，可能是一個醉漢，在撞死了人之後，又不負責任地將車駛走了。

本來，這樣的小案件，是絕不會驚動到警方特別工作組主任高翔的，但是，在那男子死後的幾分鐘，高翔卻已接到了報告。

那時，高翔正在家中，但是還未曾睡，他正伏在一具顯微鏡之前，在觀看毒蛇的毒液在混入動物的血液之後，血液所起的變化。

就在這時，電話鈴響了。

高翔伸直了身子，先挺了挺腰，然後拿起了電話。

「高主任，我是交通意外科的林警官。」

「林警官，有什麼事？」高翔立即問。

當然一定有重要的事，所以林警官才會在那樣的午夜打電話給他的，林警官知道高翔的脾氣，不喜歡拖泥帶水，是以忙道：「高主任，半個小時前，我們接到了報告，一個男子在密南巷口被汽車撞倒，我們趕到，將那男子送到醫院後五分鐘，那男子就死了。」

「那男子是什麼人？」

「我們還不知道，但是那男子在臨死之前，卻講了一句話，我認為十分奇特，是以才感到必須向你報告的。」

「好的，他說什麼？」

「他道：『木蘭花……告訴木蘭花，玻璃……』他講到這裡，便斷了氣。我們無法明白他究竟想說些什麼。」林警官說。

高翔略呆了一呆，告訴木蘭花，這一句的意思是十分明白的，那就是說，死者在臨死之前，覺得有一句話一定要告訴木蘭花的。

這可能是一句十分重要的話，但是，是什麼意思呢？這句話，那人只講了「玻璃」一個詞，便沒有講下去，而且，永遠不會再講完那一句話了。

高翔想了幾秒鐘，便道：「謝謝你告訴我這件事，我會命人去調查的，我想，你們先去調查這死者的身分，明早告訴我。」

「是。」林警官回答著。

高翔放下了電話，心中猶豫了一下，死者臨死之前說著要告訴木蘭花，那麼，現在是不是應該打一個電話通知木蘭花呢？

他看了看手錶，已經是凌晨二時了。

他決定不去打擾木蘭花，而將在顯微鏡中的觀察心得記在筆記本上，小心地收好了他收集來的各種毒蛇的毒液，洗了一個淋浴，也睡著了。

高翔並沒有多想那件事，是以，當他第二天起來的時候，他幾乎將這件事忘了。但當他一去上班之際，他的秘書便告訴他：「主任，林警官來過兩次了。」

「噢，」高翔有些抱歉，「快請他進來。」

高翔一面說，一面推開自己辦公室的門，走了進去，他剛在椅上坐下，林警官便已經拿著一個文件夾，走進了他的辦公室。

高翔笑著，道：「請坐，可是死者的身分明白了？」

「是的，高主任，這件事看來，十分複雜。」

「是麼？死者是什麼人？」

林警官踏前一步，將文件夾打開，放在高翔的面前，道：「高主任，死者是一個瑞典人，他是一個著名的玻璃匠，他雕刻的水晶玻璃，是十分珍貴的藝術品。」

高翔皺了皺眉，他當然知道瑞典的水晶玻璃（Crystal Glass）是世界著名的工藝品，和捷克的同類出品，不相上下。這種水晶玻璃的雕刻，是一門十分精細的手藝，精美的水晶玻璃的雕刻品，是美得令人不忍釋手的。

但是高翔卻不明白，何以一個瑞典的玻璃雕刻師，警方會有他的檔案，是以，他立時將檔案翻過了一頁，看了一看，問道：「他曾因偽鈔案而被捕？」

「是的，那是二次大戰結束後的第一宗大偽鈔案，牽涉的人十分之多，國際警方追蹤了幾個國家，逮捕了一百多人，他是其中之一。」

高翔繼續看下去，道：「他是兌換偽鈔的小人物，只被判了三個月的監禁，嗯，在二次大戰時，他曾是德軍的俘虜？」

「是的，可是國際警方在調查他身分的時候，卻得不到他在集中營的記錄，他自稱是被關在波蘭的一個小集中營，而其餘的同囚全已死了。」

高翔再翻過了另一頁，已經沒有什麼別的記載了。

林警官又補充道：「主任，我也已經查清，他是在七天之前，用凡依棠的假名進入本市的，其實他的真名是安泰保。」

「很好，你做得很好，」高翔嘉許地道：「安泰保既然有著這樣的身分，那麼他顯然不是死於交通意外的了，這件事讓我來辦理好了。」

林警官向高翔行了一個禮，退了開去。

高翔來回踱了幾步，便立時發出了幾個命令：

一，向國際警方查詢這個安泰保出獄後的行動，是不是又有什麼犯罪記錄，以及他化名潛來本市的目的，究竟是什麼。

二，命令幹練的偵探人員，去追查安泰保在到達本市之後那七天的行動，要盡一切可能查出是不是有人和他見過面。

下達了這兩項命令之後，他又到殮房去看了屍體。

安泰保並不像一般瑞典人那樣高大，他的身形和普通的東方人差不多，由於他已然死了，面色十分蒼白。

他在殮房中並沒有停留多久便離開了，離開的時候，殮房的管理人員將一個很大的牛皮紙袋交了給他，那牛皮紙袋中，是安泰保的遺物。

高翔又回到了辦公室，他將牛皮紙袋中的東西倒了出來，那都是一些十分普通的東西，只有在鎖匙圈上的一個水晶玻璃的墜子引起了他的注意。

那墜子只不過一立方公分大小，但是上面卻刻著許多極其細密的花紋，那些花紋看來好像十分雜亂，卻又像是圖案。

高翔看了一會，看不出什麼名堂來。

他又將所有的東西一齊放進牛皮紙袋中，順手放在抽屜裡，然後，拿起了電話，想將這件事說給木蘭花聽。

但是，他還未曾撥動號碼，便將電話放了下來。因為他覺得，這純粹是警方的事，如果連這樣的事也去驚動木蘭花的話，那麼，木蘭花的時間再多，也是不夠用的。

是以，他又照常去處理他的工作，只等著調查報告來到之後，再作進一步的處理。

下午，他反而接到了安妮打來的電話。

安妮在電話中，以充滿了祈求的聲音道：「最近有什麼稀奇古怪的事啊，高翔哥哥，這大半個月來，真是悶死人了！」

高翔笑了起來，道：「安妮，想想你在『俾士麥號』潛艇上的那些日子，你是怎樣過的，沒有事還不好麼，你太孩子氣了。」

安妮笑了起來，道：「高翔哥哥，我看報紙，說昨晚午夜時分，有一個男子被車撞死，那是交通的車禍，還是謀殺？」

高翔不禁笑了起來，道：「是謀殺又怎樣？你什麼時候又想當起謀殺科的探員來了？不過，你問起這個人，我倒有一件事要告訴木蘭花。」

「有事情要告訴蘭花姐？」安妮興奮地道：「由我去轉告好麼？」

安妮一面大聲叫著，一面向穆秀珍招著手。

木蘭花坐在一旁，不以為然地道：「安妮，高翔的事情很忙，你老是打電話去找他，你這個習慣，實在是不十分好。」

安妮做了一個鬼臉，道：「他有話和你說！」

木蘭花搖頭道：「他有話和我說，他不會打電話給我麼？難道他還會害羞？」

安妮笑了起來，道：「高翔哥哥，你……」

可是她那句話還未曾講完，便突然聽得高翔在那邊大聲道：「什麼，噢，有這樣的事？才發生的，好，我立即就來。」

接著，「啪」地一聲，高翔竟已放下了電話。

高翔既已掛上了電話，當然聽不到他的叫聲了，安妮嗔道：「豈有此理！怎麼和我講著話，沒頭沒腦就將電話掛上了？」

木蘭花道：「我早和你說過了，他是個大忙人，當然是又有什麼緊急的事情，是非由他去處理不可的，別再胡鬧了！」

「可是，他有話和你說的啊！」安妮委曲地叫著。

「再打給他！」穆秀珍又撥動號碼盤。

電話又接通了，但是聽電話的卻不是高翔。而穆秀珍得到的回答是，高翔到殮房去了，幾分鐘之前，在殮房中發生了一件十分突兀的事，好像是搶劫，值日警官並不清楚。

穆秀珍放下了電話，道：「見鬼了！有人搶劫殮房，這不是太好笑了麼？殮房中除了死人，還有什麼可以搶的東西？」

木蘭花本來只是坐在一邊，對於穆秀珍和安妮兩人的行動，一點興趣也沒有，但這時，她卻放下書來，道：「有人搶劫殮房？」

「是的，蘭花姐，你想到了什麼？」

木蘭花笑了起來，道：「秀珍，你別將我當作活神仙好不好，我只不過想起了杜鬼臉來了，那次的事，也是首先在殮房中發生的，你還記得麼？事情和一大批某國的鈔票有關，後來我們去找那批鈔票時，那個潛水隊長還向你求婚呢！」

穆秀珍也笑了起來，道：「當然記得，那神經病！」

木蘭花道：「所以，有人搶劫殮房，那倒絕不是一件簡單的事，安妮，你翻來覆去在看報紙，昨天可有什麼橫死之人麼？」

「有，昨晚有一個男子，在密南巷上被車子撞死了。」

「還有麼？」

「沒有了，好像只有這一個。」

木蘭花道：「可能那人是一個神秘人物，或者他的身上有著十分值錢的東西，搶劫殮房的人，當然是十分迫切地要得到那些東西或秘密。」

穆秀珍和安妮兩人都大感興趣，忙道：「蘭花姐，那麼，那人是什麼人？那些人想要得到的秘密，或是物件，又是什麼呢？」

「我早已說過了，」木蘭花微笑著，「別當我活神仙，我只不過是根據一些事實，去推測另一些事實，現在我什麼都不知道，從何推測起？」

木蘭花的話，令得穆秀珍和安妮的臉上都現出了失望的神色來，木蘭花不禁笑了起來，道：「你們不必失望，如果事情真是十分有趣的話，高翔一定會來的。」

「那就好了。」安妮和穆秀珍一齊拍起了手。

木蘭花雖然不是「活神仙」，但是她判事卻是極準的，在她講了那句話之後約四十分鐘，高翔的車子已停在門口了。

穆秀珍推著輪椅，向外衝了出去，將高翔迎了進來。

高翔的手中，拿著一只牛皮紙袋。

從他拿那只牛皮紙袋的情形和他那種小心翼翼的神態看來，這牛皮紙袋中的東西應是十分重要。但是重要的東西，卻又不應該那樣隨便放在牛皮紙袋之中。

高翔進了客廳，安妮已道：「高翔哥哥，蘭花姐早知你會來的了，快點將事情的經過講給我聽，那死者是什麼人？」

高翔笑道：「看來，你們倒像是已經知道一切了。」

「我們什麼也不知道！」穆秀珍立刻回答。

「好的，那我就將事情的經過告訴你們。」高翔將一切講了一遍，才又道：「搶劫殮房的是三名大漢，他們翻抄著存放在殮房的死人遺物，但是卻又什麼也沒有帶走便離開了，蘭花，你說他們的行動，代表著什麼意思？」

「說明了他們要找的是安泰保的遺物，但因為安泰保的遺物已不在那裡了，所以他們什麼也得不到。」木蘭花立刻回答。

「對了，在他們到達殮房的前幾分鐘，我恰好取走了安泰保的遺物，可是我不明白，這裏頭有什麼是值得他們來搶的呢？」

高翔一面說，一面打開牛皮紙袋，將牛皮紙袋裡的東西，全都倒在他面前的那張咖啡几上，他們的目光也一齊集中在那些東西上。

自牛皮紙袋中倒出來的東西，實在十分普通，幾乎任何一個男人的身上，都可以找到相同的東西，那包括一只皮夾，一條手帕，一串鑰匙，一本小日記本，和一隻手錶，以及一些使幣。

木蘭花首先拿起那本小日記本來，略翻了一翻。

那本小本子，幾乎是空白的，首幾頁上，寫著一些文字，也只是個人支付的一些流水賬，並不像木蘭花想像的，有著很多人的地址。

木蘭花又取起了皮夾，皮夾中有十幾張大面額的鈔票，還有一張相片，是安泰保本人的，除此之外，也沒有什麼了。

木蘭花又拿起那串鑰匙來，她對於各種各樣的鑰匙和鎖，都有著極其深湛的研究，她看了那串鑰匙，便知那是開啟普通鎖的。

然後，她又把玩著一個正方形的水晶玻璃墜子，她審視著上面所刻的條紋一會，又開著了燈，將那墜子放在燈前照著。

她一樣一樣地檢查著安泰保的遺物，穆秀珍、高翔和安妮三人一聲不出地注視著她，穆秀珍心急，忍不住問道：「蘭花姐，你發現了什麼？」

木蘭花搖了搖頭，道：「暫時還沒什麼，但是這片玻璃有一種奇異的反光，不是普通水晶玻璃的折光率所能達成的。」

高翔等三人都不免有些失望，他們本來希望木蘭花在檢查出安泰保的遺物之際，會有重大的發現，但是木蘭花卻在注意那玻璃墜子的質地，那顯然是沒有意義的。

高翔忙又道：「可還有什麼別的發現麼？」

可是木蘭花卻還是繼續對那一小片的玻璃感到興趣，她又道：「這好像是一種特特殊配方的鋼化玻璃，你們知道麼？玻璃可以製得比鋼更堅硬。」

「我們知道，」穆秀珍道：「可是……」

木蘭花立刻接了上去，道：「可是若沒有極高的工業水準，那是絕製不出鋼化玻璃來的，這個玻璃墜子是工業的尖端產品。」

木蘭花終於將那串鑰匙放了下來。

高翔問道：「蘭花，你猜他們想搶什麼？」

木蘭花道：「這是一個很難回答的問題，現代的科學，可以將一大批文件縮成肉眼看不到的小圓點，在一支鑰匙中，可以藏進許多秘密，我們實在難以知道對方想要的是什麼——通常，殮房中死者的遺物，都是如何來處理的？」

「當然是交給前來認屍的死者家屬。」

「如果沒有人來認屍呢？」

「那麼，就一直存放在殮房附設的儲物室中，然後，隔一個時期便將之銷毀。」高翔說道：「你的意思，可是引誘他們再來一次搶劫？」

「是的，我們一點頭緒也沒有，只有在搶劫殮房的那三個人身上，才可以得到線索。安泰保臨死之前要人將話轉達給我聽，顯然表示這是一件十分複雜的事！」

「他只說了玻璃兩個字！」

「是的，所以我才特別注意那個玻璃墜子，毫無疑問，事情可能就是和這玻璃墜子有關。」

木蘭花又把玩起那一粒正方形的玻璃墜子來，她慢慢地撫摸著上面的花紋，仔細地看著，雙眉緊鎖著，顯然，她看不出所以然來。

「我看，」高翔表示著他的意見，「這只不過是一件普通的飾物而已，許多人都喜歡在鑰匙圈上加上一個墜子的。」

「你說得不錯，可是……」木蘭花講到這裡，突然停了下來，她在講話之際，是正望著外面的，這時她看到一輛車子已在門口停了下來。

木蘭花略停了一停，立時道：「高翔，快伏下來，秀珍，你和安妮上樓去，有人來了，安妮，你不要隨便攻擊人。」

木蘭花一面說著，一面將那串鑰匙放進了袋中。

這時，汽車中已下來了三個人，他們當中的一個按著鈴，木蘭花按下了一個掣，道：「請進來，花園的鐵門並沒有鎖著。」

高翔低聲道：「蘭花，你甚至不問他們是什麼人？」

「我不怕他們進來，你快躲到沙發後面去，將咖啡几上的東西全部收起來。」

木蘭花看到那三個人已推開鐵門，走進來了。

等到那三個人走進客廳中的時候，客廳看來只有木蘭花一個人，而木蘭花則坐著，十分安詳地看著書。

那三個人在門口站了一站，木蘭花道：「請坐！」

那三個人互望了一眼，他們全是身形相當魁梧的中年人，他們又向前踏上了兩步，但是並不坐下，只是問：「你是木蘭花小姐？」

木蘭花點頭，道：「是的。」

那三個人這才又踏前了一步，其中一個道：「蘭花小姐，我們相信，高翔先生已經到你這裡來了，並且也向你提起過我們了，是不是？」

木蘭花放下手中的書，道：「不錯，但是他並未曾向我提及你們，他只不過向我提及，有三個人閃電行劫殮房而已。」

那人道：「做這行動的，就是我們三人。」

木蘭花呆了一呆，這三人竟如此坦率地承認了行劫殮房的就是他們，那說明他們是有恃無恐而來的，這三個絕不是容易對付的人。

木蘭花的態度仍然十分鎮定，她又道：「那樣說來，你們並未曾取到安泰保的遺物，而你們又一定要取到它，是不是？」

「是的。」那三個人又齊聲回答。

木蘭花面色一沉，道：「那麼你們找錯地方了。」

那三人互望了一眼，其中一個忙搖手道：「蘭花小姐，你別誤會，我們只不過想和你談一項交易而已，並不是有什麼惡意的。」

「我不會和來歷不明的人談交易的。」木蘭花回答。

木蘭花的聲音冰冷，這令得那三人的臉上現出十分尷尬的神色來，但是他們還是道：「小姐，我們是希望取回安泰保的遺物。」

「好的，但是你們必須使我知道，你們是什麼人，安泰保和你們的關係怎樣，你們想取回的東西是什麼，取回後有什麼用處！」

三人中一個額上有疤的，怒叫了起來，道：「那東西不是你的，我們好意來和你商量，你這樣子是什麼意思，別人怕你，我可……」

他一面說，一面已陡地拔出了槍來。

可是，他下面「不怕」兩字還未出口，「啪」地一下槍響，他根本未曾來得及辨明槍聲是從何處來的，他手中的槍便已被射中了！

那令得他的手陡地一震，手中的槍向外疾飛而出，「乒乓」一聲，撞碎了一塊玻璃，落到了外面的草地之上。

那人呆若木雞地站著，不知該怎樣才好。其餘兩人也是面上變色，而木蘭花則仍然十分安詳地坐在沙發上，不動聲色。

她緩緩地道：「在這裡，不知有多少職業的匪徒吃了大虧，你們三人，我看是業餘的吧，或許你們過去在軍隊中的職位相當高，但希特勒已經死了，是不是？」

那三個人的面色變得更難看了，他們同時現出了驚訝莫名的神色來，失聲道：「你，你怎知我們是德國……軍官？」

「第一，你們的口音，是濃重的德國口音；第二，你的手腕上可以看到刺青，那是德國一種極秘密部隊的標誌，這種部隊的一個連長，在普通部隊中便是團長，你們三人毫無疑問是德國納粹軍官，這還用懷疑麼？」木蘭花一一分析著。

那三個人苦笑了一下，道：「你猜對了，木蘭花小姐。」

木蘭花站了起來，道：「如果你們不願意回答我剛才那幾個問題的話，那你們就快些離去，並且千萬不要再生事。不然，監獄中是不會嫌多了你們三個人的。」

那三個人又停了片刻，才悻悻然地轉身走去。

等到那三個人走出了花園，並且上了汽車，高翔才從沙發後走了出來，穆秀珍也推著安妮下來，叫道：「蘭花姐，為什麼不抓住他們？」

「現在沒有這個必要，我要弄清楚他們三人是誰，剛才，我已將他們三人拍攝了下來。」木蘭花取下了她襟頭的一個扣針，手指一按，一個極小的軟片盒跳了出來，她向安妮招手。「安妮，你到暗房去，將照片洗出來，放成二十吋大。」

安妮接過了那個軟片盒，歡天喜地地轉著輪椅去了。

「照片曬好之後，我們可以和國際警方聯絡，查這三個人的來歷，在知道了這三個人和安泰保的來歷之後，就很容易知道事情的真相了。」

高翔道：「你以為他們三個肯就此算了麼？」

「當然不會，但我們也絕不怕他們，對不？我們只要小心一些就好了，安泰保的遺物，可以留在我這裡，再讓我來慢慢研究。」

高翔點著頭。

二十分鐘之後，照片已洗出來了，十分清楚，高翔帶著照片，向木蘭花告別，木蘭花又繼續看書，像是根本沒有這件事一樣。

穆秀珍和安妮兩人，起勁地爭看安泰保的遺物中吸引了那三個人的是什麼，她們又猜測著那三個人究竟是做什麼的。

但是木蘭花卻一直不出聲。

第二天一早，一位警官便已將一份資料送來給木蘭花，那是有關安泰保的資料，提及他在戰爭結束後在歐洲的生活。

那份資料說，安泰保在瑞典設有一家專賣水晶玻璃器皿的商店，但商店的資本自何而來不詳，而他經常不在瑞典，常在東歐活動，最常去的地方是波蘭。

至於他到波蘭去的目的是什麼，則不得而知，起先被懷疑他是東歐方面的間諜，但是後來證明他並不是間諜，看來只是旅行。

而他在到了本市之後，住在一間十分豪華的酒店之中，曾和一個著名的印刷機器代理商接過頭，據那代理商稱，安泰保要向他購買十架精緻的印刷機。

木蘭花看到了這裡，深深地吸了一口氣。

穆秀珍忙道：「蘭花姐，你想到了什麼？」

木蘭花道：「秀珍，你可有二十元或五十元面額的美鈔，或是五鎊、十鎊面額的英鎊？快給我一張，我知道這三人在找什麼了！」

穆秀珍道：「我有一張五十元面額的美鈔。」

「快去拿來給我！」

穆秀珍奔上了樓，不一會，便拿著那張十分新的美鈔走了下來，木蘭花取在手中，又自袋中取出那立方形的水晶玻璃粒來。

她小心地轉動著那玻璃粒，將之平放在鈔票之上，過了不久，只見她一抬頭，道：「秀珍，安妮，你們來看。」

兩人的心中早已充滿了好奇，一聽到叫喚，立刻湊過了頭去，但是她們卻看不出什麼名堂來。

木蘭花道：「注意貼近鈔票那一面上的刻痕和鈔票上的花紋，留心些看。」

經木蘭花一提，兩人全看出其間的巧妙來了。

她們齊聲叫道：「那花紋是一模一樣的！」

木蘭花點了點頭，道：「你們明白了？」

穆秀珍吃驚道：「蘭花姐，你是說，這……這是印製偽鈔的版模？世界上有用玻璃製成的印製偽鈔的版模？有這可能麼？」

2 偽鈔版模

木蘭花的神情十分嚴肅，她來回地踱著，好一會兒才道：「秀珍，打電話給高翔，我想這件事十分之嚴重，絕不同普通的罪案。」

穆秀珍連忙拿起了電話。撥動號碼，她一面撥電話，一面還在問道：「蘭花姐，那究竟是什麼事，你先告訴我好麼？」

可是木蘭花卻沒回答她，只是緩緩地一步一步地走著。

穆秀珍在電話中聽到了高翔的聲音之後，就叫道：「高翔，蘭花姐叫你立刻就來！」

她不等高翔再問什麼，便立刻放下了電話。

木蘭花將那一小粒玻璃緊握在手中，仍然不斷地在踱著步，看她的情形，像是想到了一些問題，但是還未能全部想得通。

約莫過了五分鐘，木蘭花又道：「秀珍，你打電話找一找花禿子，我有事情要問他，請他到我這裡來一下，立刻就來。」

穆秀珍吃了一驚，道：「蘭花姐，你找的花禿子，就是坐了五年牢，才放出來的那個專門偽造鈔票的傢伙？找他做什麼？」

「我要問他一些關於偽鈔的事情。」

穆秀珍又去打電話，她一連打了好幾個電話，仍然未直接找到那個名叫花禿子的著名偽鈔犯，但是卻已留下口訊：木蘭花要找花禿子。

花禿子是受過木蘭花好處的，只要他一聽到了這個口信，他一定會立刻來見木蘭花的，而當穆秀珍放下電話後，十分鐘又過去了。

那時，高翔的車子發出一聲難聽的剎車聲，已經停在鐵門口。從那一下剎車聲聽來，他是以極高的速度駛向前來的。

高翔立刻從車中跳了出來，推開鐵門，向裡面奔了進來，一面還在叫道：「蘭花，你收到我送來的資料了，有什麼發現？」

他幾乎是如同旋風一樣捲進客廳來的，木蘭花一見他進來，便將手中的小玻璃粒和那張五十元面額的美鈔，交到了他手上。

高翔接過了這兩件東西，呆了一呆。他的腦筋究竟十分靈敏，立刻道：「偽鈔模？蘭花，玻璃製成的偽鈔模？真的麼？」

「你看看那玻璃粒上，六個平面的刻痕，其中一面，正和五十元面額美鈔的中心部分，完全一模一樣，而且我還相信，其餘五面的刻痕，一定和二十元、一百元面額的美鈔，以及五鎊、十鎊、五十鎊面額的英鎊，花紋是一樣的。」木蘭花沉聲說著。

「那麼，你的意思是——」高翔望著木蘭花。

木蘭花緩緩地道：「我的意思是，這一個一立方公分的小玻璃粒，對於偽鈔製造者來說，是無價之寶，缺少了它，就製不成偽鈔了。」

「我……還有些不明白。」

「當然，現在我所說的，也只是我的推測，我相信，有六副，同樣由特種鋼化玻璃製成的偽鈔模，已經在埋沒了多年之後又出現了。」

高翔和秀珍同聲問道：「你說『埋沒了多年之後又出現了』，那是什麼意思？」

木蘭花道：「你們先聽我解釋那小玻璃的用處，印製偽鈔，最主要的是鈔模，印製一種面額的偽鈔，必須要一正一反兩塊版模，稱為一副，我的推測是，那六副偽鈔版模，都是不完全的，其中每一副的一塊，正中部分有一平方公分的空白，必須將這一粒玻璃粒嵌進去，才是一副完整的偽鈔模！」

高翔和穆秀珍一直點著頭，安妮聽得出了神，只顧咬手指，連頭也不點。

木蘭花又道：「高翔，二十元、五十元和一百元面額的偽美鈔，以及五鎊、十鎊、五十鎊面額的偽英鎊，你對這六種面額的偽鈔，難道沒有什麼特別的印象麼？」

高翔從沙發上直跳了起來，失聲道：「蘭花，你是說……那是二次世界大戰後期，德國納粹黨印製的偽美鈔和偽英鎊？」

木蘭花嚴肅地道：「我正是這個意思。」

高翔、穆秀珍和安妮都呆住了不出聲。

安妮年紀還小，或者還不明白這件事的嚴重性，但是高翔和穆秀珍兩人卻是知道的，這可以說是足以波動世界金融的一件大事！

在第二次世界大戰的末期，德國再次失敗了，但是納粹卻用一切方法去挽救它的失敗，它一方面拚命地發展新武器，將希望寄託在V——2火箭之上；而另一方面，為了擾亂盟國的經濟，納粹又決定印製大量的偽美鈔和偽英鎊，這種偽美鈔和偽英鎊，在一九四五年初曾經出籠。

而這種偽鈔印製之精美，即使是專家，也無法分辨得出它和真鈔的真偽來。幸而盟軍進軍神速，直搗柏林，結束了戰爭，這種偽鈔的生產才停止了。

而已經在市面上流通的偽鈔，由於根本沒有人分辨得出，其中只有極少數被特殊的儀器辨認了出來，加以銷毀，而大多數還和真鈔一樣地在市面上流通。

好在由於時間短促，偽鈔發行的數量微乎其微，是以也沒有妨礙，但是，為什麼納粹能將偽鈔印製得如此之好，這卻是英國和美國的專家們一直在研究的問題。

他們之所以要研究這個問題，當然是大有理由的，因為納粹雖然失敗了，但如果有人使用同樣的方法製印偽鈔的話，那麼不是不勝其煩了？

所以，兩國的專家，會同兩國的軍方和警方，成立了一個專案小組，可是這個專案小組卻一直沒有什麼成績，因為當年德國人印製偽鈔，是在極秘密的情形之下進行的，在戰爭結束之後，幾乎沒有任何的線索留下來，根本無從查起！

一般的結論，是認為偽鈔的印製所在，已經在轟炸中或是炮火中被完全毀去了，而有關的人，也自然都死在戰火中了。

所以，這件事到近幾年，已經沒有什麼人提及了，當然，何以德國人能印製出那樣美妙的偽鈔來，這件事也成了一個謎。

可是，這個謎，如今卻因為那一小粒玻璃而揭了開來，納粹之所以能印製那樣盡善盡美的偽鈔，全是因為它所使用的偽鈔版模是鋼化玻璃所製成的！

那些版模，當然全是如同安泰保那樣，有著第一流手藝的雕刻師，使用特製的工具，仔細地刻成的。而正因為版模是玻璃的，所以它根本不是仿造，而是複製，在製造偽鈔版模的時候，可以將玻璃版放在真鈔之上，照著真鈔的花紋去慢慢雕刻。

當然，這是十分費時的，但卻是盡善盡美的！

也只有這一個方法，才能夠印製出和真鈔絲毫無差的偽鈔來，這一個辦法，確實是匪夷所思的，用玻璃來做偽鈔的版模！

而如今，安泰保死了，這個可以適用於六副版模的玻璃粒又出現了，而安泰保在死前，又曾訂購十架優良的印製機，這一切全都說明，那六副偽鈔的玻璃版模都已出現了，大規模的偽鈔印製工作即將在本市展開，而印出來的偽鈔，是和真鈔沒有分別的！

那當然是一件極嚴重的事情！

高翔的臉色，不由自主地有些發白，他吸了一口氣，道：「這粒小玻璃粒，自然是印製偽鈔者必須要獲得的東西了。」

木蘭花點頭道：「正是，幸而我們得到了它，而要破壞偽鈔印製者的計劃，最徹底的辦法，就是立刻將它毀去，那就再也不會有偽鈔了！」

高翔將那小玻璃粒在手中拋了幾下，道：「蘭花，我敢打賭，偽鈔黨願意以一千萬，甚至更高的數目，來交換這一小粒玻璃。」

「自然是，沒有了它，偽鈔就難以印製，秀珍，拿鎚子來，將這粒玻璃擊碎，就天下太平，不會有什麼麻煩了！」

那一小粒玻璃的價值，可能比同樣體積的鑽石更高！但是，正如高翔和木蘭花所說，只有將之毀去，才是最好的辦法，是以穆秀珍略一猶豫，道：「蘭花姐，讓我來敲碎它。」

「為什麼？」高翔問。

穆秀珍道：「你想想，我一鎚敲下去，敲碎價值一千萬元以上的東西，那是什麼滋味，只怕誰也未曾有過那樣的經歷！」

木蘭花道：「別廢話了，快去取鎚子來。」

穆秀珍轉身推開通向廚房的門，向廚房走去。

高翔道：「安泰保和那三個德國人可能是同黨，後來卻又起了內鬨！」

木蘭花伸了一個懶腰，道：「那已不成問題了，只要這一小粒玻璃被毀去，偽鈔無法出籠，我們的事情也就完了。安泰保可能自知不是三人之敵，是以死前才想來求助於我的，但是他反正已死了，也不必多去研究他的死因了，我們——」

木蘭花才講到這裡，忽然聽得廚房中，傳來了「砰」地一聲響，木蘭花呆了一呆，高聲叫道：「秀珍，你又打破了什麼？」

隨著木蘭花的這一問，只聽得穆秀珍叫了一聲，道：「蘭花姐——」她那一下叫聲，聽來十分惶急不安，木蘭花立刻道：「快伏下！」可是木蘭花的話才一出口，「砰」地一聲響，通向廚房的那扇門已被撞了開來，木蘭花立刻拉著安妮，到了一張沙發之後。

高翔聽得木蘭花一叫，也早已翻身跳過了鋼琴，到了鋼琴的後面，而門開處，只見穆秀珍被一個人扭著手臂，走了出來。

穆秀珍是柔道和空手道的高手，對於中國和日本的武術都有極其深湛的研究，像她那樣身手的人，竟會被人倒扭手臂而制住，這幾乎是不可能的事！

但這時，她的確是被人制住了。

木蘭花心頭怦地一驚，立刻向穆秀珍身後的人望去。

只見那人的身形高得出奇，至少有六呎六吋高，他的頭上，套著一隻絲襪，是以他的整個臉面看來模糊不清，給人一種十分詭異可怖的感覺，但雖然如此，仍可以看到他的雙眼十分有神。

他一手抓住了穆秀珍的手腕，將穆秀珍的手臂曲在身後，穆秀珍現出相當痛苦的神色來，身子微微向前彎曲著，竟然沒有掙扎的餘地！

而那人的左手，則抓著一柄十分尖利的鋼刺，刺尖就對準在穆秀珍頸際的大動脈上，他只要一刺的話，在十幾分鐘內，穆秀珍如果得不到急救，就性命難保了！

木蘭花只看了一眼，就看出那人，不論是握的方位，還是尖刺對準了穆秀珍的部位，都表明了他是一個一等一的武術高手！

而事實上，穆秀珍幾乎是一進廚房，便發出了「砰」地一聲響的，當然那人一定是在暗中伏擊的，穆秀珍根本連還手的機會也沒有，這一點，也足以證明那人的武術造詣之高了！

那人推著穆秀珍一出現，高翔便從鋼琴之後閃了出來，但是木蘭花隨即一揚手，阻止了高翔，她沉聲道：「你是誰？」

那人頭轉了一轉，向四面看了一下，以一種十分混濁，顯然是假扮出來的聲音道：「別廢話，快將你手中的玻璃粒給我。」

木蘭花向前走去，那人立刻又叫道：「站住，拋過來！」

木蘭花沉聲道：「給了你以後又怎樣？」

「給了我之後，我會帶穆小姐離開這裡，然後，在我認為安全的時候，我就會將穆小姐放開來的！」那人從容地回答著。

高翔大叫道：「嗯，朋友！你得弄清楚你在和什麼人打交道才好，你用這樣的方法，你以為是聰明麼？快放開穆小姐！」

那人發出了兩下乾冷的笑聲來，道：「自然，我知道，我是和木蘭花在打交道，那的確不是一件聰明的事，就算能佔上風。也得要重大的代價，但至少我現在佔著上風，對不對？蘭花小姐，你將那玻璃粒拋過來給我，不要猶豫！」

木蘭花「哈哈」一笑，道：「好，朋友，你引起了我的興趣，我現在處於下風，當然會將玻璃粒給你，但是我必然會追回它來的。」

「小姐，你必須要追它回來。」那人糾正著，「至於你是不是追得回來，卻還是未知之數，我們可以來較量一下的。」

穆秀珍在這時候，破口大罵起來，道：「你躲在角落，暗中傷人，算是什麼？有膽的放開我，我和你一對一地動手！」

那人又發出了幾下陰冷的笑聲，將手中那個尖刺咬在口中，但是他雖然咬住了尖刺，尖刺的尖銳一端，仍然對準了穆秀珍的後頸！

木蘭花將那玻璃粒向上一拋，隨即「啪」地一聲，彈出了手指，手指彈在那玻璃粒上，又是「啪」地一聲，將那玻璃粒彈向那人飄了出去。

那人一伸手，將玻璃粒接在手中。

那人的動作十分之快，一接住玻璃粒，立刻咬在口中，再將那柄尖刺放了下來，拉著穆秀珍向後退著，轉眼間，便到了門口。

安妮急叫道：「蘭花姐！」

木蘭花喝道：「別亂動！」

安妮急得幾乎哭了出來，道：「可是，秀珍姐她——」

木蘭花不等她講完，便道：「安妮，我們現在處於下風，就是承認失敗，這位朋友一定會放開秀珍的，你急也沒有用。」

那人拉著穆秀珍一直退出了花園。來到了鐵門口，只聽見他發出了一下尖銳的口哨聲，一輛汽車突然轉過圍牆，到了他的身邊，那車子的右邊打開了門，那人身子一縮，和穆秀珍一起縮進了車廂，幾乎連門都沒有關，車子就疾馳而走了。

等到高翔和木蘭花來到門口時，那輛車子已經駛得十分之遠，只見灰塵揚起，高翔連忙打開自己的車門。

木蘭花忙道：「高翔，別去追！」

「我知道！」高翔拿起了車中的無線電話，「我吩咐沿途的警車注意這輛車子，並且對這輛車子進行秘密的跟蹤！」

他一面說，一面按下了一個掣，道：「七號公路以北的所有警員注意，一輛深咖啡色的中型房車，正在七號公路中段向北駛去，注意它的行蹤，不可明顯跟蹤或截擊，有可能的話，需進行秘密跟蹤，但是絕不能讓對方發覺，我重複一遍：七號公路以北的警車注意……」

高翔將命令重複了六次，才放下了無線電話。

這時，那輛車子早已蹤影不見了。

高翔望著木蘭花，苦笑了一下，木蘭花也發出一下輕微的嘆息聲，他們兩人的心中，都感到一種說不出來的恥辱。

試想，就在木蘭花的家中，居然有人闖了進來，一照面就制住了穆秀珍，不但得了要得的東西，而且還將穆秀珍擄走了，這怎麼不令他們感到那是奇恥大辱？

但是這樣的恥辱，卻已經發生了。

木蘭花在嘆了一聲之後，道：「首先，我們假定對方會將穆秀珍在半途放下來，那我們要趕快將她接回來。」

「那麼，我們也駕車向北去？」高翔立即問。

已經轉動輪椅，也到了門口的安妮立刻道：「蘭花姐，我也要去，你們不能將我留在家中，秀珍姐她……她被人劫走……」

安妮講到一半，已抽抽噎噎地哭了起來。

木蘭花輕輕地拍著安妮的肩頭，道：「安妮，你已是一個大孩子，大孩子在有事情發生的時候，是不哭的，你知道麼？」

安妮緊緊地咬著下唇，忍住了眼淚。

木蘭花繼續道：「而且，大孩子應該做一些有用的事，你應該在家中看守著，我相信你的新萬能輪椅可以應付突然發生的事的，對不？」

安妮深深地吸了一口氣，接著，點了點頭。

木蘭花道：「那就好，安妮，我們去找秀珍，你在家中，你最好坐在牆前，那麼，不論有什麼人想攻擊你，都必須要在你面前出現，你就容易應付了。」

「我……知道了。」安妮勉強使自己的聲音鎮定。

木蘭花又在她的肩頭上拍了拍，閃進了車子，絕塵而去。

安妮在門口停了一會，按下了一個掣鈕，她的輪椅自動轉了一個身，向前轉去。

她以前的那張萬能輪椅，留在「俾士麥號」潛艇之中，並未能帶出來，而在她一回到本市之後，雲四風立刻又照以前的圖樣，替她造了一輛新的，而且還作了很多的改進。

安妮進了客廳，照著木蘭花的話，背靠著牆，全神貫注地坐著。

她的神經十分緊張，因為家中只有她一個人在，而且家中在不久以前還出了事，穆秀珍就是在家中被人劫走的。一想到這裡，安妮的心中更是十分害怕。

她不由自主向廚房看去。也就在她向廚房看去時，忽然聽到廚房中，發出「喀嚓」一聲響，好像有一只鐵罐跌到了地上。

安妮陡地吃了一驚，大聲道：「什麼人？」

可是，廚房中卻又沒有別的聲音傳出來，安妮實在想到廚房中去看個究竟，但是她又記起木蘭花的話，不敢妄動。

過了幾分鐘，廚房中仍然沒有什麼聲音傳出來，剛才那一響，好像並不是人為的，而是一只鐵罐放得不穩，恰好在那時跌了下來一樣。

安妮的心中略為輕鬆了些。

也就在這時，突然門鈴響了，突如其來的門鈴聲，又將安妮嚇了一大跳，連忙向外望去。

只見鐵門外，站著一個穿大花夏威夷衫的胖子，那胖子的頭禿得一根頭髮也沒有，一面按鈴，一面正用手帕在頭頂抹著汗。

安妮按下了一個掣，道：「什麼人？」

胖子呆了一呆，揚起頭來，道：「我是花禿子，是木蘭花小姐叫我來的。」

「噢，原來是你來了，請進來，門沒鎖。」

胖子推開鐵門，向內走來，不一會，他已到了安妮的面前，安妮道：「蘭花姐不在，我叫安妮，你請隨便坐好了！」

花禿子向安妮打量幾眼，在她對面坐了下來。

安妮也打量著花禿子，花禿子看來像是一個十分好心腸的小商人，一點也不像是一個罪犯，但木蘭花卻說他是製造偽鈔的專家！

安妮首先打破了沉默，道：「聽蘭花姐說，你對於製造偽鈔十分有研究，她就是因為這事情，才請你前來，向你請教的。」

花禿子笑了起來，他在笑的時候，臉上的肉幾乎都堆到了一起。他道：「哪裡，哪裡，我只不過從小就對精美的印刷品有興趣而已。」

安妮聽得「格格」笑了起來，道：「你說得太幽默了，蘭花姐判斷，有一個巨大的美鈔英鎊的偽造集團，將要在本市展開活動了！」

花禿子皺起了眉，道：「這不可能吧？如果有這樣的一個集團要活動，而我卻沒有份的話，那實在是不能夠想像的。」

「為什麼呢？」安妮大感興趣地問。

「當然，譬如說，誰供給他們合用紙張呢？」

安妮呆了呆，在她那樣的年齡來說，她的常識已經是十分豐富的了，但是像她那樣年紀的人。當然是不可能詳細知道印製偽鈔的過程。

她聽得大感興趣，道：「那麼，你怎會有合用的紙呢？」

花禿子又笑了起來，凡是胖子都愛笑，花禿子也不例外，他道：「我當然有辦法，但是，這卻是我的業務秘密，不輕易講給人聽的。」

安妮笑了起來，道：「原來是這樣，如果這個集團已經有了合用的紙張，你還有什麼地方，一定要人家重用你的呢？」

「當然有！」花禿子自負地說：「我有第一流的印製技術，而且，我有推銷偽鈔的路數，除非那個集團不在本市印製，不然，一定得來找我！」

安妮點頭笑道：「我也相信這一點，所以蘭花姐要找你，我看，那一幫人一定會和你聯絡的，如果他們和你聯絡了，那麼你——」

安妮才講叫這裡，突然之間，廚房中又傳來了「啪」地一聲。

安妮一呆，又大聲問道：「誰在廚房裡？快出聲！」

別看花禿子人胖，可是他的動作卻十分靈活。

只見他一抖手，像是魔術一樣，手中已經多了一柄槍，身子也直跳了起來，奔到了通向廚房的門邊，安妮忙道：「你小心些！」

花禿子笑道：「如果我在木蘭花的家中，竟然會遭到意外，那倒太好笑了，噢，誰在廚房中，別鬼鬼祟祟，可以出來了！」

他一面說，一面推開了門，向廚房走了進去。

安妮聽到花禿子在廚房中失聲叫道：「是你——你在這裡幹——」

但是，他「什麼」兩字，還未講出口，便突然縮了口，變得一點聲音也沒有！

安妮陡地一呆，叫道：「花……花禿子！」

可是她叫了兩聲，卻一點回答也沒有！

花禿子是那樣的一個大胖子，如果他一進廚房便受了襲擊的話，那一定會發出他身體倒地的隆然巨響。

可是，事實上，他進了廚房之後，只叫了一聲，便突然沒有了下文，而從他那一聲叫喚聽來，廚房中的確是有一個人在！而且，花禿子還是認識這個人的！

只是何以花禿子忽然沒有聲音了呢？

那個在廚房中的人，躲在廚房中，究竟想做什麼呢？他什麼時候衝出來呢？何以花禿子在剎那間，一點聲音也沒有了呢？

安妮的心中疑問越來越多，而她的心中也越來越害怕，她竭力壯著膽，大聲問道：「花禿子，在廚房中的是什麼人？」

她的問題當然未得到回答，而安妮根本不知道木蘭花和高翔兩人什麼時候回來，若是叫她一直這樣僵持著，那她寧願到廚房中冒險去看一看了！

她按著按鈕，慢慢地向廚房的門而去，到了門前，她陡地又按下了另一個按鈕，「嗤」地一聲，一枚催淚彈自門中射了進去。

她連忙向後退去，「蓬」地一聲響了，催淚彈在廚房中爆炸，自門縫中迸了出來，她在等那人從廚房中衝出來。

可是等了半晌，濃煙已漸漸地散去。卻還未見有人從廚房中逃出來。躲在廚房中的人，除非有防毒面具，否則是躲不住的！

而現在，既然沒有出來，那一定是從後門離去了！

安妮按著鈕，衝開了門，到了廚房中，廚房內根本沒有人，而後門洞開，顯然是從後門走了，安妮慢慢退回到了客廳中。

她的心頭怦怦地跳著。她只盼木蘭花快些回來。

但是，時間慢慢地過去，木蘭花和高翔兩人卻是音信全無，安妮越等越是焦急，雙手手心一直在冒汗，可是除了等之外，一點辦法也沒有！

3 暹羅鬥魚

高翔和木蘭花駕著車，沿著公路，一直向北駛去，不一會，便遇到了一輛警車，高翔和警車的警官做了一個手勢。

那警官也回了一個手勢，高翔拿起無線電話，聽了幾句，道：「那輛車子向前駛去，速度十分快，一個便衣警員已用摩托車追上去了，到現在還沒有聯絡。」

他們的車子繼續向前駛去，不一會，便到了一個山坡之前，只見那輛車子，四輪向天，翻在山邊，而兩輛警車已停在車邊了。

只見兩個警員，正將穆秀珍從車中拉了出來，穆秀珍顯然已昏迷了過去，高翔忙叫道：「快召救護車，快！快召救護車！」

木蘭花搖手道：「不用，她是因藥物昏迷的，別的人呢？」

一個便衣探員道：「他們登上了一架直升機，走了。」

「向哪一個方向去的？」

「向海面去的，我們已通知水警巡邏艇了！」

木蘭花轉過頭，向海的那一邊看去，公路的地形十分高，可以望到碧藍的海水一角，當然，她是無法看到那架直升機的。而木蘭花也知道，直升機飛到了海面之上，一定另有接應，不是水上飛機，就是性能十分優越的遊艇，他們就此遠走高飛了！

木蘭花的心中感到說不出來的憤怒，在她的心中，是很少有這樣感覺的，但這時她接二連三地遭到了失敗，令她有點難以抑制自己的情緒！

這時，救護車也已到了，幾個醫務人員替穆秀珍注射了一針，果然如木蘭花的判斷一樣，穆秀珍並不是因為翻車受傷而昏迷的，她之所以昏迷不醒，是在翻車之前，便已經受了藥物麻醉的原故，在注射了一針之後。她便緩緩地睜開眼來。

在她剛一睜開眼來時，她臉上還是一片迷惘的神色，但是不到半分鐘，她的知覺已經完全恢復了，她一躍而起，叫道：「蘭花姐！」

木蘭花仍然望著海，未轉過身來。

高翔跨過一步，扶住了穆秀珍，木蘭花道：「秀珍，經過的情形怎樣？」

「汽車開到了這裡，那傢伙就用一支針刺了我一下，」穆秀珍喘著氣，「我就覺得天旋地轉，接著便什麼也不知道了。」

木蘭花道：「接著，車子就翻了，幸而你早已昏迷，全身肌肉鬆弛，而且，也未曾作什麼掙扎，是以因禍得福，反倒未受傷。」

穆秀珍忙道：「那麼這兩個傢伙呢？」

「他們有直升機接應，已經走了。」

穆秀珍用力地頓了頓腳，木蘭花轉過身來，一字一頓地問道：「秀珍，你和他們在一起的時間最久，你對他們可有什麼特殊的線索？」

穆秀珍苦著臉，望著木蘭花。看她的情形，顯然是不知該如何回答才好！

木蘭花又道：「譬如說，他們曾講些什麼？你必須將他們的每一句話都回憶起來，我們只有在這裡尋找線索，去追尋他們了！」

穆秀珍道：「他們幾乎沒有說什麼——噢，是了，那駕車的人曾說了一句，他道：『那批貨，將在今午夜交貨，準期不誤。』」

木蘭花的雙眉蹙得更緊，道：「午夜交貨？就是那一句話麼？他還說了些什麼？只有這樣一句話，那是不成為線索的。」

「沒有了，那傢伙『嗯』了一聲，又叱道：『閉嘴，蠢才。』那駕車的也不敢說了。蘭花姐，那一定是首領！」

木蘭花深深地吸了一口氣，她的心中，實在亂得可以。

那人能夠在一個照面間便制住了穆秀珍，首先，他在武術上的造詣，就是非同凡響的，而他又敢獨闖虎穴，自然膽識過人。

而且，從他安排好逃走的路線使人難以追蹤這一點看來，他還是一個智力十分高的人，一言以蔽之，這是一個十分棘手的敵人！

這個敵人，是不是和那三個德國人有關係呢？還是他根本和那三個德國軍官無關？他究竟是什麼身分的一個人？他將在何處印製偽鈔？

而那駕車者說「那批貨」，那又是一批什麼貨？將在午夜交貨，地點又是在什麼地方呢？一連串的問題，令她心中亂得可以。

她想了片刻，並沒有什麼頭緒，才抬起頭來，道：「高翔，我們假定他們要的『那批貨』，是在本市交貨，我想你應該回去作部署，所有的人員，今晚都要出動。」

「可是，一點線索也沒有，我們——」

「我知道，這幾乎是沒有希望的，你只好吩咐所有的人員，注意一切可疑的事。我有一個感覺，那司機向那人特別提及那批貨，這批貨一定十分重要，而且既然稱為一『批』貨，那麼我想，這批貨的體積一定不會是十分小的，在全市的每一個角落注意一切，可能有所發現。」

高翔呆了半晌，才點頭道：「好。」

木蘭花苦笑了一下，道：「這是沒有辦法中的辦法，但是我們不應該放棄任何可能，即使是蠢辦法，也一定要試一試的。」

高翔的情緒，本來十分之差，但被木蘭花這樣一說，他又鼓舞了起來，道：「好的，我立即回警局去部署一切，你呢？」

「我和秀珍回家去，安妮一個人在家，我也不放心，而且，花禿子也該來找我了，我想，除非偽鈔不在本市印製，否則像他那樣的人，一定可以得到些風聲的。」木蘭花道。

高翔道：「好，那我們隨時聯絡！」

木蘭花和穆秀珍兩人登上了一輛汽車，駛回家去。

一路上，木蘭花一句話也不說，只是駕著車，穆秀珍起先還忍著，也不說話，後來，她實在忍不住了，才道：「蘭花姐，如果在那個花禿子身上，也得不到線索，那我們怎麼辦？」

可是，穆秀珍將同樣的話說了兩遍，木蘭花仍然不出聲，她只是將車子開得飛快，一直到了家門口，才突然停住了車子。

然後。她打開了車門，推開鐵門，叫道：「安妮！」

她立刻聽到了安妮的回答，但是當她一聽到安妮的聲音之後，她便知道，在家中，一定又有什麼不尋常的事發生了！

不但是木蘭花聽出了這一點，連穆秀珍也聽出來了！安妮的聲音之中帶著哭音，如果不是神經極度緊張，安妮的聲音是絕不會如此之難聽的，木蘭花連忙快步向前奔去。她還怕有什麼人在屋中，是以奔到了屋前，停了一停，閃到窗前，向前看去，看到只有安妮一個人在，她才放心了些。

她伸手推開了窗子，跳了進去。

安妮一見到木蘭花，不由自主哭了起來，叫道：「蘭花姐，你……終於來了，我……我……等了你好久，你終於來了！」

木蘭花奔到了安妮面前，握住了她的手，道：「什麼事？」

這時，穆秀珍也衝進來了，連聲道：「什麼事？安妮，究竟發生了什麼事？」

安妮忍住了眼淚，道：「廚房……中有人。」

木蘭花一怔，立刻轉頭向廚房望去，道：「你發射過催淚彈？」這時，屋中還有相當濃烈的催淚彈氣體的味道，是以木蘭花可以知道安妮發射過催淚彈。

安妮點頭道：「是的，他們自後門逃走了。」

穆秀珍大大鬆了一口氣，道：「他們已經走了，你哭什麼？快別哭了，你看，我也回來了，等有機會，我們就可以抓住敵人了。」

安妮抹了抹眼淚，道：「秀珍姐，你回來了，我很高興，可是剛才我實在很害怕，那個花禿子一進廚房，就突然沒有了聲音。」

「什麼？」木蘭花立時問：「那個花禿子來過了？」

「是的，他……他是一個胖子，是不是？」

「安妮，你快告訴我，他說些什麼，後來又發生了一些什麼事？你必須詳細地將他說的每一個字都告訴我。」木蘭花嚴肅地吩咐著。

安妮已經鎮定了下來，她吸了一口氣，將花禿子來到之後所講的話，以及在廚房中有了聲響，他走進去看，尖叫了一聲，便突然沒有信息的經過，詳細講了一遍。

木蘭花用心地聽著，穆秀珍好幾次想要打岔，但全被木蘭花制止，等到安妮講完，木蘭花才道：「那麼廚房中是什麼人，你未曾見到人？」

「我始終未見到。」

木蘭花揚頭道：「秀珍，快通知高翔，叫他派人盡一切可能找花禿子，找到他，事情就可以明朗了。在廚房中的那人，花禿子是認識的。」

穆秀珍去打電話，木蘭花來到了通向廚房的門前，推開了門。廚房中催淚毒氣的味道更濃烈，令她不由自主咳嗽了幾聲。

後門開著，花禿子和那個神秘人顯然是從後門逃走的，木蘭花跨出了後門看了看，沒有什麼發現，可是當她退回到廚房的時候，卻看到在門上的一個鉤上，掛著一條半寸寬的布條，從那楔形的形狀來看，布條是衣服鉤住了被拉下來的。

那是一條花布，從花式來看，大約是一件夏威夷衫，據安妮所述，花禿子正是穿著花夏威夷衫來的，那麼自然是花禿子匆忙離去時留下來的。

現在，木蘭花心中最大的疑問就是：何以花禿子一見了在廚房中的神秘人物，便一聲不出，立刻跟著他離去呢？

那個帶走花禿子的神秘人物，和挾持穆秀珍，劫走那小玻璃粒的人，自然是同黨，他們兩人一起偷進廚房來，一個在穆秀珍進廚房之際，突然出手將之制住，而另一個則一直躲在廚房中，可能另有企圖，恰好在花禿子進去，一見面就認出了他來，是以兩人才又一齊離去的。那麼，這人等在廚房中，想做什麼呢？

木蘭花立刻想起，安妮曾說，廚房中是響起了罐頭落地的聲音之後，花禿子才進去看個究竟的，罐頭……罐頭……

木蘭花連忙抬頭，向架上放著的許多調味品看去。

她才一看去，便立即發現，幾乎所有調味品的罐蓋都被打開過了，她隨手拿了一罐鹽下來，用手指在鹽粒中撥動了一下。

她立即發現，在鹽粒中，混雜著一些亮晶晶的，微帶青色的結晶粒，這種結晶粒混在鹽中，如果在煮菜需要放鹽時，是絕不容易發覺的。

但這時，木蘭花卻一眼就可以認出，那是劇毒的氰化物，如果服食之後，在不到一分鐘的時間內，就可以置人於死命的！

看到了這些摻雜在鹽粒中的氰化物晶體，木蘭花自然可以明白那人在廚房中是幹什麼了，那人在調味品中下毒，企圖謀殺她們三人！

木蘭花的心中，也不禁感到了一股寒意！那是因為敵人方面的行事太詭秘，太毒辣了！

木蘭花拿著鹽罐發呆，穆秀珍已帶著安妮走了進來。

木蘭花將鹽罐遞給穆秀珍，道：「你看，有人想要毒死我們！」

穆秀珍向鹽罐中一看，也嚇了一大跳。

木蘭花又道：「將廚房中所有的食物皆棄去——」

她話剛講完，只轉見安妮叫道：「蘭花姐，你看，這裡有一粒銅鈕扣！」她伸手指著水盆下面，那粒銅鈕扣就在地上。

那水盆下面的空隙。勉強可以塞得下一個人，那人可能是躲在這下面，但由於過於擠迫的原故，所以掉下了一粒銅鈕扣來。

而那個挾制穆秀珍的人，木蘭花將他的模樣記得十分清楚，他的身上絕沒有什麼銅鈕扣的，那麼這銅鈕扣自然是另一個人留下來的了。

到目前為止，這可以說是唯一的線索：敵人方面有一個人，是穿著一件有銅鈕扣的衣服！然而這個線索，卻等於沒有一樣！

木蘭花拾起了那顆鈕扣，看了一眼，放進了袋中。

穆秀珍和安妮兩人望著木蘭花，她們異口同聲地道：「蘭花姐，他們想害我們，那證明他們要在本市展開活動，他們要在本市印製偽鈔！」

木蘭花也剛好想到了這一點，她立刻同意了兩人的看法，道：「你們說得不錯，那麼，今天午夜的這批貨，一定也是在本市移交的了。本市確實是印製偽鈔的好地方，和世界各地都有貿易關係，現鈔的流通又多，而且，可以獲得第一流的印刷設備！」

「可是本市的範圍如此之大！」穆秀珍苦笑著說。

木蘭花的雙眉緊蹙，道：「但是如果我們知道了『這批貨』究竟是什麼時，那麼，範圍就可以縮小許多，查起來也容易得多了。」

「蘭花姐，」安妮道：「會不會是那六副偽鈔模？」

「不會，那六副偽鈔模一定已經在他們的手中了，所以他們才知道非要那玻璃粒，那批貨也一定是印製偽鈔所不可缺少的——」

木蘭花講到了這裡，停了一停！

然而，那一停，只不過是極短的時間，她們三人幾乎在同一時間內，異口同聲地叫出了一個字來：「紙！」

穆秀珍興奮地道：「蘭花姐，那一定是一批印製偽鈔特別需要的紙張，沒有這種特製的紙張，版模再好也是沒有用的。」

「而這種紙，」安妮立刻補充道：「一定是直接自英國和美國偷運出來的，他們可能是出高價，和兩地的罪犯連絡，才買到手的。」

木蘭花雙掌互擊，道：「好了，那我們偵查的範圍便少得多了！」

她回到客廳，拿起電話，撥通了高翔的號碼。

然後，在電話中，她道：「高翔，我們想到了，今天午夜，將會有一批印製鈔票要用的紙到達那批罪犯的手中，可有什麼飛機或船，是今日午夜之前到達本市，而又是從英國或美國來的麼？我想那批紙，一定是今晚才運到本市的。」

高翔的聲音十分興奮，道：「那簡單多了，我立刻去查，還有一件事，蘭花，我們剛接到一項車禍的報告，那是一輛小房車，跌下了懸崖。」

「車中是什麼人？」

「就是那三個德國人，兩個當場死亡，一個身受重傷，送到了醫院，昏迷不醒，正在對他進行急救，但希望十分之微。」

「嗯，那三個德國人和安泰保也是被犧牲的人，我以為安泰保是被那三個德國人所殺，估計是弄錯了。」

「我也是那樣想，安泰保可能也是給那夥人殺死的，可是那夥人是什麼人呢？蘭花，你可有任何線索沒有？」高翔問。

「有，但這兩點線索並不會有多大的用處，我只知道，第一，這夥人中有一個人，是認識花禿子的，他可能是印偽鈔的累犯，我們應該對所有偽鈔的累犯展開調查。第二，這個人在我的廚房中下毒，並且留下了一粒銅製的鈕扣。」

「銅製的鈕扣？」高翔反問。

「是啊，你可有什麼特別的印象？」

「沒有，但是，最近流行的上裝是時興銅鈕扣的，那人可能是一個十分注意衣著的人。」高翔提供他的意見。

「可能是，我等你的電話。」

木蘭花放下了電話，道：「秀珍，你在家中，和安妮兩人好好地注意著，害我們的人。可能會進一步來使卑鄙手段的。」

一聽得叫她們在家中，穆秀珍就不高興，她嘟著嘴，道：「蘭花姐，敵人方面，在今天晚上既然有一次重大的行動，我們也該全力以赴才是。」

木蘭花沉吟了一下，道：「可是——」

她一面說，一面向安妮望了一眼。

安妮十分聰明，立刻知道了木蘭花的意思，她吸了一口氣，勇敢地道：「蘭花姐，你和秀珍姐一起去辦事好了，我一個人是不怕的。」

木蘭花笑道：「你剛才還嚇得哭出來了呢！」

安妮有些不好意思，道：「那是我在見到你以後的事，事實上，我……我一個人在家中，靠著我的輪椅，也不會有什麼人能害我！」

穆秀珍大是高興，連忙握住了木蘭花的手，搖撼著道：「蘭花姐，你聽到了麼？我可以和你一起出動，不必在家中守著。」

木蘭花點了點頭，道：「好。」

穆秀珍歡呼了一聲，跳了起來。

安妮的臉上出現了十分難過的眼神，嘆了一口氣，道：「可惜我是一個廢人，要不然，我也可以和你們一起去了！」

她一面說著，一面低下頭來，望著她自己瘦小的、沒有行動能力的雙腿，淚水不禁落了下來，聲音也變得十分乾澀。

木蘭花和穆秀珍兩人互望了一眼，一時間想不出什麼話去安慰她才好。

木蘭花裝著未曾聽到安妮的話，她道：「安妮，家裡可能有壞人上門，你最好不要睡，這樣罷，你代我回覆許多不相識的朋友的來信，也是消磨時間的好辦法。」

安妮含著淚，點了點頭。

木蘭花又笑了起來，道：「安妮，你可知道，我每天都收到很多不相識人的來信，最有趣的是一個傻女孩，有一個很美麗的名字，叫白蓓蘭，一連給了我三封信，在信中和我講了很多事，還說焦急地等著我的回信，但是，三封信中，根本都沒有回信的地址！」

安妮聽了，也不禁「噗嗤」一聲，笑了出來。

木蘭花和穆秀珍對於安妮的關懷，可以說是無微不至的，聽到她破涕為笑，兩人的心中才算是放下一塊大石。

就在這時，高翔的電話來了。

高翔在電話中道：「蘭花，我已經調查過了，今天午夜以前，有兩班飛機，是分別從英國和美國飛來的，而且，還有一艘巨型郵船，在今晚十時到埠。」

木蘭花道：「好，我和秀珍到飛機場去，你到輪船碼頭去，我相信交易一定是立刻進行的，因為出售紙張的人怕夜長夢多。」

「我也是這樣想，我們應展開最嚴密的監視。」高翔道。

木蘭花又道：「這一大批印製偽鈔的紙，體積當然不會太小，但是也不可能太大，想像之中，至少應該有兩只中型的手提箱，而這樣的兩箱紙，應是十分沉重，絕不是一個人所能夠提得起來的，我們注意的範圍，應放在沉重的物體上面。」

高翔道：「我知道了，你們需要助手麼？」

「不需要，我和秀珍兩人足可以應付得了。還有，高翔，那個翻車幸得不死的德國人，他是在哪一個醫院之中？」

「市立第一醫院，你想去看他麼？」

「是的，如果他已能開口講話，我希望在他的口中得到更多的線索，至少，也可以知道那破壞偽鈔模的來龍去脈！」

高翔沉默了一會，才嘆了一聲，道：「我們這次所獲得的線索實在太少了，簡直就像是在大海中撈針一樣！」

木蘭花本身也有這樣的感覺，但是她卻不得不鼓勵高翔，道：「高翔，別氣餒，我們總算有了一些線索，比完全沒有線索好些，花禿子有下落了麼？」

「還沒有。」

「好，請你繼續偵查。」木蘭花放下了電話，轉過頭來，道：「安妮、秀珍，你們兩人輪流休息一會，今天晚上可能整晚得不到睡眠的！」

安妮關心地道：「蘭花姐，你自己呢？」

「我？」木蘭花笑了起來，「在一個疑難的問題還沒有眉目之前，我是無論如何也睡不著的，我現在到醫院去了。」

她向兩人揮了揮手，便向門口走去。

四十分鐘後，木蘭花已經在市立第一醫院的一間病房之外了，一個上了年紀的醫生，正在對木蘭花翻來覆去地叮囑。

那醫生道：「傷者的傷勢十分嚴重，你最好不要和他講太多的話，我給你十分鐘，小姐，你如果和他談得太多，會導致他的傷勢惡化！」

「我明白，你放心好了！」木蘭花一面回答著，一面推開了門。病床上躺著一個面色十分蒼白的人，鹽水瓶倒掛在架上，就放在病床之側。

而床上的傷者，卻是睜大了眼睛，看到了木蘭花進來，傷者的眼睛眨了眨，有了反應，喉間也發出了微弱的呻吟聲來。

木蘭花直到了床前，她還沒有開口，傷者已經用含糊不清的聲音道：「謀殺……謀殺……他們殺了安泰保……又要殺我們……我的同伴呢？」

木蘭花略俯下身子，簡短而有力地回答道：「他們全死了！」

傷者立刻閉上了眼睛，他的面部肌肉也起了一陣抽搐，發出了一連串的呻吟聲來，道：「他們……他們……成功了。」

木蘭花將頭俯得十分低，道：「不，他們沒有成功，因為你還活著，你可以擊敗他們，告訴我，他們究竟是什麼人？」

那傷者久久不出聲，可是口唇卻不住地顫動著，過了足足有一分鐘之久。在一旁的護士好幾次想要開口，但都被木蘭花用手勢制止了她出聲。

終於，在那傷者口唇的一陣劇烈顫抖之後，自他的口中，吐出了微弱的聲音來，道：「他們……是安泰保找來的，他們的首腦分子……叫……叫做貝泰……」

「貝泰？」木蘭花反問著。

而木蘭花的心中，也十分疑惑，因為這個名字，對她十分陌生，而安泰保之所以會找到那個貝泰，當然是因為貝泰是一個累犯，可以協助他們印製偽鈔之故。

很難想像有一個累犯的名字，是木蘭花所不知道的，是以木蘭花反問了一句。

那傷者喘了幾口氣，道：「是的，貝泰……ＢＥＴＴＡ，貝泰，你知道麼？我直到安泰保死了之後才知道……那是一種熱帶魚的名稱……這種魚——就是著名的暹羅鬥魚……」

當木蘭花聽到那傷者念出了那幾個英文字母之後，她已完全明白了，BETTA，貝泰，暹羅鬥魚，那是一個亞洲最凶惡罪犯的外號！

暹羅鬥魚是一種性格十分凶狠的魚，當兩條雄魚相遇時，猛烈的爭鬥便展開，幾乎不等到有一方死亡，是不肯休止的。而這個被稱為「暹羅鬥魚」的犯罪分子，他是靠黑吃黑起家的，在泰國，他是第一號的凶險分子：其他所有的犯罪分子，不是被他併吞了，成了他的部下，就是被他消滅了，而貝泰自己卻高居在上，平時絕不露面，是以他究竟是什麼模樣，也沒有人知道！

那是一個傳奇性的人物，木蘭花自然也知道，作為一個對手來說，那是第一號凶惡，難以應付的敵人。她不由自主吸了一口氣，道：「安泰保為什麼會找貝泰那樣的人來合作呢？和他那樣的人合作，你們簡直是自討苦吃！」

那傷者苦笑了起來，道：「我們不知道……開始的時候，我們實在不知道，而貝泰卻可以使我們印製的偽鈔通行整個東南亞！」

木蘭花並不出聲，的確，以貝泰在東南亞的勢力而論，他要將印製如此精良的偽鈔流通出去，那實在是輕而易舉的事。

傷者又喘了幾口氣，才又道：「你們中國人有一句成語是什麼？叫做引狼入室，是不是？我們……真是引狼入室了，他在知道了我們的計劃之後，便開始了他的陰謀，而我們還不知道，直到了安泰保出了事，由安泰保保管的六副偽鈔模失了蹤，我們……才知道……」

傷者的神思漸漸激動起來，呼吸聲呼嚕呼嚕，十分駭人，但是他還繼續道：「可是我們知道，那六副模版是沒有用的，必須有一個小玻璃粒鑲上去才有用，而那個小玻璃粒，安泰保是帶在身邊的，貝泰……他一定……不知道這一點！」

木蘭花的心中暗嘆了一聲，沉聲道：「你是說，你們和貝泰是在本市會面的？」

傷者道：「我們不知道誰是貝泰，我們和四個人會面，其中一個身形很高的人，似乎是首領，但也沒有人稱呼他為貝泰。」

不暴露自己的真面目，這正是貝泰一慣的手段。

木蘭花將頭俯得更低了些，問道：「那麼，你們已開始購買紙張了麼？什麼時候到貨，你可知道麼？」

那傷者困難地搖了搖頭，道：「不知道，這一切，在我們的……合作上……全由貝泰負責……他說可以弄到真的紙張。」

木蘭花還想問什麼，但是病房的門被打開，那位老醫生滿面怒容地走了進來，道：「行了，小姐，傷者已超過他的負擔能力了！」

木蘭花並沒有再說什麼，就退出了病房。

4 毒氣之王

她實在也沒有什麼別的問題可問了，因為她這次的拜訪，已經知道了比她所希望的更多資料，最重要的是她知道了敵人是誰！

敵人是貝泰——暹羅鬥魚——而這條「鬥魚」，目前正可能在本市活動！這實在是一個極其重大的發現，這個發現使得木蘭花知道：自己的行動需要更加小心！

出了病房，木蘭花略站了一站，醫院的走廊中，有許多人在走來走去，有醫生，有雜工，有護士，自然也有患病來求醫的人。

木蘭花心中暗忖，這些人中，哪一個是貝泰的人呢？

木蘭花明白，那絕不是她神經過敏。貝泰是這樣的一個厲害人物，他已經下手將他的四個同夥除去，如果他知道其中一個竟只是受了傷而沒有死的話，那麼他是一定不肯放過他的，那麼，以貝泰這樣心狠手辣的人而言，再派人到醫院來謀害傷者，又有什麼出奇呢？

木蘭花在門口站了沒有多久，就進了護士休息室，拿起電話來，在休息中的幾個護士，一下子就認出了木蘭花來，她們熱情地招呼著木蘭花。

木蘭花再次和高翔通話，因為她身邊有人，是以她講得很簡單，只是道：「高翔，我們的敵人是貝泰，派便衣探員來保護傷者。」

高翔呆了一呆，也問道：「誰是貝泰？」

「泰國鬥魚。」木蘭花又簡單地回答。

即使是在電話中，木蘭花也可以聽得到高翔吸進了一口涼氣時所發出的聲音，高翔當然也立刻知道了事態的嚴重性。

他們兩人相互在電話中告誡對方：「小心！」

木蘭花放下了電話後，心中又叫了一遍：「小心！」

面對的敵人是如此之凶惡，那實在非千萬倍的小心不可，她向那幾位護士有禮貌地笑著，剛準備退出護士休息室去。

可是就在這時，有一個圓臉大眼，大約只有十七歲的見習護士跳跳蹦蹦走了進來，一看到木蘭花，她突然叫了起來，道：「木蘭花！」

木蘭花望著她那短短瀏海下一閃一閃的大眼睛，笑道：「就算是木蘭花的話，也不必這樣尖叫啊，我又不是披頭四！」

那見習護士的講話十分急，和一般同年齡的女孩子差不多，她不停地道：「蘭花姐，你是我最崇拜的人了，我想請你在我的日記本上簽一個名！」

這是一個木蘭花無法拒絕的要求，木蘭花立刻點了點頭，那女孩子立刻將挾在腋下的一本簿子遞了過來，並且將她的筆交給了木蘭花。

木蘭花將簿子攤開，用那女孩的筆簽名，她才寫了一個字，就聽到那原來在休息中的幾個護士問那女孩子，道：「咦？你是新來的麼？我們以前怎麼沒有見過你？」

「對，我是新來的。」那女孩子回答。

聽到了這樣的對話，木蘭花立刻呆了一呆，停了下來。可是，這時，她已經寫了一個字，而在寫字的時候，筆尖和紙張接觸一定要用點力的。

即使那種接觸只是一點點力道，但是那枝筆本身便是一個構造極其精巧的東西，在筆尖一有壓力時，筆的後端，便立刻有一種氣體噴出來。

而這種氣體，本來是以壓縮的形態儲存在筆身中的，是以噴射出來的速度十分高，十分勁疾，木蘭花一聽得說那個見習護士是陌生的，心中已覺得其間大有蹊蹺，自己是因為對方看來天真活潑的外形，而完全喪失了警惕性了！

但是，當木蘭花想到了這一點的時候，她的鼻端已經聞到了一股十分異樣，好像是大蔥和芥子醬混合的怪氣味。而才一聞到那種氣味，木蘭花立刻覺得胸口悶煩欲嘔，眼前發黑，大旋地轉起來，她連忙轉過身來，向那女孩子望去。

只聽得那女孩子大聲道：「名簽好了麼？多謝你，蘭花小姐，我將會永遠保存你的簽名的！」她一面說，一面已將筆和簿子急急拿了過來。

木蘭花想出聲，可是她感到舌根麻木，竟已講不出話來了，她連忙揚起手，向那女孩子的肩頭上抓了下去，可是她的手也不聽指揮了。

她的手只是放在那女孩子的肩頭上，而她的五指卻僵硬得無法將對方的肩頭抓住，那女孩子輕輕將木蘭花的手移開，道：「多謝你！」

她一轉身，翩然向外走了出去。

這時，那幾個護士仍然未曾看出事態有了什麼變故，她們還在交談，一個道：「這女孩子很美麗啊，不知是什麼時候來的？」

另一個道：「我也從未曾見過她——」

那一位護士的話才講到了一半，木蘭花已經支持不住了，她全然像是飲了過量的酒的人一樣，她一腳向前踏出，想向外走去。

但是，她那一腳踏了下去，卻像是踏在雲端中一樣，突然身子向前一側，「咕咚」一聲，便已經滾跌在地上，一動也不動了！

這突如其來的變化，令得室內那幾個護士全驚得呆了！

足足過了半分鐘，她們才一齊驚呼了起來。

她們的叫聲，驚動了醫生，好幾個醫生一齊奔了進來，一個醫生俯身一看，掀起了木蘭花的眼瞼看了一看，木蘭花的瞳孔異樣的擴大，那醫生吃了一驚，道：「中了烈性芥子毒氣的毒！」

另外幾個醫生道：「那怎麼可能？」

這的確是不可思議的，烈性芥子毒氣可以在極短的時間致人死命，但這種毒氣，根本不是能夠公開製造的，而且，為什麼只有木蘭花一個人中毒，而別人無恙呢？

但那個醫生堅持說道：「一定是的！快進行急救！」

擔架床早已推了過來，將木蘭花抬上了病床，推進了急救室，院長也聞訊趕來了，他問道：「突然中毒的，是什麼人？」

那幾個嚇呆了的護士，直到此際才講得出話來，道：「她……她是女黑俠木蘭花。」

院長也吃了一驚，忙道：「是她，我馬上和警方聯絡！木蘭花到醫院來，是來做什麼？要盡一切能力搶救她！通知全院的醫生，進行集中搶救！」

院長的命令傳了出去，而急救室中，初步檢定報告出來，木蘭花的確是中了烈性芥子毒氣的毒，症狀已表露出來了。

院長一面通知高翔，一面又親自打電話到別的醫院中去請專家，稍有醫學常識的人都知道，芥子毒氣，是毒氣之王！

芥子毒是二氯二乙硫醚的俗稱，這種毒氣，一般來說，要在中毒之後幾小時才發作，但木蘭花立刻有了症狀，可知那是濃烈性的芥子毒氣！

中了這種毒氣，全身的黏膜組織全會受到損害，毒性最烈，而由於戰事結束已久，治療這種毒氣的設備也不齊全，是以更顯得緊張。

而高翔在接到了醫院方面的電話，告訴他木蘭花在醫院中，中了烈性芥子毒氣的毒時，他整個人都呆住了，手也不由自主在簌簌發抖！

貝泰的手段實在太毒辣了，中了芥子毒氣。即使及時搶救，也決計不是一朝一夕所能夠復原的，更可能造成終生的嚴重傷害！

那實在是令人髮指，他的心中像是有火在燃燒一樣，他的臉色是如此之難看，以致令那兩個進來向他請示的警官嚇了一跳。

那兩個警官異口同聲地道：「高主任，你怎麼了？」

高翔的身子一震，陡地向外衝了出去，伸手將那兩個警官推開了幾步，他衝出了辦公室，只覺得腦中亂成一片，天旋地轉！

他不由自主向旁跨出了一步，那兩個警官立刻跟了出來，將他扶住，又大聲道：「高主任，你可是不舒服？你臉色難看極了，你——」

高翔勉強鎮定心神，吸了一口氣，道：「你們去告訴方局長，蘭花中了暗算，受了極大的傷害，我要去陪她，可能要陪她好幾天。」

那兩個警官點著頭，其中一個道：「高主任，你精神十分差，叫人駕車送你去比較好些，你自己駕車的話，只怕——」

高翔已站直了身子，道：「不要緊的，還有，要局長派人到木蘭花的家中去保護穆秀珍和安妮，這次，我們的敵人是最凶惡的暹羅鬥魚！」

一個優秀的警務人員，若是未曾聽過「暹羅鬥魚」的名稱，那是不可思議的，那兩個警官一聽，立刻吃了一驚，道：「我們知道了。」

高翔大步地向外走去，他以極高的速度駕著車趕向醫院，他居然能安然趕到醫院，那實在也可以算是一個極大的奇蹟！因為當他在駕車的時候，他的心中亂得幾乎是看不到馬路的，他的眼前只是浮現著木蘭花中了芥子毒氣之後的可怖臉容。

芥子毒氣會令人的皮膚起泡，腐爛，那形象和灼傷是差不多的，現在木蘭花是在什麼樣的痛苦中掙扎呢？

一想到這一點，高翔的心中便如同有一股無形的力量在絞著一樣，令得他的胸膛不由自主地收縮，幾乎連呼吸也為之困難起來。

他只記得一件事，快衝到醫院去，快一點見到木蘭花！

高翔甚至不知道，他的車子在駛進了醫院的大門之後，幾乎撞在門柱之上，他的車子是在發出了一下極難聽的剎車聲之後才停下來的。

他跳下了車子，便抓住了一個護士，道：「木蘭花在什麼地方？快告訴我！」

那護士被他嚇了一跳，才道：「木蘭花……已從急救室出來了，專家說她幸而是在醫院中中毒的，搶救得及時，是以——」

那護士還未曾講完，高翔便已放開了她，向二樓直奔了上去，在二樓的走廊之中，他幾乎和院長撞了一個滿懷，他停了下來，喘著氣，道：「木蘭花怎樣了？」

院長的面色難看到了極點，他道：「高主任，應該派人嚴密保護木蘭花，她已經沒有生命危險了，但是，那個車禍受傷者卻死了！」

高翔的心頭又是一陣震動。他那種窒息之感越來越甚，是以他用力地拉開了襯衫領上的鈕扣，然後才問道：「是謀殺？是不是？那傷者是被謀殺的，對麼？」

院長點著頭道：「一柄牛肉刀刺進了他的胸口。」

「是什麼人下的手？」

「沒有人知道，全院上下都為木蘭花忙著，等到護士再進病房去時，那傷者已經死了！」院長憤慨地說著：「這是絕無血性的謀殺。」

高翔深深地吸了一口氣，竭力令自己鎮定下來，他在心中告訴自己：不要慌亂，絕不能慌亂，敵人是如此凶惡，自己如果慌亂的話，那等於是自己解除了武裝！

他沉住了氣，道：「木蘭花中毒時有人看見沒有？通知看到的人到木蘭花的病房來，我將在醫院中親自保護木蘭花。」

院長點著頭，說道：「好，我先帶你去看木蘭花。」

院長走在前面，高翔緊跟在他的身後，到了走廊盡頭的一間房前，院長推開了門。那是一間十分寬大的特等病房，病房中只有一張病床。

這時，在病床之前的，是兩個醫生和兩個護士。

高翔疾趨病床前，他看到了木蘭花。

其實，他根本看不見木蘭花，因為木蘭花的整個頭臉都包著紗布，連雙眼也在紗布的覆蓋之下，另外有一根小管，自鼻子部分通入，那可能是幫助木蘭花呼吸的。高翔看到了這等情形，身子一個踉蹌，幾乎跌倒在病床之上！

他的心頭感到一陣劇痛，他用幾乎哭的聲音叫道：「蘭花！蘭花！」

可是木蘭花仍然一動不動地躺著！

一個專家搖著頭道：「年輕人，我不認為她能聽得到你的聲音，你不必叫她，而且，就算她聽得到，她也無法出聲回答你的！」

高翔只覺得自己的一顆心在直向下沉去，他失聲道：「她……為什麼不能出聲講話？告訴我，她的情形究竟怎麼樣？」

那兩位專家向院長望了一眼，院長沉聲道：「這位是警方的高主任，你們可以將真實的情形完全講給他聽，不必有任何隱瞞。」

那兩位專家嘆了一口氣道：「高主任，你不必太擔心了，如果沒有什麼別的意外的話，她的性命，應該是絕無問題的了。」

高翔已聽出了那專家的弦外之音，他心中的寒意越來越甚，他的聲音也有些發顫，道：「那麼，她將會……怎樣呢？」

「強烈的芥子毒氣對她的黏膜組織起了極嚴重的破壞作用，幸而毒氣的數量很少，但是那也足以令得她，令得她……」

高翔尖叫了起來，道：「令得她怎樣？令得她怎樣？快說！」

「已足以令得她——」專家又吸了一口氣，「令得她臉部的黏膜組織發生嚴重的潰爛，她的口部損壞程度，令她不能講話，而耳部的情形也很嚴重，她的鼻孔幾乎已到了吸進空氣便感到劇痛的地步，所以，我們會考慮切開她的頸際，直接用氧氣輸入她的氣管。」

那專家嘆了一口氣，續道：「只不過這一切，都是會復原的，現在，我們最擔心的，便是她的眼睛，毒氣一定是直接噴進她的眼睛的——」

那專家才講到這裡，高翔已突然伸手，用力地抓住了那專家的肩頭，道：「她的眼睛怎麼樣？她……會從此看不見東西麼？」

那專家又難過地嘆了一口氣，院長則同情地在高翔的肩頭上拍了拍，高翔粗暴地叫道：「說啊，你們怎麼忽然不說下去了！」

那專家為難地道：「她是不是會永遠看不到東西，那實在很難說，現在還未能肯定，因為在現在這樣的情形下，根本沒有可能替她眼球組織的損害作進一步的檢查，我們只能等待著。或許……或許，我們應該禱告，期望奇蹟的出現。」

高翔只覺得全身發軟！

他鬆開了手，後退了兩步，坐在一張椅子上，他的臉色比雪白的床單更白，他的雙眼發直，在那一剎間，他的所有思維活動，幾乎全都停止了！

他的耳際嗡嗡發響，是以他身後響起了腳步聲，也沒有聽到。

他身後的腳步聲，是幾個人進病房所發出來的，先進來的，是目擊意外的三個護士。而跟在那三個護士之後的，是一個身形高大，頭髮花白的老者，他神情莊嚴，雙眼炯炯有神，他正是肩負本市警政重責的方局長。

方局長的濃眉緊蹙著，他悄悄地來到了高翔的身邊，向床上望了一眼，用他濃重的聲音道：「高翔，如果你只是傻瓜一樣地坐著，那一定不是木蘭花的本意。」

高翔的身子略動了一動，他也知道是方局長來了，但是他全身乏力，幾乎連一動都不願意動，他也不說話，只是發出了幾下苦笑聲來。

方局長伸手按在他的肩頭上，道：「當然，你必須在這裡陪著她，蘭花的知覺一恢復，她就最需要人陪伴了，你將經過的情形告訴我。」

高翔的心中亂成了一片，他呆了半晌，才道：「方局長，已派人去保護穆秀珍和安妮了，是不？她們知道了不幸的消息沒有？」

「沒有，我吩咐嚴守秘密，並且要所有的報紙也不可發佈木蘭花中毒的消息。暹羅鬥魚準備在本市從事什麼非法活動？」

「印製偽鈔，用第二次世界大戰時期德國人留下來的玻璃偽鈔版模，大量地印製美鈔和英鎊。」高翔的心中又是一陣抽搐。

方局長道：「你放心，我一定會設法對付他們的。」

高翔問道：「事發時在場的人呢？」

院長向那三個護士一指，道：「就是她們。」

高翔和方局長一齊望向那三個護士，方局長問道：「怎麼一回事，你們詳細說，不要漏掉任何細節，也不必怕什麼。」

那三個護士一齊點頭，一個先道：「蘭花小姐進護士休息室來打電話，是打給高先生的，她剛放下電話，就有一個見習護士來要她簽名。」

另一個接著道：「木蘭花拿過了筆——」

「誰的筆？」方局長問。

「是……那個見習護士的。她簽了一個名，忽然抬起頭來，那見習護士拿著筆和簿子走了，她突然跌倒在地上，已中毒了。」

方局長又道：「那見習護士是誰？」

「不知道，我們從未見過她。」

「她是什麼樣子？」

「她穿著見習護士的衣服，大約只有十五六歲，她雙眼十分大，看來很是天真，也很美麗，是她……害蘭花小姐的麼？可是她只是站在一邊，沒有動過。」

方局長和高翔兩人不約而同發出了一下呻吟聲來，方局長道：「高翔，你已經知道那是誰了，是不是？那是——」

「『洋娃娃』吉蒂！」高翔苦笑著說。

「暹羅鬥魚的情婦，她的實際年齡應該是三十五歲了，可是她的娃娃臉和嬌嫩的聲音，卻在化妝之後，可以令她看來像十五歲！」方局長說。

「吉蒂在，那暹羅鬥魚一定也在！」高翔站了起來。

「我也相信是。」方局長沉聲說著。

這時，一動不動躺在床上的木蘭花，忽然動了一動，她的手揚了起來，高翔連忙來到床邊，握住了她的手，木蘭花的手指動著，高翔忙在她的手心劃著字：「我是高翔，高翔。」

木蘭花的手指摸索著，高翔忙攤開了自己的掌心，木蘭花的手指在高翔的掌心上劃著字：「已經過了午夜了麼？」

「沒有。」高翔又在她掌心上劃著。

「不要陪我，線索不可斷。」木蘭花又劃了九個字。

高翔的心頭又是一陣難過，木蘭花傷得如此厲害，但是她心中還是忘不了那件事，高翔心知木蘭花的話是對的！

暹羅鬥魚今天午夜會有一項交易，這是他們所有的唯一的消息，而且他們已經推測到了這項交易，可能在輪船碼頭或是機場進行，如果輕而易舉地放棄了這個線索，那是極可惜的事！

他呆了半晌，才又在木蘭花的掌心上劃了一個「好」字。

木蘭花的手放了下來，一個專家忙道：「行了，高先生，我們必須替她注射鎮靜劑，讓她處於昏迷狀態之中，否則她太痛苦了。」

高翔皺著眉，道：「好的。」

方局長道：「高翔，我可以在這裡保護著木蘭花！」

高翔道：「好，那我通知雲四風，接安妮到他家中去，我去找穆秀珍，和她分頭行事，我們不應該放過唯一的線索。」

他轉身和雲四風通了一個簡短的電話，約在木蘭花的家中見面，然後，他駕著車，逕自趕往木蘭花的家中，雲四風已經在了。

高翔一到，穆秀珍便嚷了起來，道：「為什麼要安妮到四風家中去？蘭花姐怎麼了？她到了醫院沒有，怎麼還沒有回來？」

高翔嘆了一聲，道：「秀珍，蘭花她——」

穆秀珍的面色也陡地變了，她和高翔認識了那麼多年，當然知道，如果不是木蘭花有了極可怕的意外，高翔的神色絕不會那樣的！

安妮也失聲道：「蘭花姐怎麼了？」

「蘭花她……中了泰國鬥魚的情人『洋娃娃』吉蒂的暗算，中了毒，情形相當嚴重，醫生要讓她長期昏迷，以減輕她的痛苦。」

「她在哪裡？」穆秀珍的淚水已經滾滾而下，「我，我要去看她！」

「秀珍，你去看她又有什麼用？」

「我要去看她，我要去看她！」秀珍不斷地叫著。

而安妮則拚命地咬著指甲，一面咬指甲，一面淚水簌簌地落了下來。

雲四風失聲道：「泰國鬥魚，就是亞洲最凶惡的罪犯貝泰？」

「是他。」高翔將玻璃偽鈔模的事，講述了一遍。

雲四風的神色也十分難看，道：「這個人可以說是最凶惡的人，據我所知，他是泰國拳的一級冠軍，又有八段空手道的頭銜！」

穆秀珍突然張大了口，道：「那樣說來——」

高翔也失聲道：「那個在廚房中捉住你的人就是他！」

穆秀珍深深地吸了一口氣，道：「貝泰是不會留下活口的，我在車子翻身時，非但沒有死，而且沒有受傷，實在是運氣！」

雲四風沉聲道：「他害人一次不成，還有第二次，我們快離開這裡，安妮可以住到我們精密儀器製造廠的頂樓去，那裡最安全，我的弟弟五風可以照顧你。」

安妮直到這時才「哇」地一聲，哭了出來，道：「我不要人照顧，我……要打死害蘭花姐的人，替她報仇！」

聽得安妮這樣講，高翔的心中更是亂成了一片，木蘭花一出了事，高翔只覺得自己肩頭上的擔子，頓時重了不知多少！

他沉聲道：「別孩子氣，我們快走。」

穆秀珍奔上樓去，收拾了必要的東西，只不過十分鐘，她就走下樓來，推著安妮向前走去，雲四風和高翔兩人跟在後面。

這時，已經是黃昏時分了。

當他們的兩輛車分別駛進市區之際，市區高樓大廈之上，耀目的霓虹燈已經亮起來了，都市的夜晚，是它最美麗的時刻！

但是他們四人的心頭，都十分沉重。

將安妮安置好了之後，高翔、雲四風和穆秀珍三人都進行了十分神奇的化裝，穆秀珍也扮成了男裝，高翔和雲四風看來年紀大了許多。

高翔扮成了一個衣著華貴，提著公事箱和持著手杖的中年紳士，因為他將在飛機場中進行偵察，而雲四風和穆秀珍則到碼頭去。

所以，他們兩人看來都像是在碼頭附近的流浪漢。

他們在離開之後，又特地買票走進了一家電影院，而在銀幕上，電影故事最高潮之際，他們就走了出來，然後又在大街小巷轉了好一會。

5 第一時裝公司

十一時二十分，離午夜還有四十分鐘。

機場休息室的擴音器中傳出了報告：自倫敦飛來的班機，在十一時四十分到達。十一時四十分到達，那麼，「交易」在午夜進行，「交易」的地點，自然就在機場中了！

高翔用銀匙慢慢地攪動著咖啡，注意著每一個人。

他心中暗想，如果那一批偽鈔的用紙，是在這一班飛機中來的話，那麼接頭的人，這時也應該已經在機場中等候了。

他對休息室中的每一個人都下了判斷，最後，他的眼光，停留在離他不遠處的一對年輕夫婦的身上，那一對年輕夫婦十分親熱，不斷在低語。

而他們之所以吸引了高翔，是因為那丈夫穿著一件深藍色的上裝，而釘在那件剪裁合身的上裝之上的，正是一種閃閃生光的銅鈕扣。

只不過襟前兩排，六粒鈕扣，一粒也沒有少。

高翔的注意力，開始轉移到那人的衣袖上，不到十分鐘，他便不再去瞧那一男一女了，因為他已肯定，自己找到了要找的目標！

在那「丈夫」的左袖上，有三粒閃閃生光的銅鈕扣，但是他的右袖上，卻只有兩粒，而他自己，顯然不知道少了一粒！

那人毫無疑問，就是和貝泰一起，躲在木蘭花家中廚房中的那人，也就是帶走了花禿子的那個人，和在調味品中下毒的那個人！

高翔之所以不再注視他。是因為怕看多了，引起對方的注意，而在飛機未到達之前，他們兩人是不會有什麼動作的。

高翔憑一粒失去的銅鈕認出了他，整件事，對高翔來說，已然是十分有利的了。高翔慢慢地站了起來，向外面走去。

他走進了一個電話亭，但是他卻並不是打電話，而是取出了微型的遠程無線電通話儀來，按下了一個掣，等到響了「滴滴」聲，他才道：「秀珍！」

穆秀珍的聲音清晰地傳了出來，道：「是我。」

「秀珍，我已發現貝泰的人，他的衣袖上少了一顆鈕扣，你們快趕到機場來，但在未開始行動前，別和我交談，敵人是一男一女，看來十分親熱的夫婦，男的穿銅鈕扣的藍上裝，女的是紫色的麻質裙，他們的身邊，有一只小提箱。」

「知道了，我們立即就來！」穆秀珍的聲音很興奮。

高翔收起了無線電通話儀，再走進了休息室，這時，已是十一時三十分了。擴音器又報告飛機將在十一時四十分到達的消息。

高翔看到那一男一女停止了交談，傾聽著報告。高翔心中暗想，這一次，不怕你們漏網了！

他仍然保持著鎮定，而在十一時三十七分時，他看到那一男一女站了起來，走向旅客出口處的閘口附近。

高翔跟在他們的後面，巨大的噴射客機依時到達，已發出驚人的聲響，在跑道之上迅速地滑行著，終於，慢慢地停了下來。

在閘口處等候自己親友的人不多，高翔一直注意著那一男一女，旅客開始魚貫下機了，高翔聽得那女的高聲叫道：「你看，媽下機了！」

那男的也說了一句什麼話，高翔卻沒有聽到什麼。

就在這時候，高翔看到了另外一男一女向他靠近，那男的向他做了一個手勢，高翔也向他點了點頭，他知道那是雲四風和穆秀珍到了。

高翔又向他們指了指應該注意的目標，兩人立刻會意。他們向前擠了過去，來到離那一男一女只有五六呎時才停了下來。

高翔看到自己撒開的網已經罩住了魚兒，他的心中十分緊張，現在，只要將網兒收緊，魚兒就走不了了，高翔緊張地注意著閘口。

只見旅客絡續地下了機，一排排的行李都放在長櫃上，等候海關人員的檢查，有的旅客，已經跟著搬運夫走出來了。

在十一時五十五分，只見一個頭髮斑白的老婦人，從閘口處走了出來。那一男一女兩人同時迎了上去，叫道：「媽！」

高翔心中暗自冷笑了一聲，心想這倒是好辦法。用一個老婦人來進行這項工作，那的確是容易掩人耳目的，但不論你們安排得如何巧妙，都不中用了！

高翔特別注意那老婦人身邊的搬運夫，那搬運夫的推車上，有三只嶄新的，深藍色的大箱子，看來這三只箱子都十分沉重。

那老婦人和一男一女向前走著，雲四風、穆秀珍和高翔三人跟在後面，就在快要走出機場之際，機場的大鐘敲響了十二下。

午夜到了！只見那男子將手中一只手提箱揚了揚，那老婦人立刻將手提箱接了過來，隨即將手提箱打開了一道縫，看了一眼，立即闔上。然後，又見她向那三只大箱子拍了一拍，轉身向外走去。

高翔心中在暗叫著：他們的交易已經完成了，現在正是下手捉住他們的時候了！他立刻奔前了幾步，攔住了那老婦人的去路，一伸手，便將那只手提箱在老婦人的手中搶了下來。

那老婦人愕然而立，不知所措。

而那一男一女則氣勢洶洶地迎了上來，那男的大聲喝道：「做什麼？你搶東西麼？」

高翔一翻衣襟，現出了警員的徽章來，冷冷地道：「別裝佯了，我們是警方人員，你們的事情犯了罪，舉起手來！」

雲四風和穆秀珍兩人已經趕到，早已掣槍在手。

而駐守在機場的警員，早已得到高翔通知，一齊趕了過來，剎那之間，那一男一女和老婦人，連那搬運夫在內，已被團團圍住了！

搬運夫嚇得面色發白，連忙說道：「不關我們的事！」

高翔道：「自然不關你的事，你走好了！」

搬運夫放下手推車，連忙走了開去，那男子仍是滿面怒容，道：「這算什麼！你們是警方人員，請問我們犯了什麼罪？」

高翔冷笑了一聲，揚了揚手中的手提箱，道：「這是一箱鈔票，而在那三只大箱之中，有大量可以印製偽鈔的紙張在！」

那男子一呆，突然爆出了一陣大笑來，道：「警官先生，你的想像力實在太豐富了，你不去改寫幻想小說，實在是一種損失。」

高翔厲聲道：「你不必抵賴了，你們在午夜進行交易，我們早已知道了，而你，你袖扣上少了一顆銅鈕扣，那又是怎麼一回事？」

那男子的神色越來越鎮定了，只見他揚起了眉，道：「噢，衣袖上少了一顆銅鈕扣，也屬犯法的麼？這倒是千古奇聞了！」

高翔究竟是極其機靈、極有經驗的人，這時，他已經感到事情有些不對了，因為若是人贓並獲的話，對方是絕對不可能如此鎮定的。

但是，高翔卻不明白，他這方的毛病出在何處！

他吸了一口氣，將手提箱放在膝蓋上，「啪」地一聲，將手提箱蓋打了開來。箱蓋才一打開，高翔的面色便變了，箱中只是幾件衣服！

高翔迅速翻了翻，箱子中實在不可能有別的東西！

他又下令道：「打開那三只大箱子來。」

幾個警員合力將三只大箱子搬下，打了開來。

等到那三只大箱子相繼打開之後，雲四風、高翔和穆秀珍三人只是面面相覷，一句話也講不出來。因為箱中的東西已全被抄了出來，除了各種各樣的衣服之外，根本一張紙也沒有，而且，那三只箱子又是絕沒有夾層的。

那男子冷笑著，道：「警官先生，你想像中的東西在哪裡？我看你顯然找錯人了，我是有名有姓的正當商人，才下機的，是我的岳母！」

高翔知道自己失敗了！他失敗得十分之慘！而且，他還要面對對方的嘲弄！

那實在是十分難堪的一件事！他明知那男子一定和貝泰有關，否則，絕不會那麼巧，他衣袖上少了一個銅扣，而且恰在午夜和老婦人交換手提箱——

當高翔一想到這一切巧合的事情之際，他的心中陡地一變，他明白了，他們中計了！

他們認為那是唯一的線索，但這卻全是敵人故意安排的！

從穆秀珍在車中聽到那句「午夜進行交易」起，一直到木蘭花住所廚房中的「失落的鈕扣」，以及此際出現的一男一女，全是「暹邏鬥魚」貝泰故意安排來引他們上當的，而他們全然不覺，一步步地走進了貝泰所安排的羅網之中！

高翔想起，剛才自己還在以為對方是魚兒，快要落進自己撒開的網中而在高興，卻不料自己反成了魚兒，他不禁苦笑了起來。

而這時，他也明白貝泰作這樣安排的用意了，木蘭花料得沒錯，今晚午夜，一定有一批偽鈔的紙張運到本市而易手，貝泰明知那是最危險的一刻，所以他才特地安排了一個少了一粒銅鈕扣的人，來吸引高翔的注意力，以便他的交易順利進行！

現在，午夜已過，貝泰的交易，當然也已大功告成了！

高翔的心中，只覺得說不出來的沮喪！

那男子一手叉腰，一面冷笑著，道：「如果沒有查出什麼違禁品的話，警官先生，請你吩咐你的手下將衣服放回箱子可好？」

高翔忍受著他的嘲弄，他不說什麼，只是揮了揮手。

那幾個警員忙將衣服又放回衣箱中，穆秀珍和雲四風兩人也幫忙著，等到三只大箱子全都闔上了蓋，那男子才又道：「我們可以走了麼？」

本來，雖然這次遭到了慘敗，但是還應該對這三個人進行跟蹤的，但是一則，因為高翔所受的打擊十分之大，令他幾乎沒有勇氣再進行下去了；二則，他們的目標都已暴露了，是以再要進行跟蹤，也變成了一件極其困難的事情了。

所以，他只得道：「很對不起，一項錯誤的情報，使我們有了這次錯誤的行動，你們沒有事，可以隨時離開機場了。」

那男子冷笑一聲，道：「你不必抱歉，警官先生，你的行動，至少使我對本市的警政有了一個新的認識了，再見！」

高翔的臉上雖然是有化裝的，但是他的臉色這時也變得十分之難看，雲四風和穆秀珍也是一言不發，眼看著那三人離開機場。

看熱鬧的人也散了開去，高翔三人還是呆呆地站著，忽然一個機場職員走近來，道：「哪一位是高翔先生，有你的電話。」

高翔呆了一呆，道：「電話？」

「是的。」那職員十分有禮地說：「在辦公室中。」

高翔嘆了一聲，他們三人跟著那職員，一起到辦公室中，高翔拿起了電話，道：「我是高翔，你是誰？」

電話的那邊，傳來了「哈哈」一笑，道：「是高主任麼？對不起，我和你開了一個小小的玩笑，害得你撲了一個空！」

「你是誰？」高翔怒吼著。

「別激動嘛！高先生，我，當然是你想要捉到手的人！」

高翔略定了定神，他已經聽出來了，那聲音和在木蘭花家中制住了穆秀珍的那個高個子的聲音十分相似，那是貝泰！

高翔一字一頓地道：「貝泰，你別得意，你別以為印製偽鈔的紙張已到了手，就萬事順利了，你還要過許多難關！」

「高先生，我的意見卻和你略有不同！」貝泰的聲調顯得極其得意，「你別忘記，我們印出來的鈔票，是和真鈔沒有分別的，就算整箱拿到銀行中去兌換，銀行也是不會拒收的。至於今天晚上的玩笑，我再抱歉，替我問候木蘭花！」

高翔還想說什麼，但是電話卻已掛斷了。

高翔呆呆地握著電話聽筒，好一會兒才將之放了下來。他的心中，像是壓著一塊千萬斤重的大石一樣，心境沉重到了極點！

他一生之中，遇到過不知多少凶惡狡猾的敵人，他的一切事情，也不全是一帆風順的，但是他卻覺得，貝泰是他到目前為止，所遇到的最凶惡最狡猾的敵人，而且，這件偽鈔案，也是最棘手的一件，到如今為止，他只有被貝泰玩弄的份兒，而他的手中絕無線索！

最糟糕的是：木蘭花在事情一開始便中了暗算！

想起了躺在醫院中的木蘭花，高翔更是心如刀割，他除了呆呆地站著發呆之外，幾乎什麼也不想做，若不是穆秀珍大聲叫他，只怕他自己也不知道會站到什麼時候。

穆秀珍一面叫著他，一面問道：「高翔，我們怎麼辦，你別呆站著不出聲啊！」

穆秀珍的話，令得高翔陡地震動了一下。不錯，不論怎樣，總得想辦法，而不能呆著！貝泰在他成功了之後還要打電話來嘲弄自己，那樣做的目的，當然是想令得自己情緒沮喪，如果自己只是發呆，那又中了他的奸計了！

他使勁搖了搖頭，道：「秀珍，你說得對，我們一起回警局去，雖然貝泰有了版模，又有了紙張，但我們還是可以設法阻止他的。」

穆秀珍的情緒本來也不是不沮喪，這時他們相互鼓勵著，精神為之一振，一起離開了機場，駕車回到了警局。

高翔一回到辦公室中，便發了幾項命令。他所作的措施，全是針對著偽鈔印刷的，他下令全市探員加緊調查全市所有的大小印刷廠，和調查最近進口的印刷機的下落。

他又擬了一個通知，通知全市大小銀行，如果有大量的新美鈔和新英鎊來儲存或兌換之際，必須立即通知警方，一起調查。

當然，高翔也知道，貝泰在印好了偽鈔之後，送到銀行中去的可能性是微乎其微的，是以他又命令加強離開本市的一切交通工具的搜查！

高翔這時所採取的，完全是一種無可奈何的做法，因為他不知道貝泰藏匿在何處，也不知道貝泰印製偽鈔的機構在何處，以及偽鈔印好之後，貝泰會作什麼樣的處置。

高翔什麼也不知道，是以他根本無法作有效的防止，他所能做的，就是盡量增加貝泰的麻煩，讓他不能進行得如此順利！

等到高翔佈置完了這一切之後，已是凌晨三時了。

雲四風還坐著，穆秀珍則依在雲四風的肩頭上睡著了。高翔和雲四風對望了一下，高翔才又拿起電話，打到醫院去。

電話接通之後，聽電話的是方局長！

方局長竟徹夜在醫院之中陪著木蘭花，這實在使高翔有點感動，是以他的聲音也有點乾澀，他問道：「蘭花怎樣了？」

「仍然在藥物昏迷之中，」方局長回答，「這樣可以減輕她的痛苦，但是你放心，她一切正常，不會有生命的危險。」

高翔所擔心的，不只是生命的危險，而是木蘭花在復原之後將會如何，芥子毒氣對皮膚的侵蝕作用，是人所盡知的！

他吸了一口氣，道：「醫生怎麼說？」

「醫生說，她的黏膜組織受傷害比較重，但是皮膚卻受傷十分輕，估計三十六小時之後，她就可以勉強講話了，現在最令人擔心的是她的眼睛——」

方局長講到這裡，略頓了一頓，高翔只覺得自己的心突然向下一沉，道：「那意思是……她的視力，可能從此喪失？」

方局長並沒有出聲，可以想像，方局長心中的哀痛絕不在高翔之下。

在靜默了半晌之後，方局長並沒有直接回答高翔的問題，他只是反問道：「你們進行得怎麼樣？」

「我們失敗了。」高翔苦笑著回答。

就在這時候，穆秀珍突然自夢中驚醒，哭叫著道：「蘭花姐，蘭花姐！」她一面叫，一面茫然無主地站起來，道：「蘭花姐怎麼了？」

高翔放下了電話，道：「還在藥物昏迷之中，但是醫生說她的情形很好，在三十六小時之後，她或者可以說話了。」

高翔並沒有提及關於木蘭花眼睛的事。

他是故意不提的。雖然他明白，穆秀珍和雲四風兩人遲早會知道，而且，只怕他們也不得不接受那悲慘的事實，但是何必令他們早一刻傷心呢？

穆秀珍舒了一口氣，有點不好意思地道：「我剛才竟睡著了，而且，我還做了一個夢，夢見蘭花姐……她……竟……」

穆秀珍並沒有將她的夢境講出來，但是那實在是不言可知的事情，她當然是夢見了木蘭花遭了不幸，是以才在夢中哭叫了起來的。

高翔嘆了一聲，道：「秀珍，你也該休息了，我看你不適宜回家去，你去和安妮一起，那樣，比較安全得多。」

穆秀珍呆了半晌，不置可否，過了片刻，她忽然道：「高翔，四風，我有一個小小的發現，講出來之後，你們可別笑我。」

高翔一呆，道：「我們怎會笑你，你有什麼發現？」

穆秀珍皺起了眉，道：「在飛機場中，那三只大的藍色箱子中，不全是女人的舊衣服麼？我的發現就在那些舊衣服中。」

「你究竟發現了什麼呀？」

「女人總是注意式樣好的衣服的，我在將那些衣服放回箱中的時候，發現那些衣服的式樣和手工，全是第一流的，所以，我就自然而然注意縫製那些衣服的店舖名稱，我發現所有的衣服，全是本市最著名的那家『第一時裝店』的出品！」

高翔和雲四風兩人都聳然動容，高翔立刻道：「你的意思是，如果從時裝店那方面著手追查，可以得到一些線索？」

穆秀珍道：「正是，這些衣服的尺碼顯然是屬於同一個女人的，這個女人的身形，一定十分嬌小玲瓏，我想這個女人，很可能就是貝泰的情人，『洋娃娃』吉蒂！」

高翔激動地握住了穆秀珍的手，道：「秀珍，這是我們唯一的線索了，你為什麼以為講了出來之後，我們會笑你呢？」

「因為我是先喜歡了那些衣服的式樣，才去注意它們的招牌的，然後才想到，那可能是十分有用的線索！」穆秀珍仍然有些不好意思。

「明天，」高翔用手指敲著桌子，「四風，你和秀珍扮成外埠來的豪客，到第一時裝公司去，設法找出這個身形嬌小的大主顧的住址來，一般女人做衣服，都要試身更改幾次，我想，時裝店方面，一定會有這個大主顧的住址的。」

雲四風和穆秀珍兩人點了點頭。

「小心！」高翔又叮嚀著，「也有可能這間著名的時裝公司，根本就是貝泰在本市的活動聯絡站，你們要十分小心。」

雲四風和穆秀珍兩人再度答應，高翔送他們到警局門口，由一輛警車護送著他們離去，而高翔還要進行徹夜工作！

一輛極盡豪華能事的賓士六〇〇房車，停在第一時裝公司的門口，這時，正是中午時分，太陽照在房車的頂上，反射出奪目的光輝來。

一個穿著制服的司機先下車。打開了車門，從車中，走出一個中年紳士，和一個儀態萬千的少婦來，打量著公司的大門。

透過厚厚的玻璃門，公司中的職員早已注意到了那輛只有一流豪富才能使用的汽車，和車中下來的氣派非凡的一男一女。

是以，至少有三名職員，同時快步到了門前，將門拉開，彎著身子道：「請進來，兩位光臨，本公司表示無限歡迎。」

那美麗的少婦，表現出一副懶洋洋地，嬌慵無力的神氣，依在那中年紳士的身邊，道：「好吧，進去看看他們的手工如何。」

那中年紳士扶著她，走進了第一時裝公司。

時裝公司的職員，眼光何等銳利，早已一眼就看出，那少婦身上所穿的那一襲紗裙，是真正第一流巴黎時裝店的傑作！

這樣的大顧客，那是必要竭力爭取的，是以在招呼著他們兩人坐下來之後，半禿頂的經理也已得到了報告，從經理室中走了出來。

那少婦揮著纖纖玉手，手上的鑽戒立刻發出奪目的光芒。她像是有點不耐煩地道：「叫你們的模特兒穿最新樣子的衣服走出來看看！」

「是！是！」禿子經理連聲答應。

第一流的時裝店，模特兒是少不了的，而且模特兒的領班，也早已躬身站立在一旁了，一聽得貴客吩咐，他立刻拍了拍掌。

一個接一個的模特兒，自深紫色的天鵝絨帷幕之後走了出來。穿在她們身上的，是最好的衣料縫成的最新式樣的衣服。

穆秀珍（那少婦）看了這些衣服，事實上，每一件都贏得了她心底的讚賞，但是，她卻不斷地搖著頭，直到五分鐘之後，她才指著一件黑色的晚禮服道：「這件不錯，噯，你們的式樣那麼少，而且全是過時的，很難想像你們會有長期的顧客！」

那經理連忙道：「夫人，小店是亞洲最聞名的，日本東京第一流的時裝店也及不上小店，夫人可以放心在小店訂製衣服。」

穆秀珍仍然不滿意地皺著眉，道：「我是一個朋友介紹我來的，我剛從泰國來，我的朋友十分嬌小，我不認為你們有適合我身形的式樣。」

「是，是，夫人的身形長，只有高貴的女子有那樣的身形，」經理忙不迭地拍著馬屁，「夫人所說的那位朋友，我大膽地問一句，可是浦夫人？」

穆秀珍並不回答經理的問題，她只是望著那經理。

那經理忙又道：「一定是浦夫人，她也來自泰國，她在小店訂製極多服裝。」

穆秀珍仍然不說什麼，那經理急於要吹噓他們的出品，又道：「浦夫人前幾天還在我們這裡訂製了一套護士制服，是準備演戲用的，她對小店極有信心，不是小店的出品，她根本不穿，夫人你放心好了，浦夫人的推薦是絕不會錯的！」

穆秀珍和雲四風兩人互望了一眼，他們兩人都感到一陣興奮。一套護士的制服，那說明了什麼？那說明，時裝經理口中的浦夫人，就是「洋娃娃」吉蒂！

那套護士制服，她不是準備穿來演戲，而是為了要害木蘭花，由此可知貝泰的行事，是何等有計劃，而且料事是如何之準！

貝泰在計劃殺害那三個德國人之前，已經計劃好了殺死其中兩個，而令一人受傷，他也料到木蘭花必然會到醫院中去探視傷者的。

就在那時，他已計劃好了一切下手的步驟，而「洋娃娃」吉蒂也準備起護士的服裝來，只怕她料不到在這裡留下了線索！

穆秀珍裝著十分有趣地道：「是麼？原來浦夫人準備演戲，那一定是慈善演出了。」她轉過頭道：「達令，浦夫人在本市的地址是什麼地方？」

雲四風道：「我怎記得？等會回去一查就知道了。」

那經理忙道：「不必查了，小店有她的地址，她住在霍德遜路十二號，那是一幢極其美麗的花園洋房，可以望得見整個海景。」

穆秀珍笑了起來，道：「達令，你看我的記性，我去過那地方，這位先生竟將那樣的一幢小房子形容為十分美麗的大洋房，這不是很有趣麼？」

禿頂經理十分尷尬，道：「是，是。」

穆秀珍站了起來，問道：「剛才展示了多少式樣？」

「夫人，一共是二十四款。」

「每樣縫一套，達令，先付訂金！還有，你千萬不可讓浦夫人知道，我要給她一個意外驚喜，你明白了麼？」穆秀珍吩咐著。

「是！是！」禿頂經理接過了一疊鈔票，幾個服裝師已開始為穆秀珍量度尺寸。這時，穆秀珍的心中焦急無比，恨不得快快離開時裝店。

但是，為了不致令人起疑，所以還不得不裝模作樣，指點著服裝師，等到她終於出了時裝公司之際，她才吁了一口氣。

他們兩人進了車子，穆秀珍立時道：「我們怎樣？」

「自然到霍德遜路十二號去！」

「現在，白天？不怕打草驚蛇？」

「嗯——我們至少先去觀察一下。」

「當然是，但也不能用這輛車子，而且，更不能穿現在的衣服。霍德遜路是著名的情人路，離大學也不遠，我們扮成大學生最不會引人注意。」

雲四風點頭表示同意，豪華房車駛了開去，時裝公司的經理在門外躬送如儀。

一小時之後，雲四風和穆秀珍兩人已完全換了裝束，他們每人的腋下，都挾著幾本厚厚的洋裝書，手拉著手，走上了霍德遜路。

霍德遜路並不長，而在這條路上的，全是十分堂皇的花園洋房，每一幢房子，由於地勢高的原故，都可以遠眺海景。

雲四風和穆秀珍慢慢地走著，不一會，就到了十二號的門前，他們走在對面的馬路上，是以可以清楚地打量那幢屋子。

那的確是一幢十分美麗的洋房，它的圍牆全是奶白色的，連那兩扇圖案美妙的鐵門，都是悅目的奶白色。從鐵門中望進去，綠草如茵，花木扶疏，在洋房之旁，還有一個很大的游泳池。

雲四風和穆秀珍只看了一會，便轉過身來，伏在欄杆之上，假裝欣賞著海景，但事實上，他們利用了一面小鏡子，仍繼續打量那屋子。

屋子中靜悄悄地，像是一個人也沒有。

他們唯恐太惹人注意，是以只停留約十來分鐘，便又手拉著手，向前走去，他們除了觀察了附近的地形之外，可以說一無所獲。

在走開了幾十碼之後，雲四風低聲道：「秀珍，這幢房子可以看到海，那麼，在海中，自然也是可以看到那幢房子的。」

穆秀珍高興道：「對，你不是有一具遠程望遠鏡麼？我們可以在海上監視這幢房子，這件事可以交給安妮去做，她最有耐心了！」

雲四風點著頭，道：「我們先要知道在望遠鏡中看來是不是清楚，『兄弟姐妹號』又可派上用場了，來，我們到碼頭去！」

一小時後，「兄弟姐妹號」在海中停了下來。

雲四風在船首的甲板上架起了長程望遠鏡，他湊上眼去，校正了焦距，長程望遠鏡真是奇妙的東西，他可以清楚地看到那窗簾上的花紋！

雲四風退後了一步，道：「你來看，秀珍。」

穆秀珍拽過來一張椅子，在望遠鏡前坐了下來，向前望去。

她一面看，一面道：「太好了，四風，我現在就開始注意一切，你去接安妮來，並且通知高翔我們的發現，最好別派人去注意那房子，派人去了，反倒給他們知道我們已有了線索。」

雲四風有點不放心，道：「你一個人在這裡——」

穆秀珍「呸」地一聲，道：「你也太會瞎擔心了，我一個人在，這裡是海中，怕什麼！你別忘了問問蘭花姐的情形。」

雲四風沒有再說什麼，登上了一艘小快艇，駛走了。

穆秀珍的注意力一直集中在望遠鏡上，她看了十分鐘左右，揉了揉眼睛，繼續注視，那幢洋房前十分靜，似乎什麼動靜也沒有。

但是，又過了五分鐘之後，穆秀珍卻看到一輛汽車，在鐵門前停了下來。汽車停下後半分鐘，那兩扇鐵門便自動打了開來。

穆秀珍心中暗自吃了一驚，從這情形看來，那兩扇鐵門顯然是用電控制的，當然，屋中有人通過電視攝像管看清了來人是什麼人之後，才將門打開的。

那麼，自己剛才和雲四風在門外溜躂，是不是也已被屋中的人發覺了呢？

她一面想，一面繼續注意著望遠鏡中看到的情形。

只見兩扇鐵門開了之後，那輛汽車便駛了進去，直駛進了車房之中。不一會，便看到三個人從車房中走了出來，進了屋子。

看到這裡，穆秀珍的心頭，不禁怦怦地跳了起來！

6 莫名其妙的失敗

那三個人，其中一個最先吸引穆秀珍注意的那人，身形高得出奇。穆秀珍幾乎一眼就可以認出，他是在廚房挾制自己的人，貝泰。

另一個穿著藍色的上裝，他上裝的銅扣，在陽光的照射下閃閃生光，那顯然就是在機場中嘲弄了他們的那個人了！

穆秀珍緊緊地握著拳，毫無疑問，這幢洋房，就是貝泰在本市的總部了！這樣重要的一個線索，竟在服裝公司的商標上暴露，只怕貝泰再狡猾，也是想不到的。

穆秀珍眼看著那三人進了洋房，才略鬆了一口氣。

而在那三個人走了進去之後，一切又恢復了平靜。

穆秀珍的心中計劃著，貝泰這時正在那幢洋房之中，他是絕不知道行蹤已經洩露的，那麼，現在調集大批警員去包圍那幢洋房，結果如何呢？

結果當然是將貝泰和他的同黨一網打盡！

而且他們極可能就是利用了這幢洋房，來進行他們印製偽鈔的工作。那麼，這樣一來，是絕對可以人贓俱獲的了！

穆秀珍一想及這一點，心頭不禁怦怦亂跳了起來，她感到那實在事不宜遲，應該立即進行的一件事，可是這時，卻只有她一個人在，她不能不注意著那幢屋子中的變化，如果她用無線電話和高翔聯絡的話，貝泰湊巧在那時離去，他們不是要撲空麼？

穆秀珍只好耐著性子等著，她又等了二十分鐘，只見一輛奶白色的小跑車，駛到洋房的鐵門之前停了下來，在跑車上有一個棕髮美人。

那兩扇鐵門和剛才一樣，也是過了半分鐘才打開來，跑車衝了進來，那棕髮美人自車中跳了出來。

她身形嬌小，穆秀珍不由自主叫了出來：「『洋娃娃』吉蒂！」

「洋娃娃」吉蒂一跳一蹦，進了那幢洋房。

然後，一切又平靜了下來。

穆秀珍焦急地等著，好不容易。她才聽到海面傳來了快艇的「撲撲」聲，她只是轉頭望了一眼，便看到一艘快艇疾駛而至。

在快艇上，不但有安妮，有雲四風，而且還有高翔。

穆秀珍心中大喜，連忙又去看望遠鏡，直到安妮他們上了遊艇，穆秀珍才叫道：「安妮，快來，這件事交給你了！」

雲四風推著安妮來到了望遠鏡之前，穆秀珍讓了開來，道：「安妮，看到了那幢奶白色的洋房沒有？看清楚了沒有？」

安妮略轉了轉望遠鏡的鏡頭，答道：「看清楚了。」

「留心看著，絕不能離開五秒鐘以上，你仔細地看著！」穆秀珍站起來，道：「高翔，貝泰和他的情人，他的同黨全在那房子中！」

高翔又驚又喜，道：「你怎麼知道的？」

「看到的，我看到他們進去的。」

雲四風立刻望向高翔，道：「我們怎麼辦？」

「去捉他們！」穆秀珍叫了起來。

高翔沉聲道：「如果在我們調集人馬時，他們又離去了呢？」

「安妮在這裡繼續監視，她用無線電通話器和我們隨時聯絡，我們秘密調集人員，將那幢洋房包圍，那就萬無一失了！」穆秀珍興奮地道。

高翔只考慮了半分鐘，雲四風已將無線電通話器交給了安妮。

穆秀珍道：「小安妮，全靠你了，不論你看到有什麼變化，什麼人進，或是什麼人出，立即報告。」

安妮的聲音因為緊張，聽起來十分尖銳，她連連點著頭，說道：「我知道了，你放心好了。」

高翔一側頭，道：「我們走！」

他首先跳下了快艇，穆秀珍緊跟在他的後面，最後是雲四風，快艇以極高的速度向碼頭衝去，一上了碼頭，高翔便到了最近的警署。

他在那個警署中，調集了八十名幹練的探員，全部便裝出動，不但攜帶各種武器，而且還都穿上防彈背心，那是因為考慮到了貝泰是如此之凶惡，一旦發現了他被包圍，一定會負隅頑抗之故。

高翔吩咐他們半小時之後，要到達霍德遜路附近，每八人一組，分為十組，聽候指揮，然後，高翔轉過頭來道：「我們也該出發了，我們該先到一步。」

穆秀珍已在高翔打電話的時候，和安妮聯絡了一次，安妮的報告是：並無變化，只不過有人拉開了窗簾，從二樓的玻璃門中走到陽臺上來一會兒，但立刻進去了。

穆秀珍將安妮的話轉告了高翔，他們一齊離開了那警署，二十分鐘後，他們已經在霍德遜路口，他們看到至少已有四組警員到達了。

高翔向各組的負責人傳達了任務，要他們不動聲色地去包圍十二號，三十分鐘之後，八十名幹練的探員全都上去了。高翔、穆秀珍和雲四風三人，也穿上了防彈衣。

他們三人也開始向上面走去，他們在離十二號門前不遠處的一根電線桿前停了下來，有兩個「電線工人」正在「修理電線」，有一個「工人」則在地下蹲著，在試撥著電話，高翔一到，那人便低聲道：「隨時可以和屋中通話，我們已截了線。」

高翔接過了電話來，又向穆秀珍望了一眼。

穆秀珍連忙和安妮作最後一次聯絡。安妮的聲音聽來十分清楚，道：「沒有變化，秀珍姐，一個女人在陽臺上出現過片刻，她像是正在大聲講什麼，那女人，我想就是該死的吉蒂。」

「沒有人離開麼？」

「沒有，絕對沒有！」

穆秀珍向高翔點了點頭，高翔向那探員點了點頭，那探員立刻按下了一個掣，高翔便聽到了電話鈴響起來的聲音。

高翔準備在電話中通知貝泰，他的總部已被包圍了，限他在三分鐘內出來投降，要不然就立即展開進攻，高翔已準備好了一切要說的話。

可是，電話鈴一下又一下地響著，卻沒有人來聽。

高翔足足等了兩分鐘，他知道事情有點不對勁了，他放下了電話，道：「開始進攻，催淚彈小組先發動進攻，立刻行動！」

只見八個人自隱蔽的地方奔了出來，他們以極快的動作戴上了防毒面具，然後，一陣「砰砰」聲響，至少有三十枚以上的催淚彈，射進了那幢洋房之中！

有很多催淚彈是射破了玻璃，彈進了屋中，只不過三分鐘，整幢屋子便像是被烈火燒著了一樣，濃煙從每一個窗中冒了出來，而所有隱伏著的人，也全現身了。

有兩組人員，是攜帶著輕型機槍的，帶來的時候，為了掩人耳目，是拆了開來的，這時也迅速地裝了起來，立刻可以應用了。

一個警官用擴音器警告著：「警方現在對霍德遜路十二號採取行動，估計可能有猛烈的槍戰，所有人禁絕來往，在屋中的人切不可站在窗前！」

在那樣濃烈的催淚氣體的攻擊之下，屋中是萬萬不能再有人耽得住的了，高翔又下達了命令，一見人就射擊他的腿部。

可是，濃煙儘管向外冒著，卻沒有人出來。

高翔接過了一個防毒面具戴上，揚手叫道：「衝進去！」他奔到鐵門旁，一連三槍，打破了門鎖，推開了鐵門。

他奔在最前面，兩組戴著防毒面具的警員跟在後面。

當高翔撞開了門，進入洋房之際，洋房之中仍然是煙霧瀰漫的，他和兩組警員找到了掩蔽的地方，蹲了下來，掃了幾排槍。可是，房子中卻一點反應也沒有。

「我們衝到樓上去！」高翔又叫著，開始奔向樓上。

他一直奔向樓上，一面放著槍，可是等到了樓上，仍然未曾遭到絲毫反抗，事實上，他們根本未曾遇到一個敵人！

高翔呆了一呆，下令將所有窗子全打開。

濃煙從窗口散開去，漸漸可以看見屋中的情形了，其餘的警員也在雲四風和穆秀珍的率領之下，湧進了那幢房子。

不論那幢房子是如何宏大，一下子多了幾十個警員，也顯得每個房間都是人了，高翔大聲叫道：「搜索每一個可能有人隱蔽的地方！」

大規模的、詳細的搜查開始了，從樓上到樓下到地窖，每一處地方都被查遍了，可是搜查的結果，一個人也找不到！

在那一段時間中，穆秀珍又和安妮聯絡了幾次，安妮表示她清楚地看到了他們進攻屋子的情形，她甚至不相信他們在衝進了屋中後，一個人也沒有。

因為她除了眨眼之外，根本未曾離開過望遠鏡，而絕沒有人離開過這幢房子。照說，這幢房子中至少應該有四個人，而且是包括貝泰和吉蒂在內。

但是現在，卻一個人也沒有。

高翔、穆秀珍和雲四風以及十來名幹練的探員，在這幢房子中做了兩小時的搜查，到後來，他們已放棄找到任何人的企圖了。

他們只希望找到一些東西，可以供給他們進一步的線索，但是，這一點，他們也失望了，這幢房子完全是空的！

說房子是空的，並不是說它沒有傢俱，它有著整套的傢俱，可是，衣櫥是空的，廚房中沒有食物，冰箱中也沒有東西，書桌的抽屜全是空的！

一切傢俱，好像全是用來作擺設的，而一切都指出：這裡根本沒有人——雖然穆秀珍親眼看到有人走進這幢房子！

高翔和雲四風當然不會懷疑是穆秀珍眼花，因為那兩輛汽車還在，引擎甚至是發熱的，只是人卻不見了。

他們開始懷疑有地道，一具新型的探測儀被帶到這幢房子，這具探測儀，對各種暗門、地道都會有靈敏的反應。但是在各處牆壁、地板和天花板上探測的結果，卻仍是一無所獲，看來，這幢房子的建築十分之正常！

子。這實在令得高翔、穆秀珍和雲四風三人氣餒！

在下午五時，高翔不得已宣布收隊，但是仍然留下了十名探員看守著這幢房子。當他們離開之際，他們三人，全都帶著十分苦澀的苦笑！

他們又一次失敗了！

而且，這實在是莫名其妙的失敗，他們根本不知道自己失敗在什麼地方，他們線索的獲得，是出乎對方意料之外的，而他們的一切行動，又是如此之秘密！

結果，他們撲了一個空，那當然是事先走漏了風聲，但是。他們是如何會走漏了風聲的呢？這真是令人感到莫名其妙！

他們一起離開了屋子，各報的記者已經雲集在外，但是高翔對於記者的問題，卻一概不理，逕自登上了車，疾馳而去！

他毫無目的地在路上兜了兩個圈子，才嘆了一口氣，道：「秀珍，我和你去看蘭花，將經過情形全講給她聽，聽聽她有什麼意見。」

穆秀珍道：「蘭花姐醒了麼？」

「我們可以等到她醒！」高翔苦笑著：「我們失敗了，但是我們甚至不明白我們究竟是如何失敗的，我想蘭花一定能替我們解決這問題的。」

雲四風也嘆了一聲，道：「待我先將安妮接回去。」

高翔駕車，送雲四風到了碼頭，他又直趨醫院，讓方局長去休息，由他和穆秀珍陪著木蘭花。

穆秀珍還是第一次看到受了傷之後的木蘭花，她看到木蘭花的頭部全紮著繃帶，不由自主伏在床邊上號啕痛哭了起來，誰也勸不了她。

高翔自己的心頭沉重絕不在穆秀珍之下，當然沒有法子再去勸她，他走出了病房，主治醫師恰好在這時走了進來。

高翔忙問道：「醫生，她的情形怎樣？」

「應該說非常之好，」醫生高興地道：「中和的藥液已使她大部分復原了，今日午夜，她醒過來之後，可以講，就是眼睛有問題。」

「以後呢，她的眼睛——」

醫生搖著頭，道：「那就很難說了，要進行詳細的檢查才能決定，如果只是角膜受損，那可以進行移植，如果眼球的水晶體受到了傷害——」

醫生沒有再說下去，頓了一頓之後，才道：「所以，現在不能肯定，一定要等她其餘地方復原後，才能夠確定她的眼睛究竟怎樣。」

高翔長嘆了一聲，沒有再問下去。

他在病房門口呆呆地站著，主治醫師進去了不久，穆秀珍也走了出來，他們兩人一起在病房側邊的長椅上坐了下來。

這時，正是醫院中允許探病的時間，走廊中來往的人十分多。

高翔在連番失敗之後，只覺得心中沮喪的人，在心理上都會產生一種極度的疲乏之感，所謂「人逢喜事精神爽，悶上心頭瞌睡多」，原是有心理學上的根據的，高翔真想去蒙頭大睡！

但是，高翔在心中卻不斷地告誡自己：不能睡，絕不能睡！當貝泰知道木蘭花沒有生命危險之際，他一定會進一步下毒手的。

他必須注意來往的每一個人！

可是，在走廊中來往的人雖多，卻沒有一個人對木蘭花的病房投以注視的一眼，只有兩個護士推著放滿了藥品和醫療用具的車子走了進去。

高翔連忙也跟了進去，主治醫師正在解開木蘭花臉上的繃帶，他回頭看到了高翔，便道：「你來看，她的情形，超乎想像之外的好。」

高翔的心理上已準備好了接受沉重的打擊，可是當他湊近頭去看時，他不由自主鬆了一口氣，確如醫生所說，木蘭花的情形十分好！

在高翔的想像中，木蘭花臉上的皮膚一定已形成可怕的潰爛，但是事實上卻並不是那樣，她臉上塗了一種淡黃色的油膏。

而在油膏被輕輕抹去的地方，她的皮膚看來只不過顯得紅一點而已。

醫生一面用棉花抹去了木蘭花臉上的油膏，一面道：「她可能會脫兩次皮，但是情形也不會比日炙嚴重多少，你看，她口唇上的水泡也已顯著地在縮小了，是不？」

高翔未曾看過木蘭花才受傷的情形，當然無法作一比較，木蘭花的口唇上，只是佈滿了小小的水泡，那情形並不嚴重，是一望可知的。

醫生又以不銹鋼的細棒撬開了木蘭花的口，用電筒照射著，不住地道：「情形非常好，非常之好，毒氣幾乎未曾侵入她的口腔。」

接著，醫生又檢查木蘭花的鼻腔和耳部，全都滿意地點著頭。這時候，穆秀珍也進來了，看到這等情形，她又高興了起來。

她欣悅地道：「高翔，我說蘭花姐立刻可以復原了！」

高翔沉聲道：「醫生早已說過她沒有問題，只不過她的眼睛——」

高翔講到這裡，醫生剛好翻起她的左眼皮來，高翔和穆秀珍兩人都陡地吃了一驚，不由自主地吸進了一口涼氣！

翻開了眼皮之後的情形，實在太可怕了，竟只是一片腐白色，什麼也看不到，分明木蘭花現在是絕不可能看到東西的，她是在黑暗世界之中！

她要在黑暗世界中多久呢？還是今後的一生，都要在黑暗之中度過呢？高翔和穆秀珍兩人，都難過得一句話也講不出來。

連醫生也嘆了一聲，吩咐護士繼續替木蘭花使用那三種眼藥，又替木蘭花注射了一針，然後，在她臉上再敷上了一層薄薄的油膏，又包紮起來。

但這一次包紮和以前不同，除了雙眼以外，耳、鼻、口都露在繃帶之外，醫生做完了這一切，一面洗手，一面道：「午夜時分，她將會醒來。」

高翔拉住了醫生，道：「她的雙眼——」

醫生嘆了一聲，道：「我們已和瑞典的一位眼科專家聯絡過，他表示有一種新藥，我們已派人專機去取這種新藥了！」

高翔沒有再說什麼，他背負著雙手，來回地踱著，等到醫生和護士都退了出去之後，他才苦笑了一下，道：「秀珍，人算是高等動物麼？」

穆秀珍呆了一呆，不知道高翔那樣講是什麼意思。

高翔又苦笑了幾聲，才道：「人如果是高等動物，那麼高等動物的定義就是：殘害同類的方法，比挽救同類的方法高明千百倍的動物，你想想，人有多少害人的方法？一個原子彈可以死幾十萬人，但是人類的醫學水平卻如此可憐！」

穆秀珍睜大了眼，高翔的話，在傷感之中，又帶有太多的譴責世人的味道，穆秀珍是不能十分瞭解的，何況這時候，她心亂如麻！是以，她嘆了一聲，並沒有接口。

高翔道：「如果你已累，你可以睡一會。」

穆秀珍搖頭道：「我不累！」她一面說著，一面拖過了一張椅子，在木蘭花的病床前坐了下來，不一會，又伏在木蘭花的枕頭之旁，也不知道她究竟睡著了沒有。

高翔則不斷地在病房中踱著步，時間慢慢地過去，終於，快接近午夜了，高翔聽出木蘭花的呼吸不再是十分均勻，而變得相當急促了。

他連忙按鈴，叫來了護士，護士一進來，看了看時間，道：「不要緊，她快醒了，但是她醒過來之後，一定十分虛弱，你們最好別和她多說話。」

穆秀珍直起身，坐了起來。木蘭花的頭部已在開始緩緩轉動，護士用一根吸管，將葡萄糖液慢慢地滴入木蘭花的口中。

過了五分鐘之後，木蘭花發出了第一下聲音，她先呻吟了一聲，然後以十分虛弱的聲音問道：「我……在……哪……裡？」

高翔忙湊了近去，道：「蘭花，你還在醫院中，我和秀珍在陪著你，你聽得到我的聲音麼？你在醫院中，你覺得怎樣？」

木蘭花一動也不動，顯然她是在用心地聽著，等到高翔講完之後，才聽得她道：「我聽到了，我……我昏迷了多久？」

「不久，還不到兩天，你現在——」

木蘭花慢慢抬起手來，在自己臉上的繃帶上輕輕地碰著，道：「我現在好多了，我已經可以聽，可以講，已經好多了！」

「蘭花姐，你很快便會完全復原的！」穆秀珍強忍著淚。

「秀珍！」木蘭花向穆秀珍緩緩移過手去，穆秀珍連忙將木蘭花的手握住。

在木蘭花醒了之後，穆秀珍已經不止一次地在心中告訴過自己：不要再哭了！可是這時，她握住了木蘭花的手，眼淚還是忍不住撲簌簌地掉下來，一大滴一大滴落在木蘭花的手背上！

木蘭花勉強笑了下，道：「傻丫頭，你哭了。」

穆秀珍啞著聲道：「我……沒有哭！」

木蘭花道：「對了，你沒有哭，只不過流眼淚罷了！」

穆秀珍叫道：「蘭花姐！」

木蘭花揚了揚另一隻手，道：「不必叫，我已經知道，你們一定失敗了，是不是？不必難過，貝泰本來就是一個十分厲害的敵人！」

穆秀珍低下頭去，不再出聲。

高翔道：「蘭花，你料得不錯，我們失敗了，我們不止失敗了一次，而且還是兩次，我想，那批紙已到了貝泰的手中了。」

木蘭花的聲音早已漸漸恢復了鎮靜，聽來和平時並沒有什麼不同，更難得的是，她的語調，平靜得像在她的身上根本沒有發生過什麼特別的事一樣。

她道：「兩次？你將經過情形詳細告訴我。」

高翔點著頭，他將他自己和雲四風、穆秀珍化了裝，如何分頭在機場和碼頭守候著，而他在到了機場之後不久，就發現了一男一女，那男的上裝上少了一枚銅鈕扣，便認定了他是目標，叫穆秀珍來和他會合等情形，講了一遍。

當他講到對方和老婦人會合後，他就攔截了對方，木蘭花嘆了一聲，道：「高翔，你中了計了，你一無所獲，是不是？」

高翔苦道：「是的，但也不是一無所獲，我們找不到印製偽鈔的紙張，但是秀珍卻注意到箱中的衣服，全是第一時裝公司的出品。」

「那定是吉蒂的衣服，她以考究衣著出名。」

「是的，我們追到時裝公司，得了吉蒂的住址，那是霍德遜路十二號，我們在海上用遠程望遠鏡進行監視——」高翔又將經過情形詳述了一遍。「可是，當我們衝進去之後，卻一個人也沒有，他們顯然已在我們到達之前搬走了。」

木蘭花並不說什麼，病房中沉靜得出奇。

過了一分鐘，高翔才道：「蘭花，我們的行動如此機密，何以貝泰已先知道了呢？難道貝泰真有未卜先知的本領麼？」

「當然不會有未卜先知的本領……」木蘭花略停了一停，才又問道：「那時候，大概是什麼時候，是下午三四點左右麼？」

「正是。」高翔有點驚訝。

因為他並未向木蘭花提及過時間，木蘭花卻知道了！

木蘭花吸進了一口氣，道：「問題就在這裡了，我到過霍德遜路，那裡的房子如果是向海的話，就是向東的，是不是？」

「是。」高翔還有點不明白。

「你們在海上可以看到那房子，在那房子，自然也可以看得到你們的。」木蘭道：「那是一定的道理，是麼？」

「可是，他們根本不知道我們在監視著他們啊。」

「他們本來是不知道的，但是時間卻幫了他們的忙，你們在海上，望遠鏡對準了房子，鏡頭是向西的，下午三點鐘，太陽已開始西斜，照在望遠鏡的鏡頭上，一定起了一點十分奪目的閃光，這點閃光，被他們在無意中發現了，毛病就出在這裡！」

給木蘭花那樣一講，高翔和穆秀珍兩人如夢初醒，「啊」地一聲道：「引起了他們的注意之後，他們也用望遠鏡進行反觀察了？」

「是的，」木蘭花說：「那真是太可惜了，不然，一定可以捉住元凶了，貝泰是十分機伶的人，他未必知道在監視他的是什麼人，但是一發現有人監視，他就立刻放棄了那地方，所以，當你們趕到的時候，他們早已從後門溜走了！」

「唉！」高翔重重地在自己的腿上拍了一掌。

木蘭花道：「別垂頭喪氣，一個機會失去了，第二個機會又會來的。你說，在那幢屋子中，所有的一切全是空的？」

「是，什麼也沒有發現。」

木蘭花沉默了片刻，才又道：「我未曾到過現場，但是據我想，在屋後的山上，應該有一條小徑是通向山上去的，是不是？」

高翔叫了起來，問道：「是啊，你怎麼會知道的？」

木蘭花卻並不回答，看樣子，她正在沉思。

木蘭花沉默了許久，才道：「那是推測而來的結果，那屋子可能只是貝泰許多房子中的一幢，當然不會在那裡留有太多的東西，但也不可能一點也沒有，那當然是他們帶走了，而他們又是從後門走的，霍德遜路的後面全是山，一定有捷徑可供他們離去的。」

高翔頓足道：「我當時竟未曾想到這一點！」

木蘭花停了半晌，道：「而且，照我的猜測，你們進攻搜查那屋子的情形，貝泰一定是看得十分清楚的，因為他不可能走得太遠！」

高翔的心中大是疑惑，道：「那麼，你的意思是——」

木蘭花接著講下去，道：「我是說，他們的巢穴一定就在附近，而且，從山上的那條小徑可以直通過去，那裡有什麼值得注意的房子麼？」

高翔的心中不禁感到了一陣慚愧，因為他根本沒有注意這一點，當然，這時對木蘭花的那個問題，他也無從回答得出，他只好苦笑了一下。

木蘭花吸了一口氣，她的聲音已顯得十分疲乏，她道：「高翔，秀珍，我想你們應該立刻照我的想法去觀察一下。」

高翔和穆秀珍兩人一齊道：「是！」

木蘭花又道：「你們兩人的行動當然是秘密的，但是在你們行動之前，你可以派大量警員再到那房子去搜查。」

「我明白你的意思了，蘭花，」高翔立刻說著，一面抬頭向窗外望了一眼，天色已漸漸黑了下來，「我們一定將那幢屋子弄得燈火通明，好讓貝泰在暗中笑我們全是天大的傻瓜！而事實上，我們另有行動！」

「對了，」木蘭花發出了一下輕輕的笑聲來，「最好在警官中，揀一男一女扮成你們的模樣，祝你們成功。」

高翔將手放在木蘭花的手背之上，道：「蘭花，我們無論如何都要成功，一定要將貝泰和他的同黨繩之以法，你好好休息。」

木蘭花點了點頭，又道：「秀珍，要聽高翔的話。」秀珍的大眼睛中，淚花又骨碌碌地轉動地起來，但是她卻竭力使自己的聲音聽來愉快，道：「你放心，蘭花姐！」

木蘭花長長地舒了一口氣，低聲道：「你們去吧！」

高翔和穆秀珍兩人一齊退出了病房。

但是，他們當然不是就此離開了醫院，高翔用電話召來了四名極其幹練的警官，吩咐他們兩人穿著制服，兩人便裝，保護著木蘭花，木蘭花若是再有什麼意外，唯他們四人是問！四人也知責任重大，連聲答應。

然後，高翔和穆秀珍才回到了警局。

在警局中，他們照木蘭花的指示佈置著一切。

半小時之後，一輛大警車載著四十名警員出發了，而且，還有探照燈車和警官的車輛同行，聲勢浩大，浩浩蕩蕩，開赴霍德遜路而去。

高翔相信，貝泰是如此狡猾和老謀深算的人，那麼他一定在警局的附近派有眼線，在注意著自己的行動的。

所以，他錄了一卷錄音帶，當幾輛警車一起離開警局之際，可以斷斷續續聽到他和穆秀珍自車中傳出來的聲音，高翔是在發號施令，而穆秀珍則像是和他在爭論些什麼，顯示他們兩人正在車子之中。

而事實上，他們在警車出發的同時，已自警局的後門向外溜了出去，這時，他們已經換了裝束，而且在身邊，盡可能地帶了各種應用的工具！

7 技擊高手

他們離開了警局的後門之後，走過了幾條馬路，來到一輛很舊的小汽車之旁，上了車子，駛到了離霍德遜路還有一條街，便停了下來。

他們兩人手挽著手，看來像是一對情侶，他們由霍德遜路的後街走了上去，等到他們來到那幢洋房的後面之際，警方人員早已到達了，整幢房子，只見燈火通明，人影不絕，更妙的是，高翔的聲音還在不斷傳出！

他們兩人互望了一眼，靠著山邊的木叢慢慢地向前走著，不一會，便看到一條樹木掩映的小徑向上通去。

那小徑只不過二呎來寬，倒是水泥築成的，但顯然年代已經十分久遠了，是以有著許多殘缺，而且生滿了青苔，那是絕不受人注意的一條小徑，但這時，當高翔對它開始注意了之後，他就更知道木蘭花的判斷是對的。

因為在那條小徑的盡頭，是一排欄杆，另有一條小路，通向一幢十分古老的，灰色的牆上滿是爬山虎的房子，而且，在小徑上，有許多打横伸出、攔住小徑的樹枝斷折了，這證明有人匆忙地經過這裡！

高翔和穆秀珍兩人伏在小徑之下，打量了幾分鐘。

這時，天色更黑暗了，那幢洋房出奇的光亮，更顯得這條小徑的幽暗，他們躲著，倒是不怕人發現，但是，如果他們開始向上走去呢？

穆秀珍好幾次要向上衝去，但被高翔止住。

在等了幾分鐘之後，高翔才向穆秀珍做了一個手勢，穆秀珍立刻會意，兩人一起取出了一具小型的紅外線望遠鏡來。這種小型的望遠鏡，有紅外線裝置，是在黑暗中觀察附近的一種極理想的工具。

高翔通過紅外線望遠鏡，看到小徑兩旁濃密的灌木叢中，一點動靜也沒有，但是向上望去，在小徑的盡頭處，那排欄杆之旁，卻有兩個人憑欄而立，那兩個人的身形十分魁梧，他們站著，當然不是在看風景！

高翔用肘碰了碰穆秀珍，穆秀珍道：「我看到了，有兩個人監視著，但是他們好像並不注意這一條小徑！」

「可是，如果我們走上去的話，必然會被發現的。」

「我先設法將他們解決掉！」穆秀珍雙手握著拳說。

「用什麼法子？」

「這條小徑不過三十呎高，手槍的射程是不止六十呎的，我可以在三秒鐘之內射中他們，而滅聲器又使得我發槍的聲音不會大過樹枝斷折之聲。」穆秀珍一面說著，一面已然取出槍來，裝上了滅聲器。

高翔搖頭道：「那不是好辦法。」

穆秀珍不服道：「怎麼不是好辦法？」

「那幢灰色的大房子，看來像是殷實世家的舊宅，但實際上可能就是貝泰在本市的總部，說不定他準備在那裡印製偽鈔，那兩個人若是就在屋前被射殺，會不引起屋中人的注意麼？最好將他們引下來！」

穆秀珍搔著頭，道：「要將他們引下來——」她講到一半，突然高興了起來，道：「我有辦法了，我可以將他們引下來了，你想，我怪叫一聲，怎樣？」

高翔笑了起來。

穆秀珍又道：「那麼，我不斷地亮著小電筒，一閃一閃地發出光亮，這兩個傢伙覺得好奇了，一定會下來的！不信，我和你打賭。」

高翔想了一想，道：「不必打賭，這辦法是好的。」

穆秀珍連忙收起了槍，取出了一支比大姆指更大的手電筒來，連續地按著，亮了十七八下，只見那兩個人已開始移動了。

而他們之中的一個，終於順著小徑，向下走了下來。

高翔低聲道：「秀珍，你成功了一半！」

「有一個人下來就好辦了，噤聲！」她繼續亮著小電筒，那人越走越下，走到離高翔和穆秀珍兩人藏身的木叢只有六七呎之際，他停了一停，講了一句話，那是一句泰語：樹中的是什麼人？在搗什麼鬼？

穆秀珍忍住了並不出聲，但是高翔則發出了一下與呻吟聲差不多的聲音來，也用泰語道：「快……來扶……我……」

一聽到那下來的男子講的是泰語，高翔更可以肯定自己找對了目標，因為貝泰的外號叫「暹羅鬥魚」，他正是從泰國來的！

在高翔講了那一句話之後，只聽得那人咕嚕了一聲，也不知道他講些什麼，但是他卻已經向著灌木中走來了。

穆秀珍這時已不再按那小電筒，她看著那人的雙腳慢慢地向前移動，終於來到了她伸手可以抓得住的地方之際，猛地一伸手，便抓住了那人的足踝，用力向後一扯，而高翔也立刻身形站起，迎面便是一拳！

他們兩人，身手何等高強。合力對付一個全然未曾提防的人，可以說是易如反掌，那人只發出了一下難聽的悶哼聲，便已昏了過去，而那人一倒地，高翔立刻便踏出了灌木叢。

這一切變化，總共不到三秒鐘，在上面的另一人，就算是雙眼一眨不眨地注意著下面的情形，在那麼黑暗之中，他最多看到他的同伴進了灌木叢，又立刻退了出來而已，他是無法看清進出之間已換了一個人的！

高翔在外站了極短的時間，便裝出一副懶洋洋的神態，向上走去。

在高翔向上走去之際，穆秀珍也有許多事要做。首先，她在那傢伙的後腦上又加了一掌，好令那傢伙在半小時之內不會醒轉來，然後，她又取出了槍，瞄準了上面的那個人。

她那樣做，是為了萬一那人有所警覺，要對高翔不利之際，那麼，她就可以立刻開槍，先下手為強了！

當然，她是不希望會有那樣的情形出現的，那會破壞了他們整個計劃，穆秀珍只不過是以防萬一而已。

她抬頭向上看著，高翔正在慢慢地向上走去。

這時，高翔的心中也很緊張，他是冒充著剛才下來察看究竟的那個人走上去的，他必須接近那人而不被發覺！

是以，他一直都低著頭，等到他漸漸接近那人時，他聽得那人也以泰語問道：

「什麼事？下面可是有人麼？」

高翔含糊地應了一句，連他自己也聽不出是在講些什麼，那人怒道：「你究竟講些什麼？下面有什麼事？」

高翔向上連跨了幾步，已來到了那人的面前。直至此際，他才突然抬起頭來！

當他一抬起頭來之後，那人陡地一怔，但是還不等那人有任何反應，高翔一手抓住了那人的胸口，一拳已擊中了那人的左頰。

那一拳，高翔用的力道並不大，但是他中指上所戴的那枚戒指，卻已壓在那人的臉頰上，而一受了壓力，戒指中的一枚尖針也跳了出來，刺中了那人的臉頰，而強烈的麻醉劑，也進入了那人的血液之中！

那人張大了口想叫，但是卻一點聲音也沒有發出來，便已經全身麻木，一動也不能動了，高翔仍扶住了他的身子，向下招了招手。

穆秀珍一看到高翔招手，便知道高翔已經得手了！她連忙拉起了那人，以極快的步伐，直向上奔去。

這時，她背著的那人，不會輕於兩百磅，而她又要奔上三四十級石級，若不是平時她鍛練有素，是會體力不繼的。

她一奔到了上面，高翔便低聲道：「行了，將他們兩人並排靠在欄杆上，小心別讓他們跌下去。」

穆秀珍點了點頭，將肩上的人卸了下來。她和高翔後退了幾步，到了一個十分陰暗的角落中，打量著那幢古老的房子。

這時他們所站的地方，是那古老房子的右側，所有的窗子都是黑沉沉地，可以看得出，全垂著那種古老的木頭百葉簾。

房子一共有三層高，而從它建築的地形來看，可能還有地窖。在小心的觀察下，只有三樓的窗中略現光芒。

他們剛才上來的時候曾看到，如果轉過屋角的話，便有一個圓拱形的門，他們當然不會魯莽到從正門走進屋子去的！

他們靠牆而立，大約呆了近五分鐘，穆秀珍才用極低的聲音問道：「我們怎麼辦？」

高翔道：「當然是爬進去。」

穆秀珍道：「三樓好像有燈光，我們上三樓可好？」

高翔點了點頭，兩人一起取出了一根不銹鋼的管子來，大約如普通墨水筆般大小，他們的手指在一端一按，「颼」地一聲響，一枚尖釘向上激射而出，發出了「啪啪」兩下低微的聲響，已釘實在二樓的窗臺之下了。

而在那兩枚鋼釘之下，連著一股十分細的細絲，那是特種金屬的合金絲，雖然不會比頭髮粗多少，但是卻可以承擔三百磅的重量。

他們一起用力向下扯了扯，證明的確已經釘上了，這才又按下了另一個掣，而他們的右手，緊緊地抓住那管子。

管子中的強烈絞動齒輪開始轉動，將合金絲收捲起來，是以將他們兩人吊得向空中升了上去，轉眼之間。他們伸手已可以抓住二樓窗口的窗臺了。

他們將那兩具「爬窗器」留在窗外，高翔又取出了玻璃切割器來，在玻璃窗中，割下了巴掌大小的一塊玻璃來，伸手進去，輕輕拔開了窗栓。

果然，窗子內不但關上了木製的百葉簾，而且還有十分厚的厚窗簾，高翔和穆秀珍兩人小心地將身子塞了進去。他們的眼前，只覺得一片漆黑，以致根本無法知道自己是在一個什麼樣的環境之中，他們沉著氣，背靠背而立，一動也不動。

那房間中十分靜，靜得一點聲音也沒有。

他們僵立了半分鐘，穆秀珍按亮了小電筒。

小電筒發出的光芒不十分強烈，但是卻也足夠看清眼前的情形了，而當他們看清了眼前的情形之後，兩人都不禁呆了一呆！

那竟是一間空房間，沒有任何陳設！但是，那顯然是經常有人打掃的一間房間，因為它十分乾淨，穆秀珍將電筒最後停在那扇關著的門上。

他們兩人互望了一眼，一齊向那扇門走去，門把是銅鑄的，被擦得十分亮。

高翔十分小心，他用一枝「電筆」試試門柄上是不是帶電，然後，他才伸手握住了門柄，轉了一轉。門鎖發出輕輕的「卡」地一響，顯然是沒有鎖，高翔心中一喜，將門柄轉到盡頭，慢慢地將門拉開來。

可是，他才將門拉開了一道縫，突然之間，眼前陡地一亮，大放光明，那房間的每一個角落，似乎都有燈亮了起來！

他和穆秀珍兩人在強光突然出現的最初幾秒鐘之內，簡直什麼什麼也看不到，高翔陡然一呆，只覺子一緊，那扇門已被人關上。

高翔立刻一個轉身，道：「快退出去！」

可是，緊接著，只聽得「錚錚錚」幾下響，他們的視力已經可以適應光線了，他們看到三扇窗前都有鐵柵落了下來。

穆秀珍和高翔兩人陡地站定。在那一剎間，形勢實是再明朗也沒有了，他們被困在這間房間中，走不出去了！

穆秀珍連忙拔槍在手，衝向門口，向門鎖連射了三槍！

那三槍射毀了門鎖，門已向內打開了些許，穆秀珍一拉，已將門拉了開來，門一打開之後，她立即看到門外站著好幾個人，在最前面的兩個，一個是身形十分高大的男子，另一個，則是一個嬌小玲瓏的婦人。

那婦人倚在男子的身上，看來十分親熱，而那男子，就算他燒成了灰，穆秀珍也還是可以認得出他來的。

他，就是在廚房中一出手就擒住了穆秀珍的那人——「暹羅鬥魚」貝泰！

穆秀珍陡地一呆之下，便立刻揚起槍來。

可是，在她面前，就在門外，離她只不過六七呎的那幾個人，見到穆秀珍揚起了槍來，非但無動於衷，反倒笑了起來。

他們笑著，然而奇怪的是，只看到他們笑的動作，卻又聽不到他們笑的聲音，穆秀珍連連拉動著槍把，又放了四槍。

她槍中的子彈已射完了！可是，那四槍卻沒有令門外的任何一個人受傷！她的子彈只射出了兩呎，便反射了回來，其中有一顆還幾乎傷害了她自己，穆秀珍陡地一呆，用力地將槍拋了出去。

「砰」地一聲響，她拋出了槍，也在她面前三呎處受阻，落了下來。到了這時候，穆秀珍完全明白了，在門外，一面防彈玻璃隔住了她和貝泰！

所以，貝泰和他的情婦在笑著，穆秀珍也聽不到，因為聲音也被那面玻璃隔住了！只見貝泰笑得更得意了！

穆秀珍後退了幾步，退到了高翔的身邊。

突然間，貝泰的轟笑聲傳了進來，那顯然是從屋角處的兩具揚聲器中傳進來的，貝泰一面笑，一面還在道：「兩位，科學真是奇妙，是不是？玻璃是脆而易碎的，這個觀念太陳舊了，它的用處，實是一言難盡！」

在他身邊的「洋娃娃」吉蒂的嬌笑聲，也不斷傳了進來，她母雞也似地「咯咯」笑著，道：「是啊，玻璃可以做為偽鈔的版模，又可以用來做籠子，不怕籠中的野獸發怒，說不定將來還可以用玻璃來做時裝啦！」

貝泰又「呵呵」笑了起來，拍著吉蒂的屁股，道：「如果真有那一天，那我一定不讓你穿玻璃製成的衣服！」

在那樣的情形下，高翔和穆秀珍兩人自然又驚又怒，但是他們仍然保持著鎮定。高翔沉聲道：「貝泰，你快作選擇吧，我們已將這裡包圍了！」

貝泰笑著，向下指了一指，道：「你們包圍了下面這幢房子，而不是這幢。」

高翔冷笑了一聲，道：「如果你這樣想，那你未免太天真了，我們兩人是怎麼進來的？難道我們的行動無人知道麼？」

貝泰略呆了一呆，轉頭向著身後的幾人望了一眼。

那幾個人一定是貝泰十分得力的助手，因為他們立刻明白了貝泰的意思，一起轉身，匆匆地向外走了出去。

高翔的心中，不禁苦笑了一下，他知道那幾個人走出去，自然是沒有人包圍這幢房子！高翔知道自己對貝泰的恐嚇，是起不了作用的。

但是，他心中卻還存著萬一的希望，因為在小徑下面的洋房中，負責的警官是知道他和穆秀珍到小徑上面來偵查的，那可以說是他唯一的希望了！

他的腦中在迅速地轉著念，而只不過三四分鐘，那四個離去的人已回來了，他們都向貝泰搖了搖頭，貝泰的臉上立刻現出得意的神色來，道：「好，請我們的客人休息一會，聽說他們的身手很好，我可有伴了！」

所有的人，一起笑了起來。

但是高翔和穆秀珍卻不知道他們為了什麼好笑！事實上，在如今這樣的情況下，就算他們知道了對方好笑的原因，他們也是不會發笑的！

只見一個人走到了牆前，轉動著一個轉盤，突然，房間中的一堵牆開始移動，向他們逼了過來！

高翔和穆秀珍大吃了一驚，連忙向後退去，可是，那牆卻在繼續移動，轉眼之間，他們已被逼在一道只有三呎寬的狹縫中了！

而牆還在向前移來！

他們很快地便要被壓成肉醬了！

他們兩人，背抵在牆上，雙手用力地去推前面正在向他們壓來的那堵牆，可是他們兩人的氣力，是萬不能和機器的力量相比擬的！

那堵牆仍然向前壓來，他們存身的空間越來越狹窄了，三呎……兩呎半……兩呎……一呎半……一呎……到了只有一呎之際，他們的身子已然被那堵牆緊緊地夾住，一動也不能動了，若是那堵牆再向前移動一吋，那他們一定可以聽到自己肋骨斷折的聲音了。

他們兩人，額上汗如雨下，除了喘息之外，一句話也講不出來。而也就在這時，那堵牆突然停止不再移動了。

穆秀珍大口地喘著氣，道：「高——」

她只講出了一個字，「嗤」地一聲響，一股噴霧自上噴了下來，那股噴霧帶著一種異樣的香味，兩人一聞，便已昏了過去。

在他們將昏未昏的一剎那，他們只覺得腳下的地板向下斜去，而他們的身子也向下疾滑了下去，但是究竟滑向何處，他們卻不知道了。

是的，在他們將昏之際，他們的身子確然向下滑了下去，他們滑到了下面一層，而下面的一層，也是燈火通明。

如果未曾到過下面這一層的人，是萬萬想不到在這樣古老的房子中，會有一個如此現代化設備的健身房的！

那是一個十分寬敞的健身房。在健身房中，白色的墊子鋪成了一個約有一百五十平方呎的正方形，有幾個人正在練習柔道。

高翔和穆秀珍才一跌了下來，跌在墊子上，貝泰也已帶著一干人進來，他大模大樣地在一張椅上坐了下來，然後，向高翔、穆秀珍一指，道：「好好地搜查他們，將一切可疑的東西搜去！」

一個大漢和「洋娃娃」吉蒂一起走了過去。

不到十五分鐘，不但高翔和穆秀珍兩人身邊所帶的一切物品全被搜了出來，連他們衣服上的扣子也被拉下！

貝泰仍然坐在椅上，道：「道具倒不少啊？」

吉蒂回過頭來，道：「全是致命的。」

貝泰笑道：「寶貝，這兩個人全是空手道和柔道的高手，是世界著名的，我好久沒有找到這樣的高手和我對打了，你不會要我就此用槍將他們打死吧？」

「當然不，」吉蒂媚笑著道：「可是，他們果然是第一流的高手，那卻令我為你擔心，你有把握勝得過他們？」

貝泰怪聲笑了起來，道：「你在瞎操心了，我勝得過任何人，因為我是世界上最好的技擊家，你可以看到他們在我的手下骨頭根根斷折，對了，我今天要一敵二，要不然，一上來就勝，太不夠刺激了！」

另外幾個人一齊湊趣，道：「我們可以大開眼界了！」

「將他們弄醒！」貝泰得意洋洋地吩咐著。

兩個大漢取過了一具噴射器，按下了掣，一陣水花將高翔和穆秀珍噴了一頭一臉，兩人立刻坐了起來。

他們使勁地搖了搖頭，互相扶著，站了起來。

高翔四面一看，不能夠肯定自己是不是還在那幢古老大屋之中，他厲聲道：「貝泰，你以為你可以逃得過法網麼？」

貝泰站了起來，道：「兩位，現在我們何必討論這個問題？我聽說兩位對各國的技擊都有相當的研究，恰巧我也極好此道，我們既然遇到了，那麼，何不較量一番？我好久沒有高手和我動手了，那實在不是有趣的事。」

高翔和穆秀珍兩人都呆了一呆。

他們互望了一眼，穆秀珍道：「你這是什麼意思？」

貝泰笑嘻嘻地道：「我要你們和我動手，你們兩個人一起，我以一敵二，你們可以盡量用力來打贏我。」

高翔冷笑了一聲，道：「等到你處於下風的時候，你的手下早就用槍了，你不必用這種詭計，我們絕不奉陪！」

貝泰獰笑著道：「我的手下若是在看到我處於下風之際而出手幫我的話，那就是看不起我，那會得到看不起首領應有的懲罰。我是世上最有名的技擊高手，你們如果不敢和我動手，立刻會像豬一樣地死去！」

高翔吸了一口氣，低聲道：「秀珍，怎樣？」

「蘭花姐說他是一等一的高手，但是我卻不信我們兩人打他一個，還會打不過他！」穆秀珍低聲回答著。

高翔立時道：「好，我們動手！」

貝泰「霍」地站了起來，身子突然向旁連竄了三步，到了一幅白色的墊子之上，大喝道：「快過來！」

一看到貝泰如此矯捷的身手，穆秀珍和高翔兩人的心中都不禁打了一個顫，他們又互望了一眼，才慢慢地向前走去。

等他們來到了墊子的邊上之際，高翔陡地一聲大喝，一掌已向前劈出，而穆秀珍在那一剎間，身形疾轉，轉到了貝泰的背後！

貝泰藝高人膽大，迎著高翔那一掌的來勢，身形反倒向前逼出了半步，突然一伸手，抓住了高翔的衣袖，身子跑著反倒，手背一振「呼」地一聲，已將高翔的身子翻得向後直跌了出去，向穆秀珍疾撞了過去。

穆秀珍一個打滾，攻向前去，忽然看到高翔向自己撞了下來，大吃一驚，連忙又一個打滾，向旁滾了開去。

她一滾開，高翔自然未曾壓到她，結結實實跌了下來，那一跤，在平常人而言，可能已倒地不起了，但是高翔也是久經訓練的柔道家，這樣的一跌，在他來說，卻是絕不當作一回事的，他立刻翻身站了起來。

而穆秀珍在滾開之後，也立即一躍而起，他們兩人，一左一右，站在貝泰的兩邊。

貝泰撒開著手，像是若無其事地站著，道：「來啊！」

穆秀珍的身子突然間向下一倒，在墊子一個打滾，逼近了貝泰，去抱貝泰的雙腿，貝泰一聲長笑，抬腿就向穆秀珍站的這面踢來。

穆秀珍的身子突然一閃，滾到了貝泰的身後，一躍而起，雙掌一齊向貝泰的背後擊了下去，而這時候，高翔也已逼近來，一掌向貝泰的肩頭疾砍了下去！兩人這兩下攻進的招數，全是空手道中著名的狠招。

貝泰發出了一聲悶哼，身子突然跨出了半步，但是穆秀珍那兩掌去勢十分快，仍然「砰」地擊中了他的背部，可是他卻若無其事，立時轉過身來，倏地一腿飛起。

突然飛腳迎敵，亦是泰國拳中極厲害的招數！穆秀珍一個錯愕間，已被踢中了肩頭，她身子立刻向後仰倒，以卸去一腳的力道，而高翔這時已向前直撞了過去，貝泰正抬腿在踢穆秀珍，被高翔撞得向後退出了一步。

但是貝泰的身手真高，他才被高翔撞中，便抓住了他的雙肩，將高翔的身子提了起來，重重地摔在墊子之上！

而貝泰那一摔的手法，十分特別，高翔是後頸先著地的，雖然地上有著墊子，但是墊子十分硬，直摔得高翔眼前金星直冒，爬不起來。

而這時候，穆秀珍又狠狠地撲了上去，雙手齊出，剎那之間，在貝泰的胸前連砍了三四掌，掌掌到肉。

那三四掌，也不禁令得貝泰連連後退，但是穆秀珍卻並不能擊傷他，又被他一抄手，抓住了右背，又拋得向外跌了出去！

穆秀珍重重地跌在墊子上，恰好是在高翔的身邊！

高翔這時已定過神來，他一看到穆秀珍跌到了自己的身邊，忙低聲道：「別起來，等他來了，抓他腳跟！」

高翔那兩句話講得十分快，而且十分低，但是因為穆秀珍恰好跌在他的身邊，所以也已聽到了，她立即領會了高翔的意思。

她向外滾了兩呎，並不站起來，卻大聲呻吟起來。

這時，穆秀珍和高翔兩人，都跌倒在墊子上起不來了，穆秀珍並且還在大聲呻吟，這使得貝泰十分高興。

他「哈哈」地笑著，向前走來，道：「怎麼？東方三俠中的兩俠，竟然這樣不經打？我看，你們東方三俠還及不上我泰國一龍的一隻腳！」

8 後患

他一面講著狂妄之極的話，一面伸出一隻腳來，便向高翔踏下去。

他那一腳，本來是想踏住高翔的面門的，可是，他的腳底還未曾碰到高翔，高翔和穆秀珍各自一聲叫喊，已經伸手抓住了他的足踝！

貝泰對自己的技藝也太自負了，他以為兩人倒地不起，一定被自己摔得頭昏腦脹，再也沒有力量了！

他卻未曾想到，東方三俠，聲名如此顯赫，豈是僥倖得來的？高翔和穆秀珍的那一下反攻，可以說全然出乎他的意料之外，他的功夫再好，也是逃不過去！而且，高翔和穆秀珍兩人都知道，自己這一下反攻，實在是只許成功，不許失敗，是以用足全力以赴，雙手一起抓出的！

他們一抓住了貝泰的足踝，便立時一躍而起。

貝泰的足踝被他們抓著，他們一躍而起，貝泰的身子便向下倒下去，而穆秀珍和高翔也立時一個向左，一個向右，各自踏開了一步，將貝泰的雙腳一齊分了開來，在那樣情形下，貝泰實是有力難出！

而且，他雙腳被高翔和穆秀珍兩人用力分著，感到十分痛楚，令得他忍不住發出了一陣怪吼聲來！

這一切變化，本就是電光石火間一剎那的事情，在一旁圍觀的那幾個漢子，本來還是興高采烈，在為他們的首領喝采的，但是突然之間，個個呆若木雞。

只見吉蒂突然一揚手，手中持著一柄精緻的小手槍！

她尖聲喝道：「放手！」

高翔和穆秀珍制住了貝泰，貝泰的上半身倒在地上，雖然在不斷地掙扎著，但是在他雙足被抓的情形下，他是無論如何起不了身的，兩人又如何肯放手？

穆秀珍只是冷笑一下，道：「貝泰是不要人幫助的！」

可是，吉蒂立刻喝道：「你們不放手，我就開槍！」

高翔和穆秀珍互望了一眼，突然他們齊聲叫道：

「一，二，三！」

叫到了「三」字，他們的身子陡地向後一仰！

那一仰，令得貝泰感到更大的痛楚，殺豬也似叫了起來，吉蒂的面色又是猛地一變，她扣在槍機上的手指也突然一緊！

她的手指一緊，「砰」地一聲巨響，已射了一槍！

可是高翔和穆秀珍兩人的動作更快，他們的身子在向後一仰之際，真的倒向地上，他們一倒，貝泰的身子便自然而然地翹了起來。

只聽得貝泰狂叫道：「別放槍！」

但事實上，貝泰的身子才豎了起來之際，槍聲便已經響了，所以，他那一下警告，一點用處也沒有。

「砰」地一聲槍響過處，只見貝泰的身子忽然一掙！那一掙的力道極大，令得兩人幾乎抓不住他的足踝！

在一掙之後，貝泰的喉際突然發出了一連串「咕嚕」的怪聲，他的頭垂了下來，在他的頸際，鮮血如泉一樣，隨著那咕嚕聲冒了出來。

「洋娃娃」吉蒂的那一槍，未曾射中高翔與穆秀珍，卻恰好射中了她的情人「暹羅鬥魚」貝泰！而且，這一槍還正好射中了貝泰頸上的大動脈，要不然，也絕不會有那麼多的鮮血自他的頸際湧了出來的。

貝泰中了那樣的一槍，自然是活不成了！

亞洲最凶惡的罪犯，也是全世界最凶惡的罪犯之一，「暹羅鬥魚」貝泰，竟然就這樣死在槍下，而且還是死在他情婦的槍下，這實在是件意外之極的事！

而這樣突兀的意外實在是不容易為人接受的！是以，剎那之間，健身房中的每一個人都呆住了！

繼那一下槍聲之後，竟是出奇的沉寂！

而接著，最先從驚奇之中恢復過來的，卻不是別人，正是一槍結束了貝泰性命的「洋娃娃」吉蒂，她發出了一下驚人的尖叫聲！

隨著那一下尖叫聲，高翔和穆秀珍也立刻鬆開了手，他們兩人不約而同掀起了一塊墊子，向前拋了出去！

吉蒂在一下尖叫之後，「砰砰砰」地連放了六槍，但由於高翔和穆秀珍已及時地拋出了一塊墊子，所以那六槍一起射在墊子之上！

高翔向前飛撲而出，他知道吉蒂的槍彈已射完了，事情並不因貝泰已死而告結束，他還要捉住「洋娃娃」吉蒂！

而穆秀珍又抄起了一塊墊子，向旁邊疾奔而出，「砰」地撞倒了兩個人，一伸手，搶了一柄槍在手，一面在地上打著滾，逃開了飛射而來的子彈，一面向四面開著槍。

穆秀珍的槍法是極為卓絕的，雖然在那樣的情形下，隨著她的每一下槍響，仍然有人倒了下來，而剎那間，五六個人全都倒在地上了！

那只不過是極短的時間，高翔猛地向前撲出，卻撲了一個空，吉蒂已以極快的身法，向門外疾逃了出去！

穆秀珍向著吉蒂的背影射了兩槍，但是由於她那兩槍發射之際，正是她身形躍起之時，所以這兩槍未曾射中吉蒂，而吉蒂的身形也迅速消失。

高翔一俯身，在死人的手中奪下槍來，道：「快追！」

他們兩人一齊追出門去，這時，也已聽到嘈雜的人聲，在下面洋房中的警員，顯然已經聽到槍聲而趕來了。

高翔和穆秀珍兩人奔出了健身房的門口，已不見了吉蒂的蹤影，高翔忙道：「秀珍，我們快去守住門口，別讓她逃走！」

兩人奔向門口，大隊警員已然湧了上來。

高翔高叫道：「快衝進去，要小心，一個十分凶惡的女人在裡面，要將她生擒，她是害木蘭花的正凶——」

高翔才講到這裡，忽然有兩名警員叫道：「高主任，你看！」

那兩個警官一面叫，一面伸手指向天上。

高翔和穆秀珍一齊抬頭向上看去，只見一個人，背部負著一具噴射個人飛行器，正在迅速地升向空中！

那人正是吉蒂！

而且，她還提著兩只相當大的皮箱！

剎那之間，槍聲大作，至少有四十發以上的槍聲是射向吉蒂的，但是吉蒂升空的速度十分之快，是以沒有一發子彈射中她，而她在黑暗的天空之中，變成了一個黑點，轉眼間便不見了！

高翔頓著腿道：「她飛不遠的，快封鎖附近所有的街道逐街搜查，黃警官，你再調三百名兄弟來執行這項任務！」

一位警官答應著，幾十名警員立刻跑著步，四下散去。

還有七八名警員是和高翔、穆秀珍在一起的，高翔接過了一柄手提機槍，一馬當先，又衝進了那幢古老大宅。

不到十分鐘，他們便已控制了整幢屋子，還有五六個匪黨都被逐了出來，加上了手銬。

這間古老大宅，貝泰花在上面的心血可真不少，幾乎每一間房間都有著特殊的裝置，在搜查完了上下三層之後，並沒有什麼特殊的發現。

高翔正感到有點失望間，一個匪黨突然跪了下來，叫道：「不關我們的事，我們也是被迫的，我們是被迫的！」

高翔冷笑了一聲，道：「你要警方相信你是被迫的，你必須有協助警方的表現！」

「是，是，」那人指著走廊盡頭處的一個壁櫥，道：「從這裡，有暗門通向地窖，一切全在地窖之中進行！」

高翔大喜，一揮手，和穆秀珍並肩衝到了那壁櫥下，兩人一齊拉動了槍機，手提機槍發出了驚心動魄的呼嘯聲來！壁櫥門立刻被打穿，而且，暗門也被打穿，他們立刻看到強烈的燈光從下面透了出來。

高翔立時大聲叫道：「所有的人將手放在頭上，走出來，貝泰已經死了，你們已被包圍了，絕無反抗的希望！」

隨著高翔的叫聲，只聽得下面傳來一陣驚惶的聲音，接著，便有人從擊破的暗門中走了出來，一個接一個，竟有六個人之多。

走出來的人，也立刻全被戴上了手銬，高翔大聲喝道：「下面還有人麼？不出來的話，我開槍掃射了！」

只聽得下面有人高叫道：「別開槍，我走不出來！」

高翔呆了一呆，但是他還怕有詐，提著槍，小心地向前走出了幾步，他看到了一通道向下面地窖去的鐵梯，鐵梯之下，便是燈火通明的地窖。

高翔在那一剎那間，心中的高興，實是難以形容！

在地窖中，有著兩架新型的印刷機！這裡顯然便是貝泰的總部！而貝泰在得了玻璃偽鈔模和偽鈔用紙之後，便是在這裡印刷偽鈔的！

高翔發出了一聲歡呼，叫道：「秀珍。你來看。」

穆秀珍立刻跨前一看，道：「咦，那不是花禿子麼？」

高翔一呆，立刻循著穆秀珍所指看去，這才看到：在印刷機之旁的一根柱子上，反手綁著一個人，果然真是本市的「偽鈔專家」花禿子！

花禿子面色青白，滿頭是汗，叫道：「高主任，別開槍，我是給他們綁架綁來的，我……是完全無辜的啊！」

高翔和穆秀珍兩人一齊向下走去，高翔來到了花禿子的身前，冷冷地打量著他道：「你？真是無辜的麼？」

花禿子道：「真的，我在木蘭花家的廚房中被人帶走的，他將我帶到這裡來。要我指導印偽鈔的一切，天，他們的偽鈔模太精緻了！」

「你自然替他們出了不少力了，是不是？」

「沒有法子啊，高主任，我如果不說的話，他們就要殺死我，我沒有法子啊！」花禿子苦著臉，「我真是被迫的。」

高翔呆了一呆，道：「你是說，偽鈔已然印好了？」

花禿子道：「是的。」

高翔面色一變，道：「印了多少。」

花禿子道：「我也不知道，足有兩大箱！」

高翔不由自主發出了一聲怒吼來，兩大箱！他立刻想起了吉蒂在「飛」走時，所攜帶的那兩只箱子來了！

那兩只皮箱中，毫無疑問裝滿了偽鈔，而吉蒂已將之帶走了！

高翔嘆了一口氣，現在來後悔當時沒有追上去，而只是守住了大門，當然太遲了。他深信普通的「個人飛行器」，有著一定的重量限制，那兩箱偽鈔的重量，自然比吉蒂本身更重，那也就是說，吉蒂必然不能飛得太遠，已經佈置下的警網，是極有可能將吉蒂捉住的，一想到這一點，高翔才安心了些。

他一面將花禿子自柱子解下來，一面道：「他們計劃印多少？偽鈔模和其他的紙張，是藏在什麼地方的？」

花禿子的眼中現出了十分貪婪的神色來，望定了那兩架印刷機，道：「偽鈔模和剩下來的紙張全在這裡，高……高主任！」

花禿子的叫聲有點異樣，高翔立刻喝道：「什麼事？」

花禿子涎著臉，笑道：「高主任，你只當我是說笑，他們只不過印了三分之一左右，還有很多紙張在，只要按下鈕掣，那些紙張可以變成全世界都流通的英鎊和美鈔，雖然是偽鈔，但其實是和真的一樣的。」

高翔心中暗罵了一聲，但是他卻裝出十分有興趣的樣子，同時，暗中向穆秀珍擺了擺手，示意她不要出聲，然後才道：「你的意思是說——」

他講到這裡，頓了一頓，花禿子充滿了希望，道：「我的意思是，如果將餘下的紙張變成鈔票，那可比當警官好得多了。」

高翔一笑，轉過頭來，道：「秀珍，你聽到了麼？」

「聽到了。」穆秀珍立時回答。

「那很好，你可以上法庭作證，證明他企圖使警官叛變。」高翔向花禿子笑了笑，「這就是你的新罪名了！」

花禿子嚇得臉都黃了，忙道：「高……高主任，別開玩笑，我……只是說著玩的，我早已經……聲明過了……」

高翔冷冷地道：「你到法庭上去辯護吧！」

高翔自然並不真心的存心以這個罪去控告花禿子的，他只不過嚇一嚇花禿子，懲戒他那種不正當的念頭而已。而花禿子卻被他嚇得魂不守舍，因為煽動警官叛變，這是十分嚴重的罪名，可以使他長期禁監的！

是以他滿頭大汗，在高翔和穆秀珍兩人的身邊團團打轉，不斷講著好話，但是高翔和穆秀珍卻睬也不睬他，只是指揮著警員工作。

二十分鐘之後，高翔接到報告，附近十餘條街道的封鎖已經完成，而在山坡上，也已經展開搜索了。

大批警員也趕到那古老大宅之中，高翔找到了那六副玻璃偽鈔模，和貝泰未能用完的紙張，那些東西，立刻在嚴密的護送下，運到警局去。

高翔和穆秀珍兩人，走出了巨宅。

花禿子仍然跟在他們後面，不住地哀告著。

高翔站定了身子，突然大喝一聲，道：「花禿子，你還不快些滾開，難道真想我控告你，讓你坐五年牢麼？」

花禿子呆了一呆。如逢皇恩大赦一樣，狼狽而去。

高翔和穆秀珍都忍不住笑了起來，但是，他們兩人的心情，卻絕不是輕鬆的，因為他們隨即又得到了黃警官的報告，有人看到吉蒂並沒有降落在市區的街道，而是向山中降落。

目擊吉蒂向山中飛去的市民，還不止一個，這當然增加了搜索的困難，高翔在無線電話之旁，聽了報告之後，沉聲道：「增派人員，派直升機，增派器材，一定要將她找到！」

他下達命令之後，向穆秀珍招手道：「秀珍，警方日前剛訂製了一架小型直升機，有探照燈設備的，專供夜間搜索之用，我和你去找她。」

穆秀珍點著頭，他們兩人跳上了一輛警車，疾馳而去！

三十分鐘之後，他們已一起在直升機上，向霍德遜道後面的山嶺飛來了。

參加搜索的直升機，一共有七架之多，但只有他們的一架是小型的。

從上面向下望來，黑壓壓的山頭之上，到處全是燈光，有手電筒燈光，有用電線接駁出來的燈光，也有探照燈的光芒。

參加搜索的警員，至少在五百名以上，自直升機上面望下來，場面實在是壯觀之極，而那樣大規模的搜索，足以令得任何逃亡的匪徒心驚膽顫。

高翔駕著直升機，漸漸飛到了搜索的中心，他按了兩個掣，兩股強光自直升機的機腹向下射去，形成兩個足有十呎直徑的圓圈。

在那個大圓圈的光芒中，一切全都看得清清楚楚。

穆秀珍隨著光圈的移動，旋轉著裝置在直升機上的槍口，那是為了方便一發現敵人的蹤跡，便立即掃射的。

但是，他們不停地打著轉，眼看包圍的人群越來越接近山頂，他們卻仍然沒有發現什麼，只看到濃鬱的樹木和岩石。

要在那樣的山林之中尋找一個人，那的確不是一件容易的事，但是一想到那人是帶著兩大箱鈔票之際，高翔卻又有極大的信心！

「洋娃娃」吉蒂是帶著兩箱偽鈔逃走的，就算是貝泰這樣的壯漢，帶著那樣重的兩箱偽鈔，在山中也會行動不便的，何況吉蒂只是一個養尊處優的嬌小女子！

她一定走不遠的！高翔在直升機中不斷地下達著命令，指示著搜索大軍，時間慢慢地過去，所有的搜索者幾乎都在山頂集中了！

高翔和穆秀珍兩人都知道，吉蒂利用「飛行器」逃走，她最大的可能，便是落在山頂，如果到了山頂之後，再找不到她，那麼便被她逃脫了！

然而，她可能帶著那兩箱鈔票逃走麼？

高翔的心中，實在不相信這一點，他將直升機飛高，在山頂上面盤旋著，探射燈光也集中在山頂上盤來旋去。

五分鐘之後，穆秀珍突然叫了起來，道：「皮箱！高翔，你看，在石縫中，有兩只皮箱！」

高翔循著穆秀珍所指的地方看去，這時，直升機離山頂只不過二十呎，在探照燈的光芒之下，可以清楚地看到，在兩塊大岩石中，是有兩只大皮箱！

那兩只箱子還十分之新，本來，高翔也不能肯定，那兩只皮箱是不是被「洋娃」吉蒂帶走的那兩只，然而，穆秀珍立刻又叫了起來，道：「高翔，你再看，個人飛行器！」

高翔也看到了，在那塊大石之上，有一具「個人飛行器」，那自然是吉蒂所卸下來的了，吉蒂是在這裡降落的！

而她如果是放棄了那兩箱偽鈔的話，那麼當然是聰明之舉，但即使是這樣，她仍然是走不遠的，高翔立刻在無線電話中叫道：「已發現了敵人的蹤跡，敵人是落在山頂上，每一個搜索人員都要極度小心！」

直升機一停，他和穆秀珍兩人一起跳了下來。這時候，他們已可以聽到自下而上作地毯式搜查的警員的高聲呼喝聲了。

高翔將直升機降低，在一塊平坦的地方停了下來。

他們奔到了那兩只皮箱之前，穆秀珍一伸手，便要去提皮箱，高翔卻連忙喝道：「秀珍，別動那皮箱！」

穆秀珍立即縮回手來，道：「為什麼？」

高翔手中的強烈電筒正照在石縫中的皮箱之上，他吸了一口氣，道：「秀珍，你看到沒有？這裡有一條線，通到石後去的。」

穆秀珍也看到那一條銅絲了，她不禁吃了一驚，道：「爆炸裝置！」

高翔點頭道：「我想是的。」

穆秀珍「哼」地一聲冷笑，繞到了那兩塊大石之後。

可是在那兩塊大石之後，卻並沒有石縫，穆秀珍攀上了大石，將那具「飛行器」拋下了大石，同時向高翔揚了揚手，道：「給我一根繩子。」

高翔將一束警繩解了下來，拋給了穆秀珍，叫道：「秀珍，小心些，可能這是十分強烈的爆炸裝置！」

「我知道。」穆秀珍接過了繩子，她的身子伏在大石上，雙手小心地在箱子的拉手上打了一個活結，然後，她又慢慢地將活結抽緊。

她一個翻身，從大石上跳了下來，她的手中還握著那束繩子，那繩子約有二十碼長，她和高翔一齊向後退了開去。

這時，已有十幾個警員到達山頂了，但是在高翔的命令下，他們都伏在地上不動，穆秀珍和高翔也在一塊石頭後面伏了下來，同時通知別的警員停止前進，因為山頂之上，可能發生強烈的爆炸。

等到一切都準備妥當之後，穆秀珍一抖手，拉動了那只箱子，她只拉動了大約兩三吋，一下驚天動地的爆炸聲已經響了起來！

所有的人雖然早已有了準備，但是爆炸的威勢是如此之猛烈，卻也全然出乎他們的意料之外，剎那之間，像是整座山頭都因為這一下爆炸而受了驚撼，碎石像是驟雨一樣落了下來，濃煙自爆炸處冒起。

冒起來的濃煙是如此強烈，剎那間，便籠罩住了整個山頭，幾乎連什麼也看不到，而且濃煙令得人淚水直流，嗆咳不已，高翔的心中陡地吃了一驚，已經覺察出那許多濃煙，可能便是「洋娃娃」吉蒂的詭計之一！

但是，在如今這樣的情形下，就算他知道那是吉蒂的詭計，他也是無法可施的，因為這時，什麼也看不到，全在濃煙的籠罩之下。

而幾乎是立即地，高翔聽到了在濃煙之中，傳來了直升機的「軋軋」聲！那是他的那架直升機發出的聲音！

剎那之間，高翔和穆秀珍兩人一齊跳了起來！

一聽到了直升機的「軋軋」聲，他們便知道發生了什麼事了！

那是吉蒂！

吉蒂已經上了他們的直升機，要利用他們的直升機逃走了！

他們不但立刻跳了起來。而且立即向前奔了出去。

但是，他們卻是在岩石嶙峋的山頂，而不是在平地之上，是以他們才奔了幾步，便已跌倒在地上。

穆秀珍心急，不管三七二十一，向著直升機引擎聲傳出的方向，便掃射了幾排子彈。

槍口吐出的火芒，在濃煙之中，只能看到幾點火花。她那幾排子彈，也不知道是否掃中了直升機，但是卻引起還擊，只聽得槍聲驚心動魄地響了起來，高翔立刻大叫道：「每一個人都伏著，千萬不能動！」

自直升機射出來的子彈，也是盲目掃射的，穆秀珍伏在地上，有幾顆子彈就落在她的面前，只不過打到岩石上。石屑濺了起來，濺得她好生疼痛。

在機槍聲中，直升機的「軋軋」聲越來越緊。突然，槍聲停止了，而誰也聽得出，直升機的聲音已在遠去！

高翔本來是屏住了呼吸，以免吸入濃煙的，但這時，一則是濃煙已經漸漸稀薄了，二則，他若是再不出動的話，吉蒂可能就此逃走了！

是以他連忙對無線通訊儀按下了掣，道：「所有參加搜索的直升機注意，我是高翔，我的小直升機已被敵人駕走，快進行空中攔截！」

在他發出命令之後不久，四面八方都有直升機的「軋軋」聲傳了過來，高翔也接到了報告，道：「高主任，小型直升機的速度極高，我們無法追及，它向南飛去，看樣子是準備到海上去的。」

高翔吸了一口氣道：「立即通知水警輪！」

他一面說，一面站了起來，這時，濃煙已經散了一大半，轉眼之間，便已恢復了清朗，每一個人都可以看到，山頂上除了滿是碎石之外，還有許許多多正在隨風飄舞的小紙角。

高翔和穆秀珍順手撿了一些起來，那全是美鈔和英鎊！但是猛烈的爆炸，卻已使它們變成了廢紙！

高翔抬頭向上望著，只見七架直升機正列隊向南飛去，高翔嘆了一口氣，道：「給她逃走了，她竟然是駕著我的直升機逃走的！」

高翔的心中實在覺得十分難堪，是以連連苦笑。

穆秀珍道：「但我們已殺了貝泰，而且將貝泰的總部也一齊毀了，吉蒂是空身逃走，我們算大獲全勝了，這好消息，我快去告訴蘭花姐。」

高翔點頭道：「對，蘭花一定在等著我們的消息。」

他們兩人一齊向山下走去，上山來的警員也開始整隊下山。等到他們來到半山上的公路上之際，高翔已再度接到了報告。

報告說，水警輪在接獲通知之後，立刻注意那架小型直升機的去向，他們看到有人自直升機上跳下來，落在一艘相當大的遊艇上，直升機隨即墜海，而遊艇則逃入了公海，海面上的霧十分濃，無法繼續追蹤！

高翔和穆秀珍都嘆了一聲，吉蒂的漏網，使得他們這次的行動難以稱得十全十美！他們登上了車子，直赴醫院而去。

在病房中，他們向木蘭花報告了一切經過，高翔苦笑著道：「蘭花，我在發現了那箱子連同爆炸裝置之後，應該立即在山頂展開大規模搜尋，而不應該先行引爆的！那樣，吉蒂就不會漏網了，這是我的過失。」

穆秀珍道：「不關高翔的事，是我的過失。」

木蘭花躺在病床上，她只是安靜地搖著頭，道：「你們兩人都沒有過失，如果我在，我也是一定那樣做的。雖然明知吉蒂就在附近，也非這樣不可，如果不顧一切，只顧尋找吉蒂，你以為吉蒂會沒有法子引起爆炸麼？那時就有許多人會犧牲了！」

高翔和穆秀珍兩人，都默默不語。

木蘭花又道：「從那兩只箱子中裝滿了鈔票這一點來看，吉蒂可能是打定了和你們同歸於盡的主意的，她以為自己沒有逃走的機會了，我相信，一直到你們的直升機降落在山頂，她才改變了主意，因為她可以逃走了。古語說，窮寇勿追，實在有道理，你去逼她，她可能反噬，那我們的損失反而大了！」

「可是，她逃走了。卻會有後患！」高翔擔憂地說。

「後患當然是難免的，在海面上還有人在接應吉蒂，貝泰雖然死了，他的同黨還在，不在乎多吉蒂一個人！」木蘭花舒了一口氣，又道：「這件事，總算已經告一個段落了！」

在以往，任何一件事告一段落之際，他們的心情總是十分輕鬆的，但這次，卻是一個例外。

高翔和穆秀珍兩人望著木蘭花雙眼之上的紗布，心中有著說不出的難過！

請續看《木蘭花傳奇》16 闇夜

倪匡奇情作品集

木蘭花傳奇 15 鬥魚（含：潛艇殺機、偽鈔奇案）

作　者：倪匡
發行人：陳曉林
出版所：風雲時代出版股份有限公司
地址：10576台北市民生東路五段178號7樓之3
電話：(02) 2756-0949
傳真：(02) 2765-3799
執行主編：朱墨菲
美術設計：許惠芳
業務總監：張瑋鳳
出版日期：2024年1月
版權授權：倪匡
ISBN ：978-626-7369-09-8
風雲書網：http://www.eastbooks.com.tw
官方部落格：http://eastbooks.pixnet.net/blog
Facebook：http://www.facebook.com/h7560949
E-mail：h7560949@ms15.hinet.net
劃撥帳號：12043291
戶名：風雲時代出版股份有限公司

風雲發行所：33373桃園市龜山區公西村2鄰復興街304巷96號
電話：(03) 318-1378　　傳真：(03) 318-1378
法律顧問：永然法律事務所 李永然律師
北辰著作權事務所 蕭雄淋律師

行政院新聞局局版台業字第3595號 營利事業統一編號22759935

定價：299元

國家圖書館出版品預行編目資料

鬥魚／倪匡 著. -- 臺北市：風雲時代出版股份有限公司,
2023.10 面； 公分.（木蘭花傳奇；15）

ISBN : 978-626-7369-09-8（平裝）

857.7　　112015065